Adore

Au diable vauvert

Agathe Parmentier

Adore

De la même autrice au Diable vauvert

POURQUOI TOKYO ?, récit, 2016, Les Poches du Diable, 2025
CALME COMME UNE BOMBE, roman, 2017

ISBN : 979-10-307-0719-9

Au diable vauvert
La Laune 30600 Vauvert

www.audiable.com
contact@audiable.com

Pour Mira

Prologue américain

Lynchburg, Virginie, jeudi 21 octobre 1999

Si l'Apocalypse vient, ils ne pourront compter que sur eux-mêmes. La veille, Louis Byrd l'a répété, scandé presque, appuyant les dernières syllabes de son index sur la table. Il faut donc penser aux stocks de conserves et d'antispasmodiques. Ezekiel Byrd soupire. Son père est un grand malade. L'adolescent s'enfonce un peu plus dans le fauteuil gonflable transparent. Il n'a pas encore allumé l'ampoule soixante watts qui pend au plafond. Le papier peint bleu se décolle par endroits. Ezekiel se souvient l'avoir choisi sur le nuancier pour son aspect riz soufflé. Aux murs, les boursouflures avaient cédé, laissant place à une texture minimale, incontestablement plate. Il s'était senti floué, avait gardé pour lui sa déception. Aujourd'hui encore, fixer le mur à la recherche d'une idée ou du repos le renvoie à sa naïveté passée.

L'espace jonché de talismans sent le garçon. Un mélange de transpiration, de déodorant, et de sécrétions séchées. Cette chambre, secrète et multidimensionnelle, c'est lui. Tête de dragon Mighty Max, relique d'une enfance sur laquelle il ne peut se résoudre à tirer un trait, et Lava Lamp sur la table de nuit. Au sol, un combiné télé-magnétoscope et une chaîne hifi, deux haltères de dix kilos, un agencement sophistiqué de cassettes et de disques compacts originaux et gravés, une lampe halogène vintage que sa mère l'invite régulièrement à ne pas utiliser (trop énergivore), un skateboard état neuf (trop instable), et quelques sous-vêtements. Trois piles de magazines constituent le support d'appoint définitif pour huit dollars et quatre-vingt-cinq cents, un mug de café croupi, six cachets d'antidouleur à l'air libre, du chewing-gum à la cannelle – cinq paquets neufs, entamés et vides –, une paire de lunettes de soleil aux verres rayés, du déodorant en stick et en spray, un lot de nettoyants pour lentilles de contact encore scellé et un assortiment de snacks, pour la plupart périmés. La composition n'est pas sans rappeler les offrandes d'un autel bouddhiste. L'adolescent tend le bras en direction du disque éventré au sol. Le chaos environnant est trompeur. Ezekiel déteste que les livrets soient sortis de leurs compartiments. Contenu et contenant réagencés, le quatre titres d'Einstürzende Neubauten déposé sur la chaîne hifi, Ezekiel jette un œil à son radio-réveil. L'affichage digital rougeoie, formel : il est encore trop tôt. Ezekiel refuse de se presser. Et peu importe que sa décontraction soit feinte. Il se ravise et lance le disque qu'il tenait en main quelques instants auparavant. Le saturnien *Total Eclipse Of The Sun* coupe l'air de la pièce.

Ezekiel n'est pas dupe ; la fin du monde n'aura pas lieu, pas comme ça. Si on lui promettait une apocalypse symbolique, il pourrait adhérer. Après tout, l'affiche écornée à la porte de sa chambre dit *I want to believe*. Mais l'univers des Byrd ne laisse pas de place aux symboles. Ses parents se repaissent d'une fin du monde grandiose, comme dans les films de Bruce Willis. Elle allume leurs regards et inspire la plupart de leurs conversations. D'ailleurs, l'hypothèse d'investir dans un dôme de survie a longuement été discutée. Il y avait du pour : le fait de bénéficier d'un filtre nucléaire, bactériologique et chimique tapissant des murs de vingt-cinq centimètres d'épaisseur en ciment prise-mer et de quatre mètres carrés de matériaux futuristes, promesse de lendemains qui chantent. Il y avait du contre : vingt-cinq mille dollars, ça reste une somme. D'autant que s'ils survivaient, il faudrait payer l'université à Ezekiel (à la condition qu'un ou deux campus soient encore en état de fonctionnement). Alors à la place ils ont racheté un barbecue. À gaz, chromé. « Armageddon-proof », avait plaisanté Louis Byrd d'humeur blasphématoire, moins serein qu'il ne voulait bien le laisser paraître.

Ezekiel s'extirpe du fauteuil dans un couinement de plastique. Les quelques pas qu'il s'applique à enfoncer dans la moquette sont douloureux. Ni grand ni petit, discrètement efflanqué, Ezekiel Byrd ne ressemble pas à grand-chose. Ou au contraire, du fait de vêtements trop larges alternant entre le noir délavé, le bleu somnifère et le vert bouteille, il ressemble beaucoup à la plupart des jeunes gens de cette fin de millénaire. Mis à part un halo de déodorant Terre Magnétique, rien ne le destine à marquer les esprits. Ses cheveux sont rasés car la nature les a voulus ondulés. Pire : ils moutonnent. Et des cheveux qui moutonnent, Ezekiel ne voit pas quoi en faire. Les mères de famille de Wyndview Drive s'accordent pour saluer sa douceur. Pas causant, mais doux. *Il se cherche, non ? Ça lui passera.*

Il les emmerde.

La notion même de voisinage l'insupporte. Cette maison de style Cape Cod trop pareille à celles qui l'entourent a-t-elle absorbé l'âme de ses parents ? L'adolescent sait bien que, depuis l'âge où l'on s'attribue des idées, Marianne et Louis Byrd puisent leurs convictions au cœur de la pensée conservatrice. Le couple s'est rencontré à l'occasion de l'un des rallyes *I love America* de Jerry Falwell. Les années 70 tiraient à leur fin, mais pour eux, tout semblait également inédit et excitant. Ce matin-là, sur le campus de la Liberty University, la foule était dense et les bannières étoilées claquaient au vent. Leurs bras se frôlèrent. L'un et l'autre vivaient leurs premiers frissons communautaires. Louis complimenta Marianne sur les motifs de son chemisier. Un chemisier en polyester sous lequel pointaient deux tétons émus. Sur l'estrade couverte de motifs stellaires, le pasteur baptiste rayonnait. Falwell déployait chevelure vaporeuse et propos rassembleurs. Il était question de sauver la famille des pédérastes et autres castratrices, de revenir à de vraies valeurs. Les yeux liquides du prédicateur coulaient sur son auditoire. Ses mots, adressés à chacun en particulier, abreuvaient la foule. « Le charisme sur pattes », plaisanta Louis tandis que les commissures des lèvres de Marianne s'affaissaient en silence. La menace n'était pas nouvelle. Le mouvement libertaire de Haight-Ashbury avait fait beaucoup de mal au pays. Depuis 1967, sous couvert de progrès sociaux, l'immoralité ne cessait de gagner du terrain. La Cour suprême venait de légaliser l'avortement. La civilisation courait à sa perte. Le sauveur existait, il se prénommait Jésus. Décédé il y a deux mille ans et ressuscité dans la foulée, il était indisponible depuis. Pourtant, bien que la date exacte reste à préciser, son retour était imminent. Effort intellectuel dérisoire, impact immédiat. À Lynchburg en 1979, les prêches du pasteur évangéliste faisaient l'histoire. Ce que ses ouailles partageaient les dépassait et la relation des Byrd, tourtereaux exaltés, débutait sous les meilleurs auspices. Parce qu'il se situait du bon côté de la barrière, le couple se voyait promis à un jugement dernier favorable. Aujourd'hui encore, ce Cape Cod à flanc de colline confirme l'appartenance des Byrd à la classe des gens bien. Marianne et Louis s'appliquent à incarner les clichés petits-bourgeois dénoncés dans le rock FM qu'Ezekiel, le fruit de leurs entrailles, s'impose d'écouter trop fort.

Jusque-là, Falwell a guidé ses brebis en préconisant des règles de conduite tenables : glorifier l'Église, respecter la famille et les pouvoirs publics, soutenir l'enseignement religieux. L'homme leur a appris à n'espérer que du raisonnable et à s'en contenter. Mais en début d'année, le prédicateur a annoncé le retour du Christ et la fin d'un âge. *Un rendez-vous avec la destinée.* Avant ça, l'Antéchrist lui-même viendra. Bien sûr, il sera juif. Bien sûr, il prétendra être le Christ. Et ça, un antéchrist juif qui se fait passer pour le fils de Dieu pour mieux semer le chaos, sans qu'ils soient racistes ou quoi, ça ne plaît pas du tout aux Byrd. Ça prendra quelques années, dix ou vingt ans peut-être, mais le jugement dernier est proche, foi de prédicateur. La révélation tombée, les Byrd doivent la digérer. L'attente ne sera pas vaine : les promesses des textes sacrés seront tenues. *Alors la mort et l'Hadès furent précipités dans l'étang de feu. L'étang de feu, voilà la seconde mort ! Et quiconque ne fut pas trouvé inscrit dans le livre de vie fut précipité dans l'étang de feu* (Apocalypse, XX, 14-15). Un étang de feu, rien de moins ! Forcément, une part d'eux trépigne. En poussant le raisonnement, ils se rendraient compte que si le cours des événements leur donne raison, à la fin de l'histoire, entre l'étang de feu et les rivières de sang, il n'y aura plus grand monde à qui raconter quoi que ce soit. Il est donc question que la divinité ne garde à ses côtés que ceux déjà acquis à sa cause. Personne autour d'Ezekiel n'y trouve à redire, mais pour un dieu de miséricorde, ça fait tache. Lui-même, plus jeune, avait accepté le sang, les ténèbres, les nuées de sauterelles et les pères qui sacrifient leurs fils. Mais désormais l'adolescent refuse de rejoindre le royaume d'un barbare sectaire. Et puis il y a Thomas Road, la mégaéglise que fréquentent ses parents et une dizaine de milliers de fidèles. Le gigantisme au service de la mégalomanie. Ça fait quelque temps qu'Ezekiel n'y met plus les pieds. Les excuses – maux divers, compétitions de natation, devoirs sur table à préparer – sont devenues inutiles. Maintenant qu'il boit de l'alcool et dépasse son père de quelques centimètres, l'adolescent ne prend plus la peine de se justifier. La fin du monde sera télégénique, très certainement, mais Ezekiel refuse d'avoir peur.

On le lui répète bien assez : c'est *lui* le gamin. Et ce sont *eux*, les adultes, *vieux adultes* qui gobent des histoires à dormir debout avec déité passive-agressive et effets spéciaux datés. Tout ça lui donne envie de mourir. Et même si Ezekiel ne s'imagine pas réellement passer l'arme à gauche, ce douloureux décalage l'amène parfois à pointer index et majeur sur sa tempe en émettant un bruit de détonation. Une fois seulement il a envisagé le suicide. C'était il y a longtemps. Un truc de gamin. Son père avait refusé qu'il se perce l'oreille, le menaçant d'une grande claque dans sa petite gueule de tafiole. Il avait quoi, onze ans ? Ezekiel supporte encore mal que l'on questionne son orientation sexuelle. Il relativise : Falwell – toujours lui – vient de sortir Tinky Winky du placard. Tinky Winky est un Télétubbies, une peluche animée héroïne d'un programme destiné aux plus jeunes des téléspectateurs. Dans le numéro de février du *National Liberty Journal*, le révérend a listé et inculpé : la peau violette (la couleur de la

Gay Pride), le crâne surmonté d'une antenne triangulaire (le symbole de la Gay Pride) et un sac à main rouge (pure perversion visuelle). Tinky Winky sème le trouble dans le genre. Son existence même est une menace pour la jeunesse. Comme à chaque fois que ses réflexions le contrarient, Ezekiel produit une série de syllabes destinée à rompre le fil de ses ruminations. *Duhduhduhduhduhduh*. Et comme toujours, quelques secondes d'exposition à un schéma de pensée rigide le conduisent à cette conclusion aussi rassurante que douloureuse : *tous des cons*. Voilà le prodige : ces imbéciles parviennent à rendre le réel surréaliste. Qu'y peut-il ? D'ailleurs, il n'est pas gay. Il se branle devant le clip de Britney Spears, plusieurs fois par jour. Elle le fascine, il la déteste ; elle a trop l'air de sucer des bites de quarterbacks lobotomisés. *Britney suce des bites en enfer*. S'il avait un groupe, ce serait le titre de leur premier single, à défaut d'être leur blaze, puisqu'aucun label ne signerait un groupe avec un nom aussi long.

La jambe droite toujours engourdie, Ezekiel claudique jusqu'à la fenêtre. Il ne se passe jamais rien à cette fenêtre. Wyndview Drive est large, bordée de maisons basses et condamnée à une harmonie paresseuse. Un soleil froid luit au travers des nuages. La percée texturée chair d'huître alourdit l'humeur de l'adolescent. Elle provoque un encombrement qu'Ezekiel situe entre ses globes oculaires et son cortex, et peu importe qu'il ne localise que très approximativement son cortex. Sans les discerner, il peut dire que quelques feuilles persistent sur les branches bientôt nues des robiniers. Ayant renoncé à une lutte vaine, les bronze, recroquevillées et nervurées, reposent au sol. Les feuilles d'automne lui évoquent le cancer. Ezekiel n'a pas l'âge pour les pensées morbides. Sa mère s'oblige à le lui rappeler lorsqu'elle tombe sur l'un de ses carnets. Quelque chose déconne chez lui. Marianne ne dit pas *déconne*. Son langage se veut châtié. Elle s'autorise toutefois à explorer le champ lexical porcin pour évoquer la chambre de son fils. Il est trop sensible. Du coup, tout le monde le croit gay. Il n'est pas gay. Il va épouser Shelly. Ça va faire six mois jalonnés de trente-cinq lettres manuscrites d'une longueur moyenne de trois pages recto verso et de quatre-vingt-dix-huit emails en comparaison succincts. Ils s'aiment, mieux que des adultes. À sa façon, Shelly est belle. C'est du moins ce que disent les photos qu'elle lui envoie, puisque sa correspondante vit dans le Missouri. Sur la dernière reçue, Shelly figure la défiance. Peut-être du fait de ce menton rentré, de ce teint cireux travaillé et de cette ligne de sourcils grêle. Ça lui va bien, ce petit air souffreteux. Ses cheveux auburn encadrent un front bombé, des yeux charbonneux et des lèvres peintes en brun. Shelly n'est pas une beauté immédiate. Dans *Grease* ou dans l'une de ses déclinaisons directement sorties en VHS, elle se révélerait après avoir remisé son cardigan en angora jaune poussin ou rose PQ pour un perfecto ajusté. Elle lui rappelle PJ Harvey, une Anglaise couillue – du genre à exposer pilosité axillaire et un nez trop pointu – dont il est tombé amoureux en même temps qu'il découvrait l'album

To Bring You My Love. Pour Shelly, Ezekiel déverse des torrents de mélancolie dans des poèmes en prose, puisque les conventions n'existent que pour voler en éclats. Il écrit toujours à la main, laissant au passage l'empreinte bleutée de sa paume. Au fil de l'encre, d'une écriture angulaire et, quoi qu'en disent ses professeurs, plutôt belle, il vomit un père brutal et une mère passive-dépressive. Il évoque aussi les plus intrigantes profondeurs du vague à l'âme et tente de mettre en mots la précieuse absurdité de la destinée humaine. La douleur se répand en lui. Son étendue ne cesse de le surprendre, et Ezekiel trouve ça beau.

À la fenêtre, deux préadolescents passent à vélo. Il vérifie l'heure à son poignet. Sans prendre la peine de l'éclairer, il s'engage dans le couloir qui mène au bureau de son père puisque, ayant qualifié l'ordinateur de *pollution visuelle*, sa mère a refusé de réaménager le salon pour accueillir la machine. L'obscurité est confortable. L'adolescent s'arrête pour observer son reflet dans le miroir. Il se détaille, cherche le meilleur angle, essaie d'être objectif: cou et épaules voûtés, cavités orbitales jaune violacé, trop larges, trop profondes, peau piquetée de cicatrices d'acné. Il aimerait se trouver beau. Ezekiel se redresse, soupire, absorbant malgré lui une goulée de cet air maquillé au chèvrefeuille synthétique. Il passe à rebrousse-poil la main sur son crâne. Son pied gauche frotte l'élastique de la chaussette qui étranglait à la seconde précédente sa cheville droite. Ni vraiment rassuré ni vraiment satisfait, il reprend sa route le long de la moquette élimée.

Il ne reviendra pas en arrière et il espère que Shelly le comprendra. Sa correspondante a choisi le camp de la magie blanche. Inspirée par Willow Rosenberg et les sœurs Halliwell, elle pratique avec des filles rencontrées sur le salon AOL KansasCityWitchizzz. Elles ont formé un coven et se retrouvent les vendredis après-midi dans les parcs de la ville. Le Fruitopia et la vodka coulent à flots. Leurs pieds nus plantés dans l'herbe, elles réalisent des rituels librement inspirés de ceux pratiqués par les sorcières télévisées susmentionnées. Mais ce que Shelly préfère, ça reste de communiquer avec les animaux de compagnie disparus. Elle a tenté de convertir Ezekiel : « La magie est un art ancestral. Parce que l'art et la magie, c'est toujours une histoire de symboles que l'on manipule pour toucher les âmes et les consciences. Les hommes ont peur, et nous vivons dans un monde en recherche constante de boucs émissaires. La sorcière, *la femme* devrais-je dire, est opprimée. Elle l'a toujours été. Et, si tu veux mon avis, il est temps que nous nous réappropriions le sacré. Les filles et moi, nous sommes entrées en résistance. Parce que, dans le fond, se consacrer à la sorcellerie, c'est choisir le camp des minorités opprimées. C'est spirituel *et* c'est politique. Tu vois ? Ez, tu m'écoutes ? » À l'autre bout de la ligne, solidement accroché au récepteur sans fil, Ezekiel hoche la tête, sourire aux lèvres. Il va lui épargner le cynisme, voilà ce qu'il se dit. Il le lui a écrit dans son dernier mail : Shelly est le yin de son yang. Ça vaut tous les discours, non ? Et puis, même s'il préférerait mourir que de l'avouer, lorsqu'il entend la reprise de *How Soon Is Now?* des Smiths en ouverture de *Charmed*, lui aussi a la certitude que son avenir est plein de promesses.

Les choses auraient probablement été différentes s'il n'avait pas consacré les cinq dernières années à l'écriture de ses *Tables de l'Apocalypse*. Il a lu, beaucoup. La Bible, par bribes, de la fiction, avec une préférence pour la noirceur romantique distillée dans les œuvres d'Edgar Poe et de Lovecraft, quelques essais et de nombreux magazines. Impossible pour lui de hiérarchiser, de séparer le fantastique de l'anticipation et du catastrophisme. Et bien qu'il se soit fait un devoir d'examiner avec la même application chaque théorie findumondiste rencontrée au fil de ses lectures (chute d'astéroïde, biotechnologie, supervolcans, intelligence artificielle ou extraterrestre, pandémie, guerre nucléaire, chute de satellite ou changement climatique, entre autres), il a ses prédilections. Ne s'est-il pas construit en rupture avec les zombies qui l'entourent ? Quelles que soient ses conclusions, et contrairement à Falwell, Ezekiel ne cherche pas à prophétiser. Cette distinction lui paraît essentielle : ses recherches tiennent d'abord de la conjuration. La rédaction du huitième tome de ses *Tables de l'Apocalypse* achevée, il considère que la fin du monde doit attendre. Il ne sera pas le lapin transi par les phares d'une Corvette Stingray. L'adolescent s'apprête à changer sa donne. Il prend son avenir en main, fait craquer les articulations de ses doigts. C'est son pari pascalien. La morale fluctue trop pour constituer un repère et si l'Antéchrist arrive, alors les règles seront renversées. Ça, les léporidés ne le comprendront que trop tard.

Accroupi, Ezekiel débranche la ligne téléphonique pour connecter le modem. Il prend place sur le fauteuil à roulettes et bascule précautionneusement son buste en avant. Son rythme cardiaque s'accélère. Impossible de reproduire la série de stridences qui s'élève, pourtant il la connaît par cœur. Il l'apprécie. Ezekiel visualise le parcours des données le long du câblage. La perspective du bug de l'an 2000 lui semble aussi absurde que l'apocalypse attendue par ses parents. Il est trop jeune pour donner dans le catastrophisme technologique. Des transactions financières seront perdues. Un mal pour un bien. Sur les écrans plasma luisant dans les maisons alentours, Fox News déplorera un crash aérien ou deux. Soit. Mais pour ceux qui, comme lui, s'abstiendront de prendre l'avion entre le 31 décembre et le 1er janvier, rien ne se passera, il le sait. La barre des tâches marque 16 heures 54, deux maisonnettes clignotent en alternance. Ce mois-ci, Ezekiel a déjà utilisé les trois quarts du forfait internet familial. Ses parents ne surfent qu'à l'occasion, sur le site de la ville ou celui de la paroisse. Jamais plus loin. Le fait est que, comme rarement auparavant, son père se sent dépassé. Un village planétaire ? L'avenir n'est-il pas dans les mégalopoles ? Sa mère se montre plus enthousiaste. C'est elle qui lui a demandé de lever le pied. Elle a des recherches à faire sur le livre d'Esther pour son cours d'étude biblique. Jusqu'au renouvellement du forfait, Ezekiel renonce à télécharger de nouveaux MP3. Il sacrifiera également sa visite bihebdomadaire sur le site de *Nerve Magazine*. Dix jours à tenir. Il appellera Shelly. Il aime entendre sa voix. Ses éraillements disent les dégâts causés par un tabagisme aussi précoce qu'appliqué. Et pourquoi le nier, Ezekiel trouve ça sexy. Parfois, ils gardent le silence. Ils aiment écouter la respiration de l'autre. La connexion établie, l'adolescent ouvre le navigateur. L'heure est aux embouteillages virtuels. L'écran se colore, du texte apparaît. Le fauteuil vert d'eau pivote dans un couinement. Les doigts d'Ezekiel se positionnent en l'air au-dessus du clavier. Des insectes rampent sous sa peau et caressent ses nerfs. La solennité s'impose. Dans une transe méditative, l'adolescent tape *http://altavista.digital.com*, colle ses mains jointes aux arêtes de son nez et à sa bouche. Le moment est important et il aimerait que quelqu'un l'observe, qu'une personne puisse plus tard rapporter la scène. Mais pour ce témoin invisible, le spectacle de ces doigts terminés en saucisses cocktail, ongles et cuticules rongés jusqu'au sang, reste douloureux. Ezekiel inspire ostensiblement, paupières closes, en imaginant le va-et-vient des données entre l'unité centrale et le reste du monde. La page chargée, il positionne le curseur sous le logo du moteur de recherche. Il plisse les yeux. Ses doigts s'agitent encore ; les caractères s'alignent, composent mots puis proposition.

Vendre son âme au diable.

Entrée.

Chapitre 1

Jeudi 7 janvier 2016

Casque audio sur les oreilles, chignon en bataille et visage défait, Ameko se tient devant sa psyché. Ses écouteurs deviennent une extension d'elle-même, leurs coussinets épousent ses pavillons auriculaires, adoptant leur température. Ils l'augmentent et la protègent. Et peut-être que tout a commencé comme ça. Par le besoin de se couper de l'extérieur. Et de choisir où poser les limites.

« *Adored,* Ian Brown susurre à son oreille, *I wanna, I wanna, I gotta be adored.* » Je veux, je dois être adoré. Au casque, la musique semble plus pure, plus directe aussi. C'est à elle seule que le chanteur s'adresse. Ses doigts caressent les fibres moutonneuses de son pyjama. Elles sont douces comme seule une matière hautement inflammable peut l'être. Ameko esquisse un sourire qu'elle renonce à maintenir en place. Aucune étincelle de bonheur en vue. La jeune femme s'extirpe du cocon synthétique. Lorsqu'elle explique aux lecteurs de son blog que les vêtements qu'elle porte sont exclusivement en fibres naturelles, il s'agit plus d'une projection philosophique que d'un énoncé irréfutable. Ce pyjama est un cadeau de sa mère dont elle n'est toujours pas parvenue à se défaire. Elle redresse des épaules tombantes, détaille le torse étroit de son reflet, poitrine de préadolescente et ventre de garçonnet, elle étudie ses clavicules saillantes, bras déliés et poignets délicatement bosselés, ses jambes à peine arquées puis, satisfaite, enfile un t-shirt en modal, un textile synthétique d'origine naturelle, avant de se glisser dans son lit.

I Wanna Be Adored est le premier morceau du premier album des Stone Roses, groupe pionnier du rock alternatif britannique. Bien qu'il soit sorti en 1989, soit sept ans avant sa naissance, pour Ameko, ce titre est indémodable. Elle aime tout : l'ouverture sur ce collage de sons rappelant une télévision hertzienne coincée entre deux chaînes et le rythme de cordes frottées qui s'en détache. Puis vient la ligne de basse qui lance véritablement le morceau et sur laquelle se superpose un riff pentatonique. Dans une publicité pour gel douche, ces volutes mélodiques accompagneraient une cascade de fleurs exotiques roses et blanches. Ici, elles annoncent trois vers entêtants, les seules paroles du morceau. *I don't have to sell my soul, he is already in me* [...] *I wanna be adored.* Ameko aime les mots de Ian Brown. D'abord pour de mauvaises raisons. Ils sont simples, déliés, compréhensibles même lorsque, comme elle, on patauge en anglais. Sans être obscurs, ils sont chargés de symbolisme. C'est une autre raison de se laisser happer. Le morceau est aussi soporifique, au sens le plus littéral du terme. Il l'invite au sommeil. Ayant réduit son portable au silence, son casque audio déposé sur la table de nuit, Ameko s'endort.

Chapitre 2

Le cliquetis du luminaire dans la pièce à vivre annonce le commencement de la journée. Sa mère vient de se lever. Un courant d'air froid effleure son avant-bras. Ameko allume le climatiseur. Le vrombissement qui débute la contrarie, autant que la perspective de nettoyer le filtre de l'appareil. L'attention de la jeune femme grandit, bientôt absorbée par les bruits qui l'entourent. Ils précisent la cartographie d'un espace qu'elle connaît trop bien. Ameko remonte la couette au-dessus de son nez et, de ses pieds, entortille l'épaisse matière ouatée. La familiarité des sons et leur ordre prévisible, à l'échelle de son quotidien immuable, la rassurent. La porte de la cabine de bain coulisse, la poignée rouillée du mitigeur couine en faisant deux tours. L'eau parcourt la tuyauterie, s'échappe du pommeau en averse localisée. Séparé de la jeune femme par deux cloisons trop fines, un objet heurte la céramique du lavabo. Un peigne ou un tube de mascara, peut-être pire :

une brosse à dents. Indirectement, Ameko éprouve ce sentiment d'échec aussitôt suivi de l'intuition que la journée sera sombre. Ce matin encore leur salle de bain démontre, outre son incapacité à offrir à ses utilisateurs une intimité digne de ce nom, son impraticable étroitesse. Le sèche-cheveux surmené rugit. Quelques pas rapides. Des cintres tintent dans la chambre attenante, des pas à nouveau, puis, dans la pièce à vivre cette fois, de l'eau bout. De la vaisselle est mise en mouvement. Ce sont les tasses en céramique brune que Makoto Morita leur a rapportées d'un séjour dans la préfecture de Tokushima peu de temps avant son décès. Ameko qui n'avait pas dix ans s'était vue contrainte d'accompagner sa mère rendre un dernier hommage à l'octogénaire. Impossible d'oublier. Le Japon battait ses records de chaleur de 1880. Traînant le pas, Ameko observait sa mère vieillie avant l'heure par un tailleur mal ajusté. Elle-même portait une robe en tissu synthétique trop épais qui lui collait le long du dos. Ses chaussures vernies, neuves (elle ne les avait portées qu'à cette occasion), blessaient ses talons. Au même moment, sur le trottoir, un scarabée irisé agonisait. Si elle avait pu, l'enfant se serait dénudée. Si les lois de la physique avaient été de son côté, elle se serait évaporée. Le souvenir de sa peau irritée et de sentiments confus parmi lesquels le regret d'avoir laissé à son sort le coléoptère en syncope refont parfois surface. La cérémonie en elle-même, Ameko n'en garde que quelques flashs. Elle se rappelle le silence des hommes en costumes noirs, et leurs visages fermés ; ces mêmes hommes, baguettes en main, penchés sur les ossements partiellement calcinés du défunt, et sous les volutes d'encens, un parfum aussi discret que tenace de fleurs en instance de décomposition. A-t-elle imaginé la scène ? Que viendrait faire une enfant à la crémation du patron de sa mère ? Ses souvenirs sont trop nets pour être honnêtes. Reste que ce sont de belles tasses, lourdes, d'un ovale parfait. Ce qu'Ameko préfère ce sont leurs reflets cuivrés, joyeux et apaisants. De quoi effacer tout stigmate de brosse à dents tombée dans le lavabo. Un nouveau cliquetis et l'eau cesse de bouillir, puis de la vaisselle est mise en mouvement, encore. Cuivrée, forcément. De l'eau coule, encore, puis le silence à nouveau. Jusqu'à cette minute, les pas de sa mère ont été feutrés. Ses talons frappent deux coups sur le marbre du vestibule et la porte d'entrée claque. 6 heures 56. Il fut un temps où cette parenthèse contemplative renvoyait Ameko à son statut d'improductive. Sa mère s'activait, la ville entière s'activait, et la jeune femme se contentait de tendre une oreille inattentive à leurs préparatifs. La sensation d'être un poids mort remonte occasionnellement, comme un haut-le-cœur. Notamment lorsqu'Ameko lit des récits accablants sur la condition d'adulte parasite. Les parents se doivent de prendre soin de leurs enfants, certes, mais n'a-t-elle pas atteint l'âge où la courbe de la dépendance s'inverse ? Sa mère et elle ne sont-elles pas censées parvenir à un statu quo, une indépendance relative de l'une vis-à-vis de l'autre ? Sans jamais complètement se défaire de sa mauvaise conscience, Ameko apprécie le luxe de n'être attendue nulle part. Rester chez soi, c'est se singulariser, c'est faire défection. C'est s'affranchir du regard et du contrôle social, c'est considérer que les règles de la société ne s'appliquent pas à soi. Ameko est une activiste invisible. Toujours assise dans son lit, elle compte jusqu'à dix puis ouvre les rideaux. La lumière est déjà vive. L'iPhone sur son oreiller lui indique que la température extérieure est de cinq degrés et que le ciel devrait rester nuageux toute la journée.

Ses pieds se posent sur le plancher. Elle enfile le sweat à capuche abandonné la veille sur son lit et se dirige vers la pièce à vivre. Ameko et sa mère occupent un appartement de trente-sept mètres carrés situés au troisième et dernier étage d'un immeuble gris sale de l'arrondissement de Taitō, au nord-est de Tokyo. Sur le plan de travail, sa mère a laissé une théière encore brûlante. Le riz cuit la veille se maintient au chaud dans l'autocuiseur. Ameko sort une portion de nattō du réfrigérateur. Tout en se dirigeant vers la table, elle en mélange le contenu, laissant de côté les dosettes de sauce soja et de moutarde présentes dans la barquette. Elle s'assied à sa place, vide la préparation gluante sur le bol de riz qu'elle vient de remplir, renifle et s'essuie le nez au creux de sa main. Il n'y a pas de télévision dans leur appartement. Il n'y en a jamais eu, et ça ne lui a jamais manqué. Après avoir parcouru la une du *Asahi Shimbun* depuis son mobile, elle lit quelques articles mis de côté ces derniers jours. Il y est question de séismes. Du prochain Big One plus exactement, le séisme qui battra les records établis par le tremblement de terre de 1923 qui causa pour sa part quatre-vingt-huit incendies et plus d'une centaine de milliers de morts. Tokyo se situe sur la plaine du Kantō et vibre au rythme des frictions de trois plaques tectoniques. Ameko et sa mère vivent dans l'un des plus vieux quartiers de la capitale, un enchevêtrement de ruelles étroites bordées çà et là de maisons en bois. De fait, l'endroit constitue une zone à risque. Elle découvre que la gigantesque tour Tokyo Skytree surplombant le secteur est pourvue de caméras de surveillance qui permettront, lorsque le drame se produira (la question n'est pas de savoir s'il se produira, mais quand), d'en organiser l'évacuation. Alors il faudra se confronter à la foule. Pour l'heure, Ameko se contente de saisir le bloc-notes à sa portée et de noter : nouilles lyophilisées, biscuits énergétiques, eau en bouteille. Son bol de riz terminé, elle regagne sa chambre. En journée, l'appartement est tout à elle, mais c'est toujours dans ses sept mètres carrés qu'elle se sent le mieux. Cela fait six mois qu'elle ne sort qu'en de rares occasions, inventoriées dans un carnet. Du lever au coucher, de ses lectures jusqu'au nombre de calories ingérées, ses journées s'archivent dans le même carnet. 185 aujourd'hui. Ses études terminées, sans stage ni emploi, elle était une simple NEET. Ce matin, la jeune femme acquiert un grade supplémentaire. Désormais, c'est officiel : Ameko cumule les statuts de NEET et d'hikikomori. Être étiqueté, c'est exister. Selon le ministère de la Santé, du Travail et des Affaires sociales, est hikikomori l'individu qui refuse de quitter son domicile et de s'impliquer dans des activités sociales en dehors du cercle familial. Pour mériter le label, il ne faut souffrir d'aucune pathologie psychiatrique, en amont de la séclusion du moins, ou de retard mental significatif. La définition exclut celles et ceux qui répondraient aux critères susmentionnés pour une durée inférieure à six mois. À dix-neuf ans, Ameko s'estime plutôt saine d'esprit. Sa santé mentale lui paraît même excellente, bien meilleure que celle de la plupart de ses contemporains. Elle pourrait se conformer au cliché de l'hikikomori, masquer sa fenêtre, dormir le jour et vivre la nuit, mais la jeune femme apprécie trop la lumière naturelle et les ciels changeants. Elle refuse le qualificatif d'ermite trop souvent associé au terme d'hikikomori. Elle ne pourrait pas être ermite, elle tient trop à son confort et à sa sécurité. D'ailleurs, elle n'a rien contre les gens, elle n'a simplement pas la force de leur faire face, littéralement : les nouveaux visages la fatiguent et Ameko n'a jamais su quoi faire de l'attention des autres. Elle la compare volontiers à un faisceau lumineux que l'on pointe sur un prisonnier qui tente de s'évader. Ameko ne rejette pas le monde, elle s'autorise plutôt, un temps, à évoluer en parallèle. Comment croire qu'une porte fermée interdit de s'ouvrir aux autres ? Parce qu'internet représente une frontière flottante entre intérieur et extérieur, Ameko a débuté la rédaction d'un blog.

Chapitre 3

Deux ans plus tôt, comme plusieurs milliers d'ambitieux contrariés, Ameko échouait au concours d'entrée de l'université Waseda. Et ce soir de juin 2014, tandis qu'ailleurs sur la planète on fêtait la musique, Momoko, sa mère, dînait avec Jun Morita.

Momoko avait été l'un des premiers espoirs de Satori Entertainment, l'agence de Makoto Morita, le père de Jun. Jun et Momoko, qui avaient le même âge et évoluaient dans les mêmes espaces, avaient grandi ensemble. À la fin des années 1980, alors que le premier apprenait le métier de producteur et d'agent auprès de son père, Momoko portait des seconds rôles troublés dans les premières expérimentations non érotiques de Kiyoshi Kurosawa. De grandes choses les attendaient. En 1994, Jun, qui débutait comme agent, permit à Momoko de décrocher son premier et dernier rôle principal dans le long métrage d'un réalisateur tombé depuis dans l'oubli. Le film s'appelait *Kira Kira* (« Brille, brille »), parlait de grand banditisme et d'amours contrariées. Le jeune ambitieux qui partageait l'affiche avec Momoko avait la gouaille d'un poissonnier. Il ne manquait jamais de répéter, à quiconque avait la politesse de l'écouter, que l'industrie cinématographique japonaise n'avait rien à envier à un panier de crabes. Les acteurs indépendants luttaient pour leur survie ; les plus talentueux se voyaient cantonnés à des seconds rôles inconsistants. Parce qu'il s'apprêtait à devenir père, le jeune homme ne considérait plus l'arrivisme comme une option discutable mais comme un impératif. Il se devait de voir grand. Quelques semaines après le décollage du futur chef de famille pour Los Angeles, ce départ requalifié en désertion imposait sa réalité à Momoko : laissée seule dans une situation précaire, elle ne serait pas en mesure très longtemps de subvenir aux besoins de leur fille. Makoto Morita lui proposa de devenir son assistante. Il s'agissait d'un poste administratif. L'offre allait toutefois avec un salaire confortable et une stabilité soudain désirable. Ses aspirations artistiques annihilées par le réel, Momoko s'épargna d'hésiter.

Ainsi, ce soir de juin 2014, alors qu'ailleurs dans le monde les reprises d'*Happy* de Pharrell Williams faisaient écho les unes aux autres, Momoko dînait avec Jun, qui avait été nommé directeur de Satori Entertainment à la mort de son père quelques années plus tôt.

Et Jun avait une idée pour sortir Ameko, sa fille de cœur, de l'impasse ; un projet d'envergure qui rendrait du même coup à l'agence sa place privilégiée dans l'industrie du divertissement. Avant d'aller plus loin – ils ne discuteraient pas le ventre vide –, il commanda une assiette de sashimi de fugu, une portion de racines de lotus frites, ainsi qu'une bouteille de saké Gouttelettes Divines. Un grain réduit à une fraction de son volume et un filtrage par suspension réalisé dans un dôme de glace garantissaient au breuvage sa pureté extraordinaire. « Gouttelettes Divines. Note bien, Momoko : *divines* ! » Sa digression achevée, et après avoir invité son assistante à reconnaître les arômes fruités, à déceler les notes minérales et à savourer ce fini éthéré, Jun annonça qu'Ameko serait la pierre angulaire du projet.

« Ameko ? Tu plaisantes ? » Les baguettes de Momoko s'étaient figées dans l'air. « Tu ne peux pas être sérieux. Je veux dire, d'habitude tes recrues ont rarement plus de 15 ans. J'ai vraiment du mal à l'imaginer au milieu de tes gamines. Elle n'a jamais fait de danse, elle… » Jun la coupa, index manucuré pointé dans sa direction. « C'est ça justement, un diamant à l'état brut. C'est exactement *ça* que je veux. » Il s'essuya les coins de la bouche, reprit. « Je me suis mal exprimé. Il n'est pas question de placer ta fille dans un groupe de nymphettes dociles. D'abord parce que, qu'on le veuille ou non, le marché est saturé. Ensuite… Ensuite, parce que ce serait absurde. Ça ne rendrait service à personne. Et ni toi ni moi ne voulons ça pour Ameko, tu devrais le savoir. Non, je te parle de construire un projet *autour* d'elle, de s'inspirer de sa beauté, de ses forces et de ses faiblesses, de bousculer les codes et de dépoussiérer l'industrie ! »

Quelques détails restaient à préciser, mais le concept tenait de l'évidence. D'ailleurs, souffla-t-il comme s'il craignait de perdre son élan, l'idée avait émergé de leurs discussions sur l'esthétique et sur cette notion presque mystique de grâce dans l'imperfection. « Alors voilà : cinq jeunes femmes, chacune sa faille, chacune son *léger* handicap. Gracieuses et imparfaites, la grâce dans l'imperfection ! »

Son léger handicap ? Momoko baissa la tête, la releva presque immédiatement pour poser sur Jun des sourcils circonspects. Elle ne voyait que trop bien, pourtant. Pendant son enfance, à l'instar d'une proportion non négligeable de la population, sa fille avait souffert de rachitisme. Le pédiatre s'était voulu rassurant. Il avait évoqué des difficultés, relativement fréquentes parmi les populations asiatiques, banales presque, et de nos jours parfaitement surmontables, à synthétiser la vitamine D. Ameko, littéralement l'enfant de la pluie, devrait s'exposer avec régularité au soleil. Ainsi, l'espace d'une petite décennie, mère et fille avaient passé leurs samedis en périphérie de Tokyo sur les plages de Kamakura et d'Enoshima, et Ameko avait absorbé une multitude de compléments alimentaires à base de calcium et de vitamine D. Encore à l'occasion, des douleurs dans ses jambes la figent, et sans forcément heurter le regard, à chaque pas, son pied droit reste timidement en dedans. Sa démarche, par nécessité paresseuse, tient de l'évitement, du rapport de force entre deux membres portés vers des directions qui ne s'harmonisent qu'au prix d'efforts constants. Ameko partage ce je-ne-sais-quoi de mignon et de défectueux avec un moineau estropié – celui que l'on loge dans une boîte à chaussures remplie de coton hydrophile avant qu'il ne prenne son envol ou ne meure.

Dans l'assiette bleue au centre de la table, une céramique quelconque, du fugu : un poisson fade, hors saison et hors de prix, hypothétiquement dangereux. Jun n'aurait jamais l'aura de son père, mais cette tessiture caressante n'était que trop familière à Momoko. L'homme qui lui faisait face appartenait à la catégorie des flambeurs subtils. Pour autant, elle lui devait sa confiance. Plus de trois décennies avaient rendu entre eux les paroles superflues et l'essentiel résidait ailleurs, du moins voulait-elle le croire. Ce soir, Momoko se bornerait à considérer les lamelles insipides du poisson comme annonciatrices de perspectives heureuses.

Après une inspiration trop profonde pour passer inaperçue, Jun reprit. « Tu vois ce que je veux dire ! Je te parle d'une recherche contemplative sur ce qui fait le désir humain. » Le déclin avait été plus long à venir qu'ailleurs, pourtant le pays perdait bel et bien ses repères. Le Japon mourait de vieillesse, l'angoisse le sclérosait. Attention, il ne prêchait pas l'Apocalypse. Ou plutôt si, mais une apocalypse spirituelle, induite par la remise en cause des valeurs aux fondements de la société. Voyait-elle ? Sans que ce soit foncièrement mauvais, car « on ne construit rien de bon sur une pensée binaire », les valeurs traditionnelles se désagrégeaient et, pour tous – pour lui, pour elle, pour *tous* –, le traumatisme se révélait plus profond qu'il n'y paraissait. Le mécanisme de cicatrisation collectif s'était grippé, voilà tout. Plus que de déclin – « le déclin, ça reste relatif, pas vrai ? » –, Jun parlait d'angoisse, une angoisse sourde. Momoko acquiesça.

« Le public a besoin d'être bousculé. Et c'est là que nous intervenons. Nos créations lui offrent un exutoire, une forme de purification émotionnelle. Nous faisons un métier magnifique, Momoko. Nous sommes des guérisseurs d'âmes ! » Jun caressait la boîte de Nicorette qu'il gardait toujours à portée de main, compagne muette de son portable. « Notre mission, au fond, c'est de réenchanter le monde, de lui ré-apporter du ré-enchantement, de la mystique. Là-dessus, ajoutons un soupçon de yin et de yang, toujours en évitant le piège du manichéisme… Oui, voilà : la dualité comme complémentarité. Tu me suis ? » L'alcool coulait, le flot de Jun s'accélérait. Jugulaires saillantes, il avalait ses mots dans la vaine tentative de suivre le fil de ses pensées. « Tu vois… tu sais… L'interdépendance et l'équilibre entre des valeurs antagonistes : réalité-fiction, superficialité-profondeur, pureté-sexualisation. Du noir, du blanc et du gris, surtout du gris, cet entre-deux qui donne sa préciosité à la vie humaine. De l'ambiguïté. C'est sexy, l'ambiguïté ! C'est réel ! » À la fois évident et complexe, le projet séduirait, quel que soit le degré d'analyse. « Tu te rends compte de ce qu'on tient là ? » Question rhétorique. Momoko hocha toutefois la tête.

Le groupe s'appellerait Divine Disgrace. « Divine… comme cette boisson, Momoko ! Gouttelettes Divines ! »

Ameko, dont la pathologie orthopédique représenterait toute une génération entravée, en serait l'étendard. Les angoisses de Momoko n'y feraient rien : sa fille était destinée au monde du spectacle, une histoire de famille, les paillettes coulaient dans son sang (à la faveur du saké, ni l'un ni l'autre ne relevèrent la faiblesse de l'image). En tant qu'agent et producteur, Jun s'investirait à chaque étape du projet. Il ne céderait pas un pouce au mauvais goût ou au misérabilisme, ne s'autoriserait aucun faux pas. Ameko bénéficierait de l'espace nécessaire pour s'épanouir tandis qu'il veillerait sur elle. L'homme joignit ses mains dans une prière sonore, de celle que l'on adresse au kami devant l'autel shinto, un clap. « Tu es sa mère, tu sais mieux que quiconque ce qui est bon pour elle. Je m'en remets à toi », souffla-t-il en inclinant le buste.

Bien sûr, Momoko ne voulait rien d'autre que le meilleur pour Ameko. Qu'aurait-elle pu souhaiter d'autre ? Les parents savent, d'instinct dit-on, ce qui convient à leur progéniture. Toutefois, chez sa propre mère déjà, l'instinct maternel semblait atrophié, et très tôt ses parents s'en étaient remis à Makoto Morita pour déterminer ce qui serait le mieux pour son avenir. Momoko s'était toujours interdit de projeter quoi que ce soit sur sa fille, ses désirs comme ses peurs. Et elle y était toujours plus ou moins parvenue. Elle n'était qu'une passeuse. Le fœtus qui avait grandi en elle était un corps étranger qui se nourrissait non pas d'elle (quoique l'image du parasite l'ait occasionnellement troublée), mais au travers d'elle. Ameko ne lui appartenait pas. Son intuition avait été confirmée : elles ne se ressemblaient même pas. Alors qu'était-elle supposée souhaiter pour sa fille ? Était-elle même en position d'attendre quoi que ce soit ? Avec cet examen raté, Ameko s'engageait dans une impasse et Momoko ne pourrait l'entretenir éternellement. Elle devait la laisser voler de ses propres ailes, quitte à la pousser hors du nid. La bonne impulsion et le soutien adéquat lui permettraient sans doute de réussir là où elle-même avait échoué. Embrumée par l'alcool et submergée par des émotions qu'elle s'abstint d'analyser, Momoko décida de voir dans l'offre de Jun une volonté de cimenter leur lien en se faisant père de substitution pour Ameko. La quadragénaire pressa à pleines paumes ses joues brûlantes. Dans ce geste enfantin rassurant, elle eut l'intuition que, bientôt, elle pourrait lâcher prise. Cette perspective exalta son ivresse et les notes herbeuses du saké.

Chapitre 4

Reflets blancs tombés sur l'ornière
L'eau croupie du marécage
À l'heure où les nénu-
Phars se referment, tu partiras.

La saison des pluies s'éternisait sur Tokyo lorsqu'en cette fin des années 60 Makoto Morita lançait la carrière de son épouse. Le premier quarante-cinq tours d'Aya Morita s'intitulait *Suiren no Yoru*, « La Nuit des nénuphars ». À la faveur des métaphores végétales de Makoto et des trémolos languissants d'Aya, l'enka renaissait et, en l'espace de trois décennies, le couple nourrit le spleen japonais.

La plupart des adolescents à sa place en auraient été gênés, mais Jun se délectait d'entendre sa mère insuffler âme et passion aux mots de son père. Même au cœur d'une adolescence prétendument punk – ses Dr. Martens trahissaient son amour de la new wave et un conformisme fonctionnel –, il conserva cette inclination pour un genre musical que ses camarades qualifiaient, sans trop de ménagement à son égard, de ringard. Il s'en foutait, son âme était pourpre et seuls les mélismes sans fin propres à l'enka parvenaient à l'apaiser. Lorsqu'il reprit les rênes de Satori à la mort de Makoto, Jun se mit en tête de relancer la carrière de sa mère. Il lui écrivit une chanson, *Garasu no Kokoro*, « Cœur de verre ». Il avait emprunté le titre au groupe de rock américain Blondie et, comme il s'y attendait, personne ne releva l'analogie. Lui seul s'amusait de cette corrélation entre deux univers que pas grand-chose ne rapprochait, sinon le recours quasi systématique au thème des amours contrariées. Rapidement disparue des ondes, *Garasu no Kokoro* n'en restait pas moins une perle de karaoké, une kitscherie exquise sur laquelle les connaisseurs se réjouissaient de tomber.

Aya Morita ne remonta jamais sur scène. Et bien qu'elle lui ait répété que c'était sans regret, Jun continuait de se reprocher ce qui relevait à ses yeux d'une transmission père-fils ratée.

À sa décharge, la barre était placée haut : Makoto ne s'était pas contenté de créer le mythe Aya Morita, il avait dans le même mouvement posé les premières pierres de son empire. L'homme l'évoquait dans la plupart de ses interviews accordées à la fin des années 80 : lancer la carrière de son épouse avait été un premier pas, certes. Mais le véritable point de bascule se situait lors de sa rencontre avec Momoko Sakamoto. L'aura de la jeune actrice l'avait durablement ébranlé. Le pygmalion décida que, dorénavant, ses recrues ne sauraient se cantonner à un seul domaine d'activité : elles joueraient la comédie, chanteraient et danseraient. Bien qu'elle ait été à l'origine de l'épiphanie, Momoko restait la seule signature de l'agence à avoir tenu tête à son directeur. En refusant d'intégrer les Haru no Dōru, les « Poupées de printemps », en passe de devenir l'un des groupes majeurs de la décennie, la jeune femme s'était assurée une réputation de princesse écervelée. De son côté, Makoto Morita comptait désormais parmi les architectes de l'âge d'or des idoles. Le terme, japonisé en *aïdoru*, se voulait un hommage aux interprètes du courant yéyé. Confiant dans la grandeur de sa mission, Morita père investit dans un immeuble de sept étages du quartier branché de Yūrakuchō. Depuis ces hauteurs il façonna le futur du marché culturel nippon, un marché porté par une obsession grandissante pour les très jeunes filles.

Deux décennies plus tard, Jun et ses équipes poursuivaient l'œuvre de Makoto. Le fils se targuait d'ailleurs de connaître chaque groupe d'idoles existant ou ayant existé sur l'archipel. Il ne cachait jamais sa frustration lorsqu'il racontait comment son père avait, bien malgré lui, inspiré la création du Onyanko Club, ce « Club des chatonnes » qui fut le premier concurrent historique des groupes de Satori Entertainment. Une volée d'adolescentes bombardée à une heure de grande audience sur toutes les chaînes du pays. Le regard perdu dans les nuées extraordinaires des fumigènes, le public nippon découvrait la horde juvénile qui animerait le programme télévisé

Coucher de soleil miaou miaou. Leur tube *Sailor Fuku wo Nugasanaide*, « Ne retire pas mon uniforme de marin », présentait la portée de petites chattes se désolant en chœur d'être encore vierges et priant un petit ami imaginaire de ne pas les déshabiller, d'attendre encore un peu, pour finalement l'inviter, sautillantes et moulinant l'air de leurs bras nus, à leur bouffer le cœur ou quelque excroissance de chair alentour. Les caméras s'attardaient sur les visages en sueur, en capturaient l'innocence, et ne manquaient aucune ondulation des jupes minuscules. Le public, des hommes et des femmes d'âge mûr, faisait entendre son enthousiasme par des sifflements et des applaudissements rythmés. *Sailor Fuku wo Nugasanaide* s'éleva au rang de tube de l'année 1985. Jun estimait que cette séquence télévisuelle, dérapage sublime s'il en est, marquait le début d'une nouvelle ère, également fascinante et dérangeante.

Peut-être parce que l'autarcie culturelle avait mené le pays à la suffocation ou parce que la crise économique interdisait la légèreté, les années 90 avaient marqué l'ère glaciaire du phénomène des idoles. La nature ayant horreur du vide, l'industrie s'était renouvelée ailleurs, mutant sur d'autres continents. En Europe, pour commencer. À Londres, précisément. Village People d'un nouveau genre, les Spice Girls remettaient le cosplay au goût du jour. La blondinette se voulait enfantine (code couleur : rose), la métisse, exubérante (code couleur : jaune), la plantureuse, sexuelle (code couleur : rouge), la plutôt quelconque, sportive (code couleur : vert), la sans voix, hautaine (code couleur : noir). Le spectre du public masculin s'en trouvait d'autant élargi. De leur côté, les fillettes du monde entier absorbaient cette sucrerie rehaussée d'un féminisme tout en stéréotypes et en limitations ; elles en étaient avides. Jun, en tant que professionnel du spectacle et curieux de l'âme humaine, s'était passionné pour le projet. Le fils avait jusque-là assisté son père dans la production de groupes raisonnablement populaires sans être inoubliables. Jun aspirait à écrire sa propre histoire et à forger sa réussite sur des bases exigeantes. Ce début de millénaire s'annonçait éprouvant pour les petites agences artistiques qui, lorsqu'elles n'étaient pas rachetées par l'un des mastodontes du divertissement, disparaissaient à un rythme préoccupant. Assurer la survie de Satori imposait de faire revenir ses artistes sur le devant de la scène. Et le succès ne se trouverait qu'à la lisière d'un marché désormais sans surprises. Depuis l'ère Meiji, en somme depuis toujours, les cultures dominantes émergeaient sur d'autres continents – pour ne pas les nommer, américain et européen.

Conscient qu'il serait incapable de propager une abstraction, il développa un concept qu'il nomma *Amadiemu*, pour ABBA-Madonna-Depeche Mode. Le fils de Makoto aimait les raisonnements pareils à des gadgets : tape-à-l'œil, alliant prise en main agréable et utilité discutable. *Amadiemu !* Le néologisme matelassait les recoins de sa bouche lorsqu'il se piquait d'expliquer son idée. ABBA d'abord. La force des quatre Suédois résidait dans la production de perles mélodiques – les Anglo-Saxons parlent de « ver d'oreille », *earworm* – joyeuses en surface, saisissantes en profondeur. Les deux couples chantaient les fantômes du passé et les désirs sans substance, et le monde entier reprenait en chœur. Un peu plus tard de l'autre côté de l'Atlantique, en s'emparant de problématiques sociétales et en associant sous-entendus érotiques et références religieuses, Madonna s'immisçait dans les conversations les plus triviales. Elle était partout. Mieux, en changeant de peau à chaque étape – littéralement ou pas, là n'est pas la question (bien que douteux, le trait d'humour arrachait quelques gloussements à ses interlocuteurs) –, l'Américaine restait multiple, inépuisable. Enfin, promesse d'une rédemption constamment différée, les Anglais de Depeche Mode ajoutaient quelques nuances plus sombres au tableau. *Amadiemu!* Peut-être parce qu'elle lui rappelait Madonna, Jun songea un temps à inclure Lady Gaga à sa formule. L'interprète de *Poker Face* portait une avant-garde convenue convenable, une révolution qui ne dérangeait personne, et de fait vendable à tous. Toutefois, réalisant le caractère redondant de l'ajout et les difficultés de mémorisation qu'il induirait – devrait-il invoquer l'*Amadiemuga*? L'*Amadiga*? Lui-même s'y serait perdu –, il finit par renoncer.

Par ailleurs, Jun en avait l'intuition : asseoir la postérité de Satori devait passer par l'incrustation de ses propres lubies artistiques dans le courant dominant. La comparaison valait ce qu'elle valait, mais tandis que certains illustrateurs glissaient des images érotiques dans les animations de Disney, Jun introduirait la marge au cœur de la norme. Le Japon s'obstinait dans des enfantillages confortables. Son public s'enthousiasmait pour des productions doucereuses. Soit. Jun commencerait par lui offrir le miel, mais il irait plus loin : il ferait en sorte que sa gorge se contracte d'horreur. Offrir simultanément la caresse et la claque, tel était son objectif. Et puisque ses contemporains refusaient à leur cerveau tout plaisir chimique (les lois pénalisant la consommation de stupéfiants se montraient suffisamment dissuasives), Jun leur apporterait le trouble autrement. Il puiserait du côté de la denpa, un genre musical faisant la part belle aux mélodies arythmiques suraiguës, pour créer une sucrerie chimique, entêtante et addictive, qui déplacerait le curseur de l'acidulé au caustique.

Jun en restait persuadé : parmi les producteurs, l'artiste se distingue de l'homme d'affaires par sa capacité à définir et à transmettre un message. Lui ne serait jamais un grand compositeur, il l'avait finalement compris. Mais rien ne l'empêchait de devenir un grand chef d'orchestre. Un maestro. Il n'ambitionnait rien de moins que de parvenir à la synthèse de l'underground et du mainstream. Le producteur créerait de l'*overground* et il construirait son projet de toutes pièces. La nature offre à l'occasion de belles surprises ; pour autant, le produit parfait ne le devient qu'après une mise en forme minutieuse. Selon l'adage, l'eau prend la forme du vase. Il se chargerait du calibrage, et il lui fallait des exécutantes capables de donner corps à ses aspirations.

Jun œuvrait au cœur d'une *industrie créative* et, qu'il le veuille ou non, là résidait la première incohérence. L'industrie ne produit pas, elle *reproduit.* Et même, l'industrie a vocation à reproduire le plus exactement possible le modèle le plus efficace possible. *Industrie créative*, l'association de ces deux termes antagonistes jetait les bases du débat philosophique qui avait tenu Jun en alerte à ses débuts – celui qui, en premier, avait infléchi ses idéaux. Il l'avait conclu depuis : l'impact du rapport mercantile sur le processus créatif était impossible à évaluer ; et le statut de bien de consommation de ses créations ne faisait nullement écran à leur caractère artistique. Le producteur renonçait à ce qu'il estimait être des scrupules stériles. Il avait, après tout, la responsabilité de plusieurs dizaines d'employés. Finissant de réduire ses ambitions à pas grand-chose, il se convainquit que son premier devoir était d'assurer la prospérité de son agence. Les choses étaient simples : le succès d'un groupe d'idoles reposait sur une accumulation de petits riens – mini-concerts dans la rue, les parcs et les centres commerciaux, sourires échangés, mains que l'on agite et que l'on serre, courbettes. Partout, tout le temps ; de la proximité, à l'infini. Ses filles seraient vues parce que visibles. Et Jun ne perdrait pas de précieux mois à ciseler un concept, il définirait en avançant, à la Richard Branson, visionnaire tranquille et milliardaire en jean.

De ce substrat broussailleux germerait bientôt Divine Disgrace, prononcé *dibaïndissouguréïssou* et rapidement désigné par les amateurs de pop distordue par l'acronyme « DiDi ». Avec leurs faiblesses en étendard, les idoles cassées donneraient de quoi penser à ceux qui le souhaitaient. Les autres, happés par le sex-appeal dérangeant de jeunes femmes présentées comme handicapées, expérimenteraient une catharsis doucereuse.

Jun avait toutes les cartes en main. Avec Divine Disgrace, il allait écrire une histoire et la mettre en scène. Il saurait prévoir les réactions du public. Il les devancerait. Donner aux spectateurs ce qu'ils demandent en ayant défini en amont leurs attentes, voilà la clef du succès. L'air du temps l'inspirait et Jun inspirerait l'air du temps. Le cercle était éminemment vertueux. Morita flirtait avec le contrôle des masses. Sans avoir lu Guy Debord, il perroquetait à l'occasion les mots d'un concurrent lui-même assez prétentieux pour citer hors propos le philosophe français : *plutôt qu'un ensemble d'images, le spectacle est un rapport social médiatisé par des images*. Parce que ce rapport lui semblait favorable, Jun avait enregistré la phrase dans son téléphone à clapet. La semaine suivante, son assistante déposait une copie de la deuxième édition japonaise de *La Société du spectacle* sur son bureau. Il l'ouvrit trois jours plus tard, en lut les premières lignes, d'abord en silence, puis à haute voix, pour un témoin imaginaire :

« Et sans doute notre temps… préfère l'image à la chose, la copie à l'original, la représentation à la réalité, l'apparence à l'être... Ce qui est *sacré* pour lui, ce n'est que l'*illusion*, mais ce qui est profane, c'est la *vérité*. Mieux, le sacré grandit à ses yeux à mesure que décroît la vérité et que l'illusion croît, si bien que *le comble de l'illusion* est aussi pour lui *le comble du sacré*.[1] »

Le comble de l'illusion est le comble du sacré. Jun s'enfonça dans son fauteuil. Il tenait quelque chose. L'idée, toute confuse qu'elle soit, était sienne désormais. Il lui appartenait d'en faire ce qu'il voulait. En commençant par la laisser mûrir. Le sourire aux lèvres, il reposa le livre. Il n'irait jamais plus loin dans sa lecture de l'essai.

1. Feuerbach, préface à la deuxième édition de son *Essence du christianisme*, citée en introduction de la première partie de *La Société du spectacle*.

Chapitre 5

Ça fait quatre mois qu'Ameko médite, qu'elle pratique, sans rien en tirer de précis. Toutefois, ces dix minutes consacrées chaque matin à l'accueil et au non-jugement de ses pensées constituent un rituel auquel elle ne trouve aucune raison de renoncer. Ameko se réjouit de s'investir dans quelque chose de ni immédiatement utile ni franchement divertissant. Assise en tailleur à son bureau, elle lance le guide audio sur son téléphone. Ses mains se posent sur ses genoux. Elle redresse la tête, bombe le torse. Des vertèbres craquent. Des tensions se libèrent, c'est déjà une satisfaction. Son regard se porte sur ce qui devrait être l'horizon, à savoir une lumière blanche, troublée par le verre dépoli, lui parvenant de l'extérieur. Une voix d'homme la salue. Elle sait ce qu'il va dire. Devançant ses injonctions, Ameko ferme les yeux, inspire par le nez, lentement, expire par la bouche, plus lentement encore. Elle s'imagine en train de tomber dans le puits de sa conscience comme Alice au pays des Merveilles, lorsque sa robe cloche se fait parachute et que la fillette blonde se retrouve la tête en bas et les pieds en l'air. La méditation devient une parenthèse de spéléologie intérieure. Après avoir tenté de ressentir le gonflement de son ventre et le relâchement de ses muscles, Ameko opère un balayage depuis le sommet de son crâne jusqu'à ses orteils. La jeune femme imagine un faisceau lumineux qui la scanne. Aujourd'hui il est vert, vert-vert, vert émeraude. Parfois il est safran, d'autres fois encore coquille d'œuf. La couleur ne change rien au rituel. L'attention d'Ameko se porte sur ses oreilles. Elle essaie d'en sentir les pavillons, de deviner leur relief. En vain. Seul le contact de sa chevelure lui confirme qu'il ne s'agit pas d'appendices fantômes. Soudain prise d'une démangeaison sur l'aile du nez, elle s'interroge : est-elle censée intervenir pour faire cesser la gêne et, très concrètement, se gratter ? Ou doit-elle se contenter d'observer et d'accepter le chatouillement pour ce qu'il est : une perception, donc une création de son esprit, et donc rien de réel ? Réagir ou contempler ? La voix ne lui apporte aucune réponse, mais l'exhorte à ne pas oublier d'observer l'auriculaire de sa main gauche, ainsi que les organes de son tronc. « Les délicats organes », murmure le narrateur lymphatique. La formule lui plaît. Se détache l'idée de la grossièreté d'autres organes, situés ailleurs. Lesquels ? Où donc ? Son esprit persiste à musarder. L'inconnu familier la rassure : c'est normal, les pensées vont et viennent et la pratique méditative n'a nullement vocation à les mettre en cage. Tout récemment, le guide l'avait explicitement autorisée à laisser libre cours à ses pensées. Ameko en avait eu l'intuition : il l'incitait à sortir des sentiers battus. Elle devait se surprendre. De cette parenthèse de conscience altérée allaient jaillir quelques idées grandioses, ou plus sûrement une ou deux élucubrations marquées d'une certaine élégance conceptuelle. Quelque chose digne d'intérêt, au moins. Au lieu de cela, Ameko avait visualisé ses réflexions, très littéralement. Elles formaient une masse brune, organique et molle. Et, toute la durée de l'exercice, pris dans un mouvement de va-et-vient stérile, cet agrégat opaque s'était heurté à un butoir recouvert de velours lie-de-vin. Ses pensées étaient bloquées. Il paraît que les bénéfices de la pratique méditative peuvent tarder à se faire sentir. Cette fois, sa contemplation est interrompue par des cris d'adolescentes sur les montagnes russes de l'Hanayashiki, le parc d'attractions tout proche. Ameko n'y est allée que quelques fois. Les équipements du parc, le plus ancien du pays, lui ont toujours paru dangereusement obsolètes. Il aura fallu qu'elle s'enferme chez elle pour qu'ils lui parviennent, mais depuis, chaque fois qu'Ameko y prête attention, ces cris la glacent. Tout commence avec les accélérations des voiturettes sur les rails, puis viennent les crissements du métal, déjà recouverts par ces joyeux hurlements qui crispent l'air. Malgré l'absence théorique de danger, elle ne s'y fera jamais. L'agitation des autres l'inquiète. L'application éteinte et sans raison particulière, Ameko ouvre la fenêtre et inspire profondément. Elle la referme dans un soupir. On ne fait rien de bon avec l'adrénaline.

Chapitre 6

Momoko ne l'a jamais incitée à développer une quelconque fibre artistique. À la réflexion, elle ne l'a jamais poussée à quoi que ce soit. Cherchait-elle à lui épargner les erreurs qu'elle-même avait commises? Est-il seulement possible d'apprendre des erreurs des autres? Ses camarades de classe suivaient divers programmes de soutien scolaire, non pour se maintenir au niveau, mais pour exceller. Ils pratiquaient le piano, le ballet, étudiaient le français, l'anglais ou l'italien. Pas elle. Ameko, une fois ses cours terminés, avait la responsabilité de son emploi du temps, et elle n'avait jamais abusé de cette liberté. Elle lisait, écoutait de la musique ou jouait à des jeux vidéo. Au fil de sa scolarité, les choses avaient peu changé. À l'heure de donner une direction à sa vie, Ameko décida d'étudier les lettres sans savoir exactement où cela la mènerait. Bien que par nature pétrie de doutes, elle avait la certitude que le déclic était proche et que la confusion allait bientôt céder sa place à l'évidence.

Peut-être s'orienterait-elle vers le journalisme ou la décoration d'intérieur. Éventuellement, elle enseignerait. Une activité n'excluait pas les autres, même si, à bien y penser, la perspective d'intervenir face à des élèves indifférents ne l'attirait pas outre mesure. Elle étudierait donc à Waseda, la voie royale pour exploiter son potentiel créatif. À quoi bon s'instruire si ce n'est auprès des meilleurs ? Ses professeurs avaient tenté de la raisonner : ne présenter le concours que d'une seule université, qui plus est parmi les plus sélectives du pays, ne pouvait mener qu'à l'échec. Ils ne remettaient pas en cause ses aptitudes, mais tout de même, d'autres candidats, venus d'écoles plus prestigieuses, se préparaient à cet examen depuis leur entrée en maternelle. Leurs trajectoires, par nécessité prodigieuses, avaient été tracées avant même qu'ils ne soient en mesure d'aller seuls aux toilettes. Comment lutter ? Pourquoi Ameko s'était-elle entêtée ? Peu importent les circonstances, foncer dans le mur ne peut mener nulle part. Cet examen raté lui avait rappelé l'évidence, sans qu'elle sache quoi faire de la leçon.

Jun l'avait vue grandir et, contrairement à beaucoup d'adultes de son entourage, ne l'avait jamais prise de haut. Il s'était toujours intéressé à ses projets, la poussait constamment à s'ouvrir à de nouveaux domaines. Il lui avait offert des centaines de disques, l'avait invitée à tout autant de concerts. À ce jour, l'homme faisait partie des rares personnes avec qui elle pouvait avoir des conversations qui ne tournaient pas en rond. Et l'un et l'autre se connaissaient trop bien pour qu'Ameko puisse imaginer que Jun l'implique dans un projet par charité. Elle n'était, de son côté, plus en position de décevoir qui que ce soit.

Tout le monde rêve de gloire, pourquoi Ameko aurait-elle dérogé à la règle ? Les images figées en mouvement par le caméscope familial le lui confirmaient : enfant, elle avait maladroitement reproduit les chorégraphies en vogue. Et comme n'importe qui, la jeune femme ressentait le besoin, à défaut d'en être à l'origine, de prendre part à quelque chose d'ambitieux. Sa place centrale dans le projet de Jun l'effrayait autant que, furtivement, elle la ravissait. Ses jambes arquées devenaient un atout. Elles matérialisaient la revanche sur cet échec universitaire. On la reconnaissait enfin à sa juste valeur. Elle ne serait jamais mise en avant pour ses chorégraphies, mais qu'importe ? C'était sans doute mieux comme ça. Elle n'avait jamais eu le rythme dans la peau.

« Du talent ? Mais on n'a pas besoin de talent quand on a ta gueule d'ange ! Tu seras l'ange du groupe. Tu seras parfaite. » Jun évoqua le sex-appeal de ceux qui ignorent leur beauté. Ameko ne sut quoi répondre. *Sex-appeal*, comme *libido* ou *épilation définitive*, ça restait des mots de magazines féminins, et à part le *An An* que sa mère ramenait à l'occasion, Ameko ne lisait pas la presse féminine. Elle hocha la tête par réflexe. Le producteur la vit rougir, il effleura la fossette qui se creusa sur la joue de la jeune femme.

« J'adore. C'est irrésistible ! Tu sais que ce joli creux est dû à une malformation du grand zygomatique, le muscle qui relie tes pommettes aux commissures de tes lèvres ? La nature façonne les plus délicieuses des erreurs. Tu vas être merveilleuse, tu sais ? »

Jun s'empara de la main d'Ameko dans un geste qui dissimula mal un élan autoritaire. Les doigts fins aux ongles rongés se rétractèrent au creux de sa paume.

Il redressa la tête. « Ne t'inquiète pas pour ça, on va te payer une belle manucure. »

Dans les semaines qui suivirent, un contrat fut signé, faisant d'Ameko une employée de Satori. Le document donnait à l'agence toute latitude pour définir l'orientation artistique du projet. La jeune femme recevrait chaque mois un salaire de deux cent cinquante mille yens – plus qu'une caissière, moins qu'une escort –, et les membres de Divine Disgrace se partageraient 1 % des recettes provenant des supports musicaux et autres produits dérivés, ainsi que 10 % des revenus découlant des opérations publicitaires et commerciales auxquelles elles seraient associées. Ameko rencontrerait ses partenaires l'avant-veille de l'enregistrement de *Disharmony*, leur premier single. Jun insista sur le fait que les débuts seraient difficiles et qu'il conviendrait, les premiers temps, de limiter les coûts de fonctionnement du groupe. « Pas de champagne au petit-déjeuner, pas avant d'être numéro 1 des charts », plaisanta-t-il.

Chapitre 7

Sa chambre a évolué par touches au fil d'une adolescence sans à-coups. Les couleurs se sont fanées, passant du bleu ciel à l'ardoise, du Pantone 232 C au Pantone 515 C, du vert pomme au céladon. En parallèle de cette maturation chromatique, le vide s'était fait. Les jouets qui jonchaient le sol s'étaient raréfiés avant d'être remplacés par une déclinaison de cosmétiques. Estampillés *anti-imperfections* ou *peau jeune à problèmes*, les tubes et flacons s'alignent sur une planche en bois faisant office d'étagère. Son statut d'hikikomori ne condamne pas Ameko au laisser-aller. Il lui offre au contraire une maîtrise quasi absolue de son quotidien. Seule la météo échappe à son contrôle. Et comme elle ne sort qu'exceptionnellement, c'est sans importance. Le lit, le bureau, une penderie Ikea, ainsi qu'une psyché de la même marque constituent les repères sinon permanents, du moins durables de ces sept mètres carrés.

Les objets demandent à exister, ils réclament l'attention et absorbent l'énergie de leur propriétaire. Ameko refuse de se laisser déborder. Ces six derniers mois, sa consommation est restée sobre. Les premiers temps, elle achetait du thé en bouteille au distributeur en bas de chez elle. Désormais convertie au zéro déchet, elle se contente de thé en vrac qu'elle prépare elle-même. Ameko applique les principes développés par Marie Kondo, prêtresse du rangement spirituel, qui recommande à ses ouailles de se séparer des possessions ne provoquant aucune étincelle de joie. Il n'est plus question de jeter : le tri doit permettre de déterminer non plus ce dont on souhaite se défaire, mais ce que l'on veut garder. La nuance – qui n'en est pas une – a amené Ameko à se séparer de la plupart de ses possessions. Elle a trouvé un guide en celle qui admet préférer la compagnie des inanimés à celle des humains et qui se bat pour la reconnaissance des droits des premiers. Marie Kondo l'explique mieux qu'elle : les objets se sentent mieux lorsqu'ils se retrouvent entre pairs. S'ils se ressemblent, ils doivent être réunis. Il faut communiquer avec eux et les remercier une fois leur œuvre accomplie.

Avoir prise sur son espace, c'est, à cet instant, sa façon de définir sa place dans le monde. Ameko n'a que peu de possessions. Ce n'est pas qu'elle n'aime pas les objets, au contraire : elle les respecte trop pour les accumuler ou les remplacer avant l'heure. Ameko s'applique à créer avec eux une relation. Elle aime les objets qui lui arrivent par hasard, les objets qui la trouvent plutôt que l'inverse, ces objets remarquables qui s'imposent à elle. Elle aime les objets qui l'accompagnent et dont l'usage évolue avec elle. Ceux qu'elle décide de croire irremplaçables. Elle partage avec eux une histoire, des anecdotes. Ces objets, comme autant de facettes d'un portrait chinois, parlent d'elle.

Ainsi, les quelques vêtements qu'Ameko a conservés s'ordonnent sur le portant Rigga selon le spectre d'un arc-en-ciel délavé. Les couleurs trop vives l'agressent. Elle l'écrit sur son blog sans s'embarrasser de fausse pudeur : sa garde-robe est à son image, sobre et discrètement sophistiquée. À ce jour, elle recense un paletot cuisse de nymphe jamais tendance donc indémodable, trois robes qu'un œil inattentif jugerait informes et qui, de plus près, se révèlent hyper structurées, une veste haori, quatre pulls, laine ou coton selon la saison, deux jeans bruts, sept t-shirts unis, huit paires de chaussettes et sept ensembles de sous-vêtements. Uniquement des fibres naturelles. Chaque pièce l'enveloppe, comme un cocon. Chaque élément l'augmente. Chaque matin, en s'habillant, c'est son aura qu'elle dessine.

Ameko a fait du minimalisme un mode de vie. Rien n'a de prise sur elle. Son blog s'intitule *Less is more*. Il s'agit d'une extension relativement organisée des réflexions entamées dans ses cahiers. Elle parle d'espace, de limites et de paix intérieure. Elle explique que les sept mètres carrés qu'elle occupe sont le miroir de son âme, et que le vide qu'elle y opère creuse le réceptacle qui lui permettra, le moment venu, de mieux accueillir l'extérieur. Elle évoque son isolement en des termes choisis afin qu'il ne vienne à l'idée de personne de la prendre en pitié. Depuis les battements du cœur jusqu'au cycle des saisons en passant par les jours de la semaine, tout n'est que répétition. « Ce n'est que dans la répétition que nous éprouvons notre présence au réel », écrit-elle. Elle place dans sa journée la spiritualité qu'elle n'a jamais mise dans une religion. Son blog reçoit de plus en plus de visites et les commentaires déposés par ses lecteurs sont encourageants, élogieux parfois.

Less is more.

Elle avait attribué la formule à Marilyn Monroe. Wikipédia lui révéla que le paradoxe était tiré de l'œuvre de Robert Browning, poète majeur de l'Angleterre victorienne. La méprise était excusable, l'actrice n'avait-elle pas déclaré dormir seulement vêtue d'une goutte de Chanel N° 5 ? Il suffit d'imaginer les courbes de Monroe libérées du carcan vestimentaire et d'y ajouter le sillage d'un parfum de rombière, et voilà : *less is more*. Toutefois, parce qu'elle était indifférente à la volupté de l'icône américaine et à l'opulence du parfum français, Ameko finit par accepter l'idée de devoir son titre à un vieux Britannique lettré. Moins de clinquant pour plus de lyrisme.

Less is more.

Chapitre 8

Lundi 1er septembre 2014

« Vous êtes déjà là. »

Ce n'était pas une question, pas plus une exclamation, à peine un constat. Un constat las. L'expression de Rosa Ueda, qui imposait son corps frêle dans l'embrasure de la porte, tenait plus de la contrariété faussement dissimulée, de l'invitation peu subtile à libérer l'espace, que de la surprise. Jun arrivait tous les matins peu après 7 heures. Rosa trouvait l'homme errant de son bureau à l'open space attenant, les mains jointes dans le dos, un peu voûté, dans une tentative inconsciente de réduire sa carrure. *À quoi bon, dès l'aube, faire étalage de son désœuvrement?* se demandait-elle. Rosa avait fini par imaginer qu'à son arrivée, le patron inventoriait : tables, chaises, ordinateurs, fournitures de bureau. Elle l'imaginait se questionnant : allaient-ils manquer de stylos ou de ramettes de papier ? Le mouvement des roulettes des fauteuils était-il suffisamment fluide ? La bonne marche de Satori pouvait-elle se trouver entravée par une quelconque défaillance technique ? Peu importait que son hypothèse soit absurde : aux yeux de Rosa, ça rendait l'homme un peu moins rationnel et un peu plus sympathique. Jun n'en restait pas moins une ronce qu'elle s'efforçait, chaque matin, d'éviter.

Pour sa part, Jun savait qu'il ne pourrait réussir sans montrer au monde, à l'outre-monde en particulier, et plus précisément à son père qui l'observait forcément de là où il se trouvait, qu'il était lui aussi de la race des lève-tôt. Contempler la ville qui s'éveillait, s'imprégner des détails les plus anodins – ici le client d'une supérette à deux étages buvant son café, là un arbre partiellement déraciné – comme il aurait scruté un visage aimé pour le recomposer quand la séparation viendrait, comptaient parmi ses obsessions matinales.

À l'époque de sa construction, l'immeuble de Satori impressionnait. Son architecte se réclamait du métabolisme, ce courant d'après-guerre concevant la ville comme une entité organique et grouillante, en mouvement perpétuel. Le bureau de Jun n'était situé qu'au septième et dernier étage. De fait, son champ de vision, plutôt que d'embrasser la ville, ou même le quartier, se heurtait aux immeubles qui s'étaient élevés au fil des décennies. Son père s'était souvent lamenté de ces portions de ciel dont on le privait. Pour Jun, au contraire, c'était son royaume qui s'élevait. Le verre et l'acier remplaçaient les briques d'un autre temps. Ils étincelaient. Et à l'instar de la ville, le fils de Makoto devenait la meilleure version de lui-même. Jun se tourna vers Rosa. Il souriait. À contre-jour toutefois, ses traits se distinguaient à peine.

« Rosa, bonjour. Sacré typhon, hein ! Vous avez vu ce vent ? » Jun s'efforçait chaque matin de saluer les employés croisés sur sa route. C'était important pour lui et, s'imaginait-il, pour eux. Il lui tenait à cœur de montrer à chacun qu'ils faisaient partie d'un même maillage ; le fait que tous en aient conscience assurait la solidité de l'ouvrage. Jun affirmait leur proximité, la teintait d'une déférence qu'il peinait à doser.

« Aujourd'hui, nous accueillons nos nouvelles artistes, Rosa. Je ne vais pas tarder à les rejoindre.

— Ça tangue, oui. Je déteste ce bruit. » Son japonais, d'une efficacité aiguisée, se passait de mots de liaison. Rosa n'avait pas de temps pour les fioritures.

« Je repasserai dans une demi-heure.

— Bien. Merci. Bonne journée. »

Dans une courbette à peine ébauchée, Rosa reprit sa route éclairée d'un halo gris. Jun, se tournant à nouveau vers la fenêtre, laissa échapper un soupir.

Il était 8 heures du matin. Dans un couloir exigu du sixième étage de l'immeuble de Satori, Ameko et quatre jeunes femmes attendaient en silence que l'on ouvre la porte d'un studio d'enregistrement dont la clef avait été égarée. Finalement installées dans la salle de réunion adjacente, des tasses en plastique remplies de thé vert refroidissant devant elles,

les désormais Divine Disgrace s'observaient dans le silence fébrile des chiens de faïence. En d'autres circonstances, Ameko aurait évité de croiser leurs regards. Ce matin-là pourtant, ses yeux ne parvenaient pas à se détacher du visage de ses futures partenaires. Son regard passait de l'une à l'autre, sans la moindre gêne, comme si ces filles se tenaient derrière une vitre sans tain. Elle reconnut Kana Wakahisa, la meneuse d'un groupe d'idoles devenue la coqueluche des tabloïds suite à un accident de voiture dont tous croyaient qu'il lui avait coûté l'usage des jambes. Ameko s'étonna que l'on soit sur le point d'associer cette beauté classique à la fille osseuse et terne assise à sa droite. Les deux autres, des jumelles au décolleté extraordinaire fusionné à un torse minuscule – *À peine assez de place pour contenir tous les organes vitaux*, songea Ameko –, semblaient, elles aussi, être des recrues accidentelles. Ameko pâlit. C'était une plaisanterie. Jun allait sortir du studio d'enregistrement, il lui taperait sur l'épaule, moquerait sa naïveté. *Tu ne chantes pas, tu ne danses pas… Comment as-tu pu imaginer que j'allais t'embaucher ?* Elle s'efforcerait de rire avec lui. L'absurde de la situation lui retourna l'estomac. Comment avait-elle pu croire qu'elle avait sa place dans un groupe d'idoles ? Mais personne ne sortit du studio d'enregistrement ce matin-là. À défaut, une assistante initia un tour de table. Chaque membre fut invitée à se présenter et à évoquer en quelques mots sa *faille*, celle stipulée sur le contrat qu'elles venaient de signer. Kana Wakahisa fit pudiquement état de douleurs dans ses membres inférieurs et de difficultés à la marche. Sayuri Kojima évoqua d'une voix nasillarde le fait que son albinisme lui valait régulièrement d'être la cible de harcèlement. Emi et Eri Toda, alias Emiri, jumelles dizygotes et néanmoins interchangeables, mentionnèrent la surdité partielle d'Emi, précisant que cette condition n'avait, selon elles, rien d'handicapant. Ameko parla de sa jambe droite et du syndrome dont, enfant, elle avait souffert. Cherchant à étayer, elle fut contrainte de rassembler des souvenirs tant il lui semblait que, désormais, la chose n'avait plus rien de remarquable.

Jun venait de les rejoindre. Il était suivi par quatre membres de l'équipe rattachée au groupe. Un directeur artistique, un compositeur également producteur et coach vocal, ainsi que deux communicants – uniquement des hommes –, lesquels, l'espace d'une heure, se relayèrent pour exposer les grandes lignes du projet. Il fut décrété que Kana chanterait, qu'Ameko et Sayuri pourraient à l'occasion faire entendre leur voix, et puisqu'Emi souffrait de surdité partielle, on présenterait les jumelles comme sourdes toutes les deux. Il fallait parfois pousser la tragédie. Reléguées à la danse, affublées d'un cache-œil, l'une et l'autre seraient alternativement accessoirisées d'une guitare et d'une basse. Cette rotation importait d'autant moins qu'aucune n'avait jusqu'alors jamais touché le moindre instrument de musique. Kana-sensei, Kana la sage, immédiatement rentable puisque déjà iconique, serait la meneuse. La brune Ameko incarnerait l'ange ; la translucide Sayuri, le démon. Positionner l'albinos du côté sombre ravissait Jun qui, en dehors des coupes budgétaires, n'avait d'autre obsession que de tordre les conventions. Et comme un appel du pied androgyne était toujours le bienvenu, on décida qu'Ameko porterait désormais les cheveux courts. Il en fallait une, et personne ne songea à toucher à la paillasse neige souillée de l'albinos. De son côté, Kana Wakahisa devait rester instantanément reconnaissable. Les jumelles, enfin, tireraient profit de leur physique d'employées de maison close.

Jun, qui se tenait jusque-là les bras croisés au fond de la salle, s'avança pour prendre la parole.

« Ça ne vous aura pas échappé : sur le créneau des idoles, vous sortez du lot. Vous n'êtes plus des enfants, vous n'êtes pas des poupées. Avec vous débute l'ère des idoles qui ont une vision à apporter au monde. Vous venez chacune avec votre parcours, votre ligne de vie… Vos bagages, si j'ose dire. Divine Disgrace est un groupe qui a des choses à dire. Ce qui m'intéresse en vous, ce que le public veut voir, c'est votre vécu. Votre vécu, c'est votre force. Vos souffrances sont vos joyaux. Et laissez-moi vous dire que ce que vous avez là *(il se frappa la poitrine du poing)*, ce sont des diamants à l'état brut. Alors portez-les fièrement. » Jun se tamponna le front avec un mouchoir bleu nuit brodé de mantes religieuses stylisées. Il le replia et le rangea précautionneusement dans la poche arrière de son jean. « Ensemble, nous n'allons pas nous cantonner à divertir le public, nous allons toucher les âmes. Ensemble, nous allons écrire une histoire. Nous allons écrire *votre* histoire, *vous* mettre en scène. Dorénavant vous êtes nos héroïnes, et chacune va avoir son rôle à jouer. Je sais bien, dit comme ça, ça peut sembler intimidant. Mais on ne va pas vous lâcher dans la fosse aux lions. Nous sommes une famille. Les équipes de Satori sont là pour vous. Elles vous guideront tout au long du processus créatif, évidemment, mais elles vous aideront également à construire votre image et à définir votre message. Et elles vous seront d'une aide précieuse, croyez-moi, lorsqu'il faudra interagir avec vos fans et avec les journalistes. Nous avancerons main dans la main, pas à pas, et il est essentiel que vous soyez à l'aise à chaque étape du processus. » Jun réalisa à cet instant qu'il ne pouvait plonger son regard que dans une seule paire d'yeux à la fois. Troublé par cette prise de conscience aussi fondamentale que tardive, il se tut, assurant avec chacune des jeunes femmes un contact visuel qu'il assortit d'un hochement de tête. « En tant qu'idoles, votre mission première consiste à accompagner les plus jeunes dans le passage douloureux à l'âge adulte. Mais plus que ça, Divine Disgrace doit parler à tous. La souffrance n'épargne personne, pas vrai ? Alors je veux que vous fermiez les yeux un instant, voilà… Oui, toi aussi Sayuri. Voilà. Respirez profondément et essayez de ressentir cette douleur au fond de vous, sourde, celle qui vous tient parfois éveillées la nuit… Vous la ressentez ? » Et il ne parlait pas de douleurs physiques, mais de blessures à l'âme, souvent indicibles, qui les rendaient uniques et plus belles encore. Il cita Leonard Cohen, indifférent au fait que la référence leur serait étrangère. *Il y a une fissure dans toute chose, c'est ainsi qu'entre la lumière.* Et maintenant, la discernaient-elles, cette fissure ? Cet embrasement précieux, elles devaient veiller à l'entretenir, il allait éclairer le monde. Pour elles comme pour le public, Divine Disgrace se révélerait cathartique, voyaient-elles ? Les respirations coupées, un silence pénible paralysa la salle de réunion. Kana Wakahisa finit par lancer un *compris* suffisamment ferme pour que l'apnée cesse et qu'autour de la table les corps se relâchent.

Chapitre 9

Quand débutera la prochaine étape de sa vie, quand elle quittera sa chambre, Ameko ira en Californie pour rencontrer son père. Elle est incapable de détester cet homme au motif que, au même âge qu'elle, il n'a pas su quoi faire de sa paternité. Il ne lui a pas manqué, alors pourquoi lui en voudrait-elle ? Plus que la colère ou l'indifférence, c'est la curiosité qui domine. Ils ont forcément quelque chose en commun. Google et l'Internet Movie Database ne semblent pas le connaître. Ameko l'imagine devenu réalisateur de films indépendants. Son nom a changé. Il ne serait pas le premier immigré à conformer son patronyme à son nouvel environnement. En prévision de leurs retrouvailles, pour consolider son bagage linguistique, elle résume chaque entrée de son blog en une phrase ou deux d'un anglais poétique à défaut d'être grammaticalement irréprochable. Elle lit aussi, à peu près tout ce qui lui passe sous les yeux. Elle aime le fait qu'une page la mène toujours à une autre. Si certains estiment qu'il s'agit d'une perte de temps, Ameko se réjouit au contraire que son trajet soit constamment émaillé de découvertes. Quel lien unit un combattant taliban et la Vierge Marie, la reine d'Angleterre et une amibe ? Trois clics de souris, pas plus. Parfois moins. Et ses errements lui permettent de se tenir informée de l'actualité de Taylor Swift. L'un des premiers articles qu'elle s'efforça de déchiffrer s'intitulait *I Tried Taylor Swift's Diet and It Was a Joy*. Ameko sait depuis que le Pilates et Instagram constituent des activités très sympas et que le Pumpkin Spice Latte est une boisson très sympa. Car c'est une constante : plein de majuscules, l'univers Swift est très sympa. Taylor ne craque jamais sous la pression. Son sourire résiste à tout. Son rouge à lèvres ne vire jamais, même quand elle mange, et cette fille est tellement parfaite qu'elle mange ce qui lui fait plaisir. *La perfection poussée jusque dans le métabolisme, également fascinante et injuste*, pense Ameko. Sur certaines photos, son vernis s'écaille, mais c'est tendance et son statut d'icône internationale la contraint à prouver qu'elle n'est ni *control freak* ni réfractaire au maquillage milieu de gamme. Trop de personnes sous-estiment l'art complexe de la décontraction. Taylor Swift, soumise à la fois à ceux qui l'aiment et à ceux qui la détestent, s'affiche équilibrée, surhumaine. « *People throw rocks at things that shine* », chante la Pennsylvanienne dans *Ours*, la première piste du disque bonus inclus dans la version Deluxe de l'album *Speak Now*. Ameko n'aurait pas mieux dit.

Chapitre 10

Mercredi 3 septembre 2014

« Dois-je vous rappeler que le tournage de votre premier clip est lundi ? J'ai expressément demandé à madame Nakamura de développer une chorégraphie accessible. Ce n'est pas non plus comme si on vous demandait un enchaînement de saltos, si ? Regardez-la, elle ne sait plus quoi faire. Qu'est-ce qu'on fait si votre professeur jette l'éponge, vous me le dites ? Votre boulot, c'est de nous aider à croire en Divine Disgrace. Tout ce que je vous demande, et pour ça j'ai besoin d'un minimum d'implication de votre part, c'est d'être en mesure de travailler en groupe. J'ai besoin que vous incarniez Divine Disgrace. Sayuri, tu es avec nous ? Que ce soit clair : chaque fois que vous décrochez, rien qu'une demi-minute… Je sais ce que vous vous dites : ça représente quoi, une demi-minute ? Rien du tout, hein, c'est ce que vous vous dites. Eh bien, sachez-le, les trente secondes que vous laissez filer, c'est au bas mot une demi-heure de perdue pour le groupe, pour votre chorégraphe et pour vos futurs fans. Alors on y va, on se concentre, on ne lâche rien. Regardez le miroir, cherchez la douleur. Et faites-moi disparaître ces masques inexpressifs. » Jun claqua des doigts pour convoquer la magie ou, à défaut, rappeler l'urgence de la situation. « J'en appelle à votre intelligence sensible. Prenez conscience de chaque centimètre carré de votre corps, voilà… Respirez. Insufflez la vie à chacune de vos cellules. Maintenant, détaillez chacun de vos mouvements : un, deux, trois. Vos épaules, coudes et poignets ; vos mains, vos doigts, le bout de vos doigts. Vos hanches aussi. Prenez conscience de vos hanches. *Hips don't lie*. Kana, je sais combien rester assise peut être frustrant pour toi, mais concentre-toi sur ton port de tête, noble, royal. Tu étais la princesse de la pop ? Désormais, tu en es la reine ! Ce fauteuil, c'est ton trône. Sois en digne ! Tu incarnes la dignité, la souffrance digne. Ton public te respecte, il te vénère. Tu es notre phénix, n'oublie pas. Voilà… On y va. Cherchez l'harmonie en vous. Cherchez-la entre vous. Coordination, harmonie. Votre rythme interne doit s'harmoniser à celui du groupe. Oui, c'est ça ! Plus bas ton buste, Eri. Pour atteindre la symbiose, voir c'est bien, ressentir c'est mieux. Fermez les yeux, allez-y, ressentez les mouvements de chacune. C'est ça, la vraie coordination. Sayuri, ferme-moi ces paupières. En vous connectant les unes aux autres, vous devenez une entité, un organisme vivant. Vous devenez Divine Disgrace. C'est bon, ouvrez les yeux. Cette harmonie entre vous, elle doit me sauter au visage. On est là pour bousculer le public. Et, croyez-moi, on a du pain sur la planche. Alors on s'y met !

— …

— Emiri, épargnez-nous cette expression de poisson hors de l'eau. Alors oui, je sais, c'est vous, c'est votre marque de fabrique. Par moments c'est adorable, mais quand j'essaie de vous expliquer quelque chose, c'est franchement pénible.

— …

— Quoi, j'ai pas raison ? On reprend ! Je vous laisse avec votre professeure. »

À l'attention de la chorégraphe, il ajouta sentencieusement : « Je vous les confie. »

« On va s'arrêter là pour aujourd'hui. » Madame Nakamura s'avança à pas de bourrée pour prendre élégamment appui sur le dossier de la chaise que Jun venait de délaisser. Elle souriait. « Monsieur Morita a raison, on a du pain sur la planche, mais à ma connaissance Rome ne s'est pas construite en un jour, et j'ai bien conscience que certaines d'entre vous n'avaient jamais dansé jusque-là. Il va falloir qu'on prenne mieux ça en compte. Je suis là pour vous aider à donner le meilleur de vous-même. Alors encore merci pour votre temps aujourd'hui, je vous retrouve demain. D'ici là, reposez-vous. »

Tandis que la chorégraphe, héron précieux, refermait la porte dans une courbette, Emi et Eri Toda s'affalèrent l'une sur l'autre au creux du sofa installé au fond du studio de danse. « Je suis claquée », annonça Eri, pendant qu'Emi, reniflant, s'épongeait le front avec un pan du t-shirt de sa sœur. Leurs visages comme leurs bras luisaient d'un rose appétissant. Les jumelles venaient de reprendre une conversation qui ne concernait qu'elles. Une bulle invisible se referma. Leur complicité comme leur indifférence soudaine à leur environnement étaient troublantes. *Enviables*, se dit Ameko qui, elle aussi, aurait voulu s'extraire de cet espace mal aéré. Au centre de la pièce, le fauteuil roulant reposait, tristement inoccupé. Kana s'avança vers les jumelles. Sa voix retentit, aigre, sur un claquement de doigts.

« C'est la fête ? Qui vous a dit qu'on avait fini ? Cette madame Nakamura peut dire ce qu'elle veut, essayer de vous rassurer, elle en a probablement assez vu pour la journée. Je la comprends, moi-même j'ai eu ma dose. On ne va pas se mentir : vos erreurs, vos approximations, c'est pas possible. Même Morita ne semble pas réaliser l'ampleur du désastre. Mais parti comme c'est parti, on fonce droit dans le mur.

— Tu n'as pas entendu la prof ? » Emi leva les yeux de son téléphone portable pour les rebaisser presque aussitôt. « On verra ça demain. Détends-toi. J'ai mal partout, pas vous ? »

Kana reprit la parole, la voix froide. Elle chevrota. « Mais vous vous êtes vues ? On dirait deux… » Réalisant qu'elle ne pouvait se permettre d'aller au bout de sa pensée, la meneuse soupira. « Je me fous que vous soyez fatiguées. Ça ne vous a peut-être pas effleurées, mais ici, c'est de ma carrière dont il s'agit.

Quand vous vous vautrez dans ce canapé, c'est moi qui m'effondre. Divine Disgrace, c'est moi. Voyons les choses en face : qu'est-ce que vous avez à perdre si on se plante ? Rien, ou disons pas grand-chose, et c'est bien ça le problème. Laissez-moi deviner : vous étiez vendeuses à temps partiel au 109 *slash* aspirantes influenceuses ? On ne vous a quand même pas sorties d'un bar à hôtesses, si ? Parce que ça, oui, c'est vrai que c'est original et prometteur comme début de carrière... Ne le prenez pas mal, mais, concrètement, si Divine Disgrace est un flop, pour vous, ça ne changera rien. Allez, vous aurez vécu votre quart d'heure de gloire et la vie reprendra son cours. Mais moi... Moi, ma carrière, mes dix années de carrière, mes disques d'or, *ma vie*, hein, parce que je n'ai connu que ça, j'en fais quoi de tout ça si on se plante ? Je deviens quoi ? Vous y avez pensé ?

— On n'a jamais été vendeuses. »

Emi venait de se dégager du poids de sa sœur. Les mains en appui sur le bord du sofa, elle semblait hésiter à s'en extraire. Elle cherchait ses mots quand elle fut coupée par la spectrale Sayuri qui venait de les rejoindre. « Tu ne les connais pas, d'où tu as vu que tu pouvais les insulter ? Et moi, est-ce que *moi* je te parle de ton mec, tellement gay et drogué qu'il fait chaque semaine la une des tabloïds les plus crades, ou de ce fauteuil roulant que tu ne sais même pas manier ? Non, je me la ferme, comme les quatre autres. Alors tu vas tout de suite te calmer, parce que franchement, tes disques d'or et ta carrière, ça n'impressionne personne ici. »

Ameko se tenait toujours au centre de la salle, toute proche du fauteuil roulant abandonné, immobile comme lui. Elle hocha la tête par réflexe, également consciente et soulagée qu'à cet instant le drame se joue sans elle.

« Et que les choses soient claires : tu n'as aucun ordre à nous donner. »

Chapitre 11

« Si j'ai un secret ? Hmm, peut-être... Mais si je vous le dis, il va falloir le garder pour vous ! Eh bien, au fond, je suis plutôt ordinaire. Je veux dire, il faut se rendre à l'évidence : ma voix ne brisera jamais du cristal, ni même du verre bon marché. *(Rires)* Attention, hein : j'adore être une idole, c'est génial, vraiment. Je veux dire, j'ai beaucoup de chance ! Sortir mes fans de leur quotidien, les encourager à donner le meilleur d'eux-mêmes, les réconforter dans les coups durs, c'est un véritable honneur... Je ne pourrais pas rêver mieux. Je suis payée pour donner du bonheur aux gens. Qui peut en dire autant ? Et puis, c'est une relation à double sens : mes fans, eux aussi, sont là pour moi... Et je ne serais pas là sans eux. Leur présence, leur enthousiasme, leur créativité... Leur soutien sans faille, c'est mon carburant, ma raison d'être. Je reçois énormément, alors c'est normal de rendre, au centuple si je peux ! Je donne tout... C'est épuisant ! *(Rires)* Et, c'est difficile à expliquer, et c'est idiot quand on y pense, mais parfois j'ai l'impression que ce n'est pas assez, que je reçois plus que je ne donne… Que je ne suis pas à la hauteur. Dans ces moments-là, j'entends cette petite voix, vous savez ? Celle qu'on entend quand le silence se fait autour de nous et qui murmure : "Et si tu n'avais pas les qualités que tes fans t'attribuent ? Et si tu n'étais qu'une illusion ? Et s'ils s'en rendaient compte ?" Parfois, j'ai l'impression d'être une impostrice. *(Rires)* […] »

Extrait de l'interview de Kana Wakahisa
diffusée le 9 novembre 2013 par la radio J-Wave

Chapitre 12

L'idole doit cultiver une part de vide. La mythologie lacunaire qui l'entoure permet au spectateur de projeter ses désirs fluctuants. Ainsi, le prototype est féminin, mesure un mètre cinquante-neuf et pèse quarante-deux kilos. Appartenant au groupe sanguin A, l'idole est sensible et obstinée. Elle aime cuisiner avec sa mère, faire du shopping dans les quartiers de Shibuya et de Harajuku ainsi que retrouver ses amies au karaoké. Elle ne manque jamais d'ajouter *Diamonds* de Rihanna à la playlist ; les paroles trouvent un véritable écho en elle, car, oui, elle parle un peu anglais. *Like diamonds in the sky.* Elle rêve d'une tournée internationale et envisage d'étudier le coréen ou le mandarin, à l'étranger oui, mais sans quitter le groupe. Ce qu'elle préfère chez elle ? Ses fossettes, elle les tient de sa grand-mère maternelle. Ce qu'elle aime le moins ? Ses pieds, trop grands. Elle se damnerait pour un cheeseburger et elle déteste les aliments fermentés. « Oui, oui, y compris le nattō », précise-t-elle dans une grimace charmante. Plus jeune, elle passait son temps dans les cybercafés d'Akihabara pour lire des mangas. D'ailleurs, elle connaît par cœur les vingt-cinq premiers tomes de *One Piece*... Une vraie otaku! Défiez-la au jeu d'arcade *Dance Dance Revolution* et vous en serez pour la raclée de votre vie!

Jun en était persuadé: si un portrait fragmentaire et consensuel permettait au public de fantasmer sans entrave, il servait également ses artistes. Le vide autour de ses filles leurs permettait de trouver leur place, de se découvrir et, dans une certaine mesure, de s'affirmer. Et puis, définir leur image ne pouvait justifier de les priver des libertés les plus fondamentales. On ne pouvait rester sourd au progrès social et Jun se faisait fort de le devancer.

Au début de l'année 2013, l'affaire Minami Minegishi avait suscité l'émoi bien au-delà des frontières de l'archipel. Cette membre en vue du groupe AKB48 s'était livrée à un exercice de contrition mémorable après avoir été surprise par des paparazzi à la sortie de l'immeuble de son petit ami. Filmée tête baissée devant un fond gris rappelant celui des photos d'identité judiciaires prises par la police de Los Angeles, Minegishi sanglotait ses plus profonds regrets pour un geste qu'elle qualifiait d'inconsidéré et d'immature. Sa chevelure avait été tondue. À la va-vite, comme pour souligner l'urgence et la douleur. Son crâne nu imposait sa fragilité et des dimensions étranges. Le visage asymétrique convulsé de la jeune femme accrochait la rétine et incitait dans le même temps à détourner le regard. La démarche, inspirée d'un mode traditionnel d'expiation, rappelait, à l'international, l'humiliation publique de ces femmes tondues à la fin de la Seconde Guerre mondiale parce qu'accusées d'*intelligence avec l'ennemi* et, curieuse périphrase, de *collaboration horizontale*. Désuétude du procédé contre modernité du support, les images avaient été diffusées sur la chaîne YouTube du groupe. La démarche prenait un caractère officiel. L'opinion publique internationale se récria contre un spectacle jugé aussi violent que rétrograde. De nombreuses voix insistèrent sur l'iniquité du traitement entre les deux protagonistes de l'affaire, puisqu'un communiqué formulant de vagues excuses avait suffi à absoudre le camarade de jeu de Minegishi, pourtant lui aussi membre d'un groupe d'idoles (masculines, s'il fallait le préciser). Deux ans plus tard, une autre nymphette poursuivie en justice dans des circonstances similaires serait condamnée à dédommager son ex-agence. Selon le juge, il était légitime de recourir à une clause interdisant aux idoles d'entretenir toute relation sentimentale afin de garantir l'investissement du public masculin. Le fait que la défenderesse soutienne qu'un *retour d'affection* – encore une périphrase – ne portait aucunement atteinte à sa capacité à divertir le public ne suscita que peu de réactions. À l'image d'une drogue de synthèse, sa valeur résidait dans sa pureté ; la garantir par contrat avait l'avantage de la rendre plus désirable et d'en faciliter le commerce. Il faudrait attendre trois années supplémentaires pour qu'un juge considère que l'*association* avec le sexe opposé – ne finirait-on jamais par se lasser de ces chastes périphrases ? – participe à la poursuite du bonheur telle que garantie par la Constitution japonaise. La Justice était sur le point de l'affirmer : conformément aux normes internationales, qu'elles soient chosifiées ne saurait interdire aux idoles de tenter d'être heureuses, et désormais les starlettes susceptibles de s'épanouir dans le cadre d'une relation hétérosexuelle pouvaient le faire légalement.

Jun, qui revendiquait son idéalisme tout en refusant l'étiquette de naïf, considérait comme un faux problème l'hypothèse que ses recrues aient une vie sentimentale. Interdire à un cœur de battre lui semblait aussi absurde que vain. Et comment prévenir les élans de jeunes corps immergés dans un univers ultra-sexualisé ? Ce n'était pas tenable, pas une seconde. Que ses filles soient des amoureuses, de potentielles amoureuses, renforçait leur humanité. Le public ne pouvait que s'en émouvoir. Les vagues de sympathie consécutives à l'affaire Minegishi l'avaient démontré. D'ailleurs, cela faisait plus de dix ans que Jun avait fait supprimer la clause de célibat pour les artistes de son agence. Cette décision avait marqué le passage de l'ère Satori Entertainment à celle de Pop Satori. Jun n'était pas son père, et ce pas en avant lui semblait être la meilleure manière de le signifier à ses concurrents ainsi qu'à ses futures recrues. À l'époque, l'opinion publique avait salué le geste et, sans que personne ne s'en étonne, aucune autre agence ne l'avait suivi. Jun venait de rompre l'équilibre d'un marché organisé en bonne intelligence. Devenue le mouton noir de l'industrie, mise au ban par les médias les plus influents, Pop Satori était sur le point de payer les élans révolutionnaires de son jeune patron. Il s'agissait au fond d'un malentendu. S'il refusait de se faire despote, Jun ne renonçait pas au contrôle. L'homme visait une autorité pénétrante. Il le savait, la véritable emprise ne repose pas sur la coercition, mais sur ce qui est librement consenti. Jun ne comptait plus le nombre de romances naissantes que ses équipes avaient dû couvrir. C'était son rôle de protéger ses filles. En retour, elles n'oubliaient jamais qu'il leur avait sauvé la mise. La vérité était que, mieux qu'une sanction, un emploi du temps minuté et raisonnablement imprévisible constituait le plus sûr des rappels à la réalité : ses recrues comprenaient bien assez tôt qu'il leur était impossible de maintenir des relations autres que professionnelles.

Jun s'était longtemps refusé à qualifier d'artistes des adolescentes auxquelles il dictait jusqu'aux attitudes. Il finit toutefois par s'approprier la classification employée par la concurrence : les idoles sont une subdivision de l'espèce des *talento*, jeunes êtres photogéniques à défaut d'avoir des choses à dire, et qui, contrairement à ce que leur dénomination pourrait laisser croire, tendent à être dénués de talent. Et bien qu'il ait pris soin de placer ses pas dans ceux de son père, Jun ne pouvait nier l'influence que continuait d'avoir sur lui une conversation vieille de près de vingt ans, la seule qu'il ait eue avec Mitsuo Terada. Star de la pop devenue producteur, Terada, mieux connu du public sous le pseudonyme de Tsunku, venait de lancer les déjà très populaires Morning Musume. Le hasard d'un gala avait réuni les deux hommes dans un bar éphémère de Shibuya. Pourpre, moelleux, d'un confort oppressant, l'endroit évoquait l'intérieur d'un utérus s'il avait été recomposé par l'artiste plasticien Anish Kapoor. Tsunku semblait victime d'un sort, comme absorbé par le ventre de la bête. Plus prosaïquement, enfoncé dans un fauteuil œuf trop bas, Tsunku somnolait, le nez plongé dans sa troisième margarita-champagne. Persuadé du caractère prophétique de cette rencontre, Jun s'était présenté à lui, et Tsunku l'avait invité à prendre possession d'un tabouret de bar tout proche. Encore surpris de sa propre audace, Jun dissimulait mal son trouble face à cette légende tout juste trentenaire, à qui des dents trop blanches et un visage trop plein donnaient des airs de marmot octogénaire. D'humeur verbeuse et indifférent à l'émoi du jeune homme qui le surplombait, Mitsuo Terada se lança dans un monologue, confessant une inclination pour les interprètes ni trop jolies ni trop talentueuses. « On ne va pas se mentir, la plupart de mes filles ne savent ni chanter, ni danser, ni rien. » L'homme but une gorgée opaline, reprit. « Mais justement : c'est parce qu'elles sont conscientes de leur normalité qu'elles restent malléables, et parce qu'elles se savent remplaçables, elles gardent les pieds sur terre. Notre temps est précieux, pas vrai ? Alors pourquoi le perdre à faire la police ? » Phalanges nouées autour de l'imbrication des deux morceaux d'une coupette en polypropylène, le regard myope absorbé par un mystère situé à quelques mètres de là, Tsunku poursuivit, pour la postérité plus que pour son interlocuteur. « Prends le ver à soie, tu savais que le bombyx change sept fois de peau avant de devenir chrysalide ? Non ? Eh bien voilà : sept peaux, sept identités ! » Le liquide opalescent disparut dans son gosier. « Tu me suis ? » En fond sonore, le beat lent de *Teardrop* de Massive Attack se faisait enrobant. Et tel un culbuto cherchant son équilibre, Jun dodelinait. « Non ? Ce que j'essaie de te dire c'est que ces gamines sont des placements à long terme. Leur développement doit se faire sous les projecteurs. Chacune de leurs phrases, même anodines, *surtout si anodines*, chaque geste, chaque micro-expression même, pour le public, ça compte comme autant de pistes menant à l'*essence* de tes filles. Et c'est par cette exposition médiatique constante, témoignant de la métamorphose de la chenille en papillon, que se crée ce lien magique entre le public et le lépidoptère. » Tsunku goba l'olive tombée au fond de son verre, salua un mannequin en vue passant par là. « Je dis magique, parce que la magie, qu'est-ce que c'est sinon l'art de l'illusion ? L'aura de tes filles repose sur une illusion d'intimité, autrement dit une intimité à sens unique. Elles sont la projection de l'enfant, de la sœur, de la confidente ou de la petite amie, en un tout petit peu mieux. L'engouement du public pour la normalité, pour ce fantasme de la *girl next door*, cette fille sans histoires, un peu ennuyeuse, le confirme : nos gamines doivent rester accessibles, en apparence du moins. Elles n'ont pas vocation à être starifiées. Chéries oui, adorées si tu veux, mais dans le sens le plus commun du terme, comme on adore un parfum de glace ou le chihuahua de ses parents. » Jun ne quittait pas Terada du regard. Il aurait aimé avoir cette assurance qui se confond avec le charisme, ce pouvoir qui ouvre toutes les portes. Incapable de toucher à sa bière à la tomate, il buvait ses paroles. Il craignait qu'un geste brusque ou une déglutition trop marquée fasse disparaître la légende qui, prise d'un élan télépathique, déclara soudain : « Tu n'es pas très bavard. Tu ne bois pas ? » Acquiesçant docilement, Jun effleura de ses lèvres l'écume rose. « La vérité, c'est que le public aime les entendre chanter faux. Ils aiment entendre leurs voix s'érailler. Ça leur rappelle des souvenirs de spectacles de fin d'année, les leurs et ceux de leurs enfants, une progéniture qui a depuis trop longtemps quitté la maison. C'est émouvant, ces éraillements. C'est réel. Humain. Ça rendrait nostalgique n'importe qui. Personne n'attend de tes filles qu'elles balaient cinq octaves ! Le fait que leurs talents soient discutables les rend plus vraies. Ça incite le spectateur à s'investir moralement et financièrement dans leur réussite. » Le vieux poupon abandonnait toute retenue, la déversant dans la cuvette du cynisme. « Et si tu veux mon avis, le public s'attache moins aux talents qu'aux béances de l'âme. Le fragile suscite l'attention, il réclame la bienveillance. » D'un jeu de cure-dent expert, dissimulé par sa main gauche et finalisé par une succion intrabuccale, Tsunku délogea le résidu d'olive coincé entre ses molaires. Une alcoolémie au-delà du raisonnable lui interdisait désormais l'usage des nuances. « Tes filles ne doivent jamais perdre de vue que sans toi, sans leur public, elles ne sont rien. *Rien.* Leur succès repose sur leurs failles, et plus précisément sur la conscience qu'elles ont de leurs failles. Le vernis doit se craqueler... Ton spectateur oscille entre empathie et sadisme, le plus souvent sans discerner l'un de l'autre. À l'abri des regards, le témoin devient voyeur... Le monstre n'est jamais loin. Et c'est lui ton client ! Tu m'excuses une minute ? » Le souvenir de Jun s'estompait sur la vision du poupon fatigué venant de s'extraire de son œuf. Zoom sur une veste en cuir lamé trop ajustée. Terada claudiquait sur ses talonnettes en direction des toilettes.

Chapitre 13

Tokyo, le 6 juin 2015

Chère Sumire,

Je m'appelle Ameko Sakamoto. Nous ne nous sommes jamais rencontrées, mais sachez que je fête aujourd'hui mes dix-neuf ans, que je vis à Tokyo, et que même si le qualificatif de « fan » me dérange, je peux dire que j'aime férocement votre travail.

Après avoir longtemps hésité, j'ai décidé de vous écrire. Une très longue lettre manuscrite, parce que le sens pratique manque cruellement de charme. Et que j'aime le caractère romantique du papier. À quoi bon écrire si l'on est dans l'incapacité de parfumer, d'enrubanner, ou de brûler les mots ?

Bref, je voulais vous remercier pour votre art d'une part, et pour votre activisme ensuite. Peut-être est-il absurde de séparer l'un de l'autre. Je vous laisse juge et vous prie de m'excuser par avance des bêtises que cette lettre est (très) susceptible de contenir.

J'ai découvert votre travail au début de l'année dernière lors de l'exposition collective *Plus le temps passe vite, plus tu meurs bientôt* au Mori Art Museum. J'étais lycéenne, plongée dans la noirceur romantique d'artistes tels que Suehiro Maruo, Mark Ryden, Stéphane Blanquet ou encore Daisuke Ichiba. Je ne vous imposerai pas une liste exhaustive aussi longue que potentiellement indigeste. D'abord parce qu'il s'agit très certainement d'artistes que vous connaissez déjà, ensuite (et surtout) parce que je ne peux pas prendre le risque de vous ennuyer (pas avant même d'avoir atteint dix phrases!). Le fait est que ces hommes, de quelques décennies mes aînés, m'ont ouvert les portes de la beauté hors normes. Et ce n'est qu'en découvrant leur travail qu'il m'est venu à l'idée de remettre en question les standards qui m'avaient été imposés. Avant eux, je ressentais le besoin de me couler le plus parfaitement possible dans un modèle de normalité. Je voulais être comme les autres, ressembler à mes camarades de classe, caler mon comportement sur le leur. Si j'y mettais suffisamment de cœur, bientôt, plus rien ne me différencierait d'eux. Ces artistes m'ont montré que j'avais le droit de me distinguer; mieux: que cette singularité constituait une richesse.

Vos autoportraits baroques, envoûtants et déstabilisants ont apporté une dimension contemporaine et féminine (féministe? très certainement) à cet univers, et je vous en suis extrêmement reconnaissante. Loin de moi l'idée de comparer nos parcours. Pourtant il me semble que nous partageons quelque chose (alors que j'écris ces mots, je réalise combien il est difficile d'exprimer mon admiration tout en vous épargnant mes maladresses) : mes jambes portent les stigmates du rachitisme dont j'ai souffert pendant mon enfance. À nouveau, j'insiste : je ne mets pas sur le même plan les difficultés auxquelles vous et moi avons dû faire face. Toutefois votre capacité à mettre en scène votre condition, avec une grâce stupéfiante, m'inspire. Qu'il s'agisse de la normalité ou du handicap, vous amenez le public à s'interroger sur des sujets auxquels il s'abstient généralement de réfléchir. Vous le prenez par la main pour le sortir de sa zone de confort. Je tiens donc à vous remercier pour ça, pour m'avoir prise par la main.

Vous faites avancer la réflexion sur une cause que d'autres, pourtant en pleine lumière, se sont contentés de laisser se cristalliser en tant que non-problème. Parce qu'il est difficile de passer à côté du best-seller de la décennie, j'ai en tête *Personne n'est parfait*, l'autobiographie de Hirotada Ototake. À sa sortie, ma mère s'est émue d'un récit qu'elle jugeait positif et possiblement éclairant sur ma propre condition. J'avais douze ans. Mes jambes étaient bien plus arquées qu'aujourd'hui, mon trouble était bien plus grand et, pourquoi le nier, le livre d'Ototake m'a d'abord apporté un certain réconfort. Car c'est bien ce que la société a choisi d'en tirer : du réconfort, des bons sentiments et quelques leçons faciles. Il y a toujours moins bien loti que soi et, en toutes circonstances, il est impératif de donner le meilleur de soi-même. En filigrane, si un type à quatre moignons s'impose comme leader d'opinion, pas grand-chose ne fait obstacle à ce que madame et monsieur Tout-le-Monde conquèrent l'univers. Je n'ai compris ma gêne que tout récemment. Dans son livre, Ototake raconte une enfance exempte de souffrances, ou plutôt une enfance avec juste ce qu'il faut de défis pour que triomphent les nobles sentiments et la morale. À ce propos, je me demande : un obstacle franchissable mérite-t-il d'être qualifié d'obstacle ? Les interactions entre la personne valide et celle en situation de handicap sont teintées des a priori de la première. Ceux qui sont impressionnés par les « exploits » (j'insiste sur les guillemets) d'Ototake le sont parce qu'ils ont des attentes minimes, voire inexistantes, concernant ce qu'un type aux membres atrophiés peut être en mesure d'accomplir.

À titre personnel, je ne peux pas me reconnaître dans le parcours d'une personne handicapée prétendant n'avoir jamais subi ni injustices ni mauvais traitements. Ce n'est pas crédible une seconde, pas dans le monde où je vis. L'obstination d'Ototake à nier ses limites ainsi que son positivisme acharné sont une insulte aux douleurs et aux difficultés auxquelles toute personne soumise à des limitations (physiques ou mentales) doit faire face.

Peut-être avez-vous entendu parler de Divine Disgrace, ce groupe d'idoles *imparfaites*. Je suis l'une d'elles. L'une de ses membres, je veux dire. Selon les mots de mon agence artistique, « parfaite dans mon imperfection ». L'idée est assez plaisante. Mes jambes attisent la curiosité. Disons plutôt qu'il fut un temps où elles l'ont suscitée et qu'un producteur a décidé qu'elles la susciteraient à nouveau (aujourd'hui, la courbe particulière que suit ma jambe droite ne se remarque que si l'on y prête attention). Pour cette raison, j'aspire, moi aussi, à éveiller les consciences. Divine Disgrace me prend beaucoup de temps et d'énergie, mais je sens qu'une dynamique s'installe. Nos fans ne veulent plus vivre les yeux fermés, ils comptent sur nous pour défendre l'*anormalité normale*. Je veux croire qu'il s'agit de ma mission : poursuivre l'évangélisation à vos côtés. À nouveau, je dois remettre les choses en perspective : vous créez, et votre travail attire l'attention par sa qualité et son originalité. Je me contente de prendre part à un projet sur lequel je n'ai finalement que peu d'emprise. Je profite de la visibilité qui m'est octroyée et... c'est à peu près tout. Vous êtes complète, indépendante ; je ne suis que le rouage d'une mécanique qui me dépasse. Ceci dit, votre démarche m'inspire et j'espère, moi aussi, parvenir à inspirer les autres.

Je ne vous cache pas que les brouillons de cette lettre se sont empilés. Le fait est que, pour moi, vous êtes un modèle et que je tenais à vous le dire. Par ailleurs, je sais combien recevoir des messages de soutien, même d'inconnus, peut être utile dans les moments de doute (je parle d'expérience et me permets une généralisation ; je ne sous-entends pas que, vous-même, vous doutiez). Pour être complètement honnête, j'espère que cette lettre amorcera un dialogue. Peut-être mes questionnements feront-ils écho en vous ? J'ai bien conscience que vos activités sont très prenantes. Dans l'hypothèse (plausible) où vous ne trouveriez pas le temps de me répondre, soyez assurée que mon respect et mon admiration resteront intacts. Je suis impatiente de découvrir vos prochaines œuvres.

Dans l'attente d'une possible réponse, je vous souhaite une excellente (et prolifique) continuation.

Ameko Sakamoto

Chapitre 14

« Je suis rentrée ! »

Il est 19 heures passées lorsque la voix presque enjouée de sa mère résonne dans le vestibule. Pour seule réponse, Ameko saisit son casque audio et éteint le plafonnier. L'ordinateur posé sur le rebord du bureau éclaire le visage et les mains de la jeune femme. Ce soir, pour la sixième fois depuis qu'elle tient son cahier d'activités, elle regarde *Big Man Japan*, le premier long métrage de Hitoshi Matsumoto. Ce faux documentaire parodie les films de monstres ayant inspiré au réalisateur son univers fantasmagorique. Le documenteur se veut une incursion de quelques mois dans la vie d'un quadragénaire lymphatique, super-héros de profession. Dai Sato, littéralement « Grand Sato », est justicier par hérédité. Il représente la sixième génération d'une famille de géants impermanents. En effet, il parvient à sa taille maximale uniquement lorsqu'il se fait électrocuter, se rendant pour cela dans l'une des centrales électriques de l'archipel. L'homme l'explique face caméra : comme le parapluie dont il ne se sépare jamais ou les algues séchées qu'il ajoute à ses plats, il ne grandit que si la situation le réclame, en l'occurrence dès qu'un monstre menace le pays. Il accepte les électrocutions et le danger parce qu'il n'a pas d'autre choix que d'exercer le sacerdoce familial. Dai Sato est l'antithèse du héros charismatique. Ses ancêtres étaient respectés de tous ; ses contemporains le méprisent. Ils moquent sa balourdise, le ridicule de ses tenues ; ils pointent son inutilité et les dégâts matériels causés dans la ville par ses combats. Son grand-père n'a jamais eu à mettre la main à la poche pour quoi que ce soit ; lui si, pour à peu près tout. Sa femme l'a quitté, emmenant leur fille avec elle. Depuis, il vit seul dans un taudis avec un chat squatteur. Comme la chevelure qui lui tombe en deux pans lourds sur le visage, la placide mélancolie de Sato se fait ornement dérangeant.

Ameko se sent proche de lui. Elle comprend sa souffrance pudique, s'émeut de la gêne et du décalage qui émaillent chaque plan du film. Elle aime ce personnage trop humain pour assumer le titre de héros et bien trop humble pour se révolter face à sa déchéance. D'une certaine façon, il lui parle d'elle, de son incapacité à se montrer à la hauteur des attentes des autres, et du ridicule dans lequel elle s'est vautrée par sens du devoir, et par faiblesse. Mais ce soir, tandis qu'elle observe le géant se faire *cuire* dans une centrale électrique, une idée nouvelle la frappe : ce grand Japonais corvéable à merci n'est-il pas la version *sublimée* du salaryman, cet employé de bureau grisâtre qu'Ameko elle-même a toujours eu tendance à mépriser ? Celui qui, sacrifiant chaque jour ses aspirations sur l'autel de la loyauté, s'obstine dans un emploi qu'il n'a pas vraiment choisi et pour lequel il ne sera jamais vraiment respecté ?

Chapitre 15

La vidéo de *Disharmony*, le premier single des Divine Disgrace, fut diffusée trois semaines après la fin du tournage. Le clip, « pluvieux-lacrymal » selon les termes du réalisateur, s'inspirait de l'esthétique steampunk et avait réclamé des quantités impressionnantes d'eau et quelques effets spéciaux bon marché. L'action se situait dans un Tokyo-champ de ruines postapocalyptique. Le décor posé, les rôles avaient été distribués. Ameko incarnait la victime. Les jambes cerclées d'une orthèse futuriste composée de sept crochets cuivrés, elle subissait les assauts d'un blondinet au sourcil droit en permanence relevé et au sourire carnassier. Le cœur de la jeune femme, carmin, veiné et luisant, sorti de sa poitrine par la magie de la technologie, était brisé par le monstre à la chevelure en bataille. Campant un second bourreau, au féminin cette fois, la spectrale Sayuri pulvérisait le myocarde d'un innocent affublé de lunettes de vue et d'un pull jacquard torsadé. Dans un premier temps masquée, Kana Wakahisa se faisait narratrice mystère. Les jumelles ? Leur rôle s'avérait aussi essentiel que superflu. Vêtues-dévêtues – comme enrubannées dans de la cellophane –, Emiri représentaient la vierge nymphomane, fantasme éternel de la pop culture. Les deux jeunes femmes alternaient mimiques charmantes et airs de désespoir tout en enchaînant des poses alanguies. À leurs oreilles pendaient de lourdes doubles croches en bakélite. Cette création aussi ésotérique qu'inconfortable, l'œuvre d'un assistant de Yohji Yamamoto, se voulait une allégorie sexy de leur appareillage auditif, ou, selon les termes de l'artiste, « un exercice de sublimation de la combativité des personnes en situation de handicap ».

La chorégraphie d'une grande sobriété, pour ne pas dire inexistante, donnait à l'ensemble une aura d'avant-garde. Les dernières images montraient les cinq filles alignées, le visage fermé, tandis que, hors-champ, cinq maxi-ventilateurs ébouriffaient leurs chevelures. *Tempête intérieure!* Au centre, prisonnière d'une imposante structure métallique, rencontre du fauteuil roulant et du trône de fer de la saga de George R. R. Martin : Kana irradiait. Finalement démasquée, la jeune femme offrait à la caméra sa plus belle interprétation de *Mater Dolorosa*. Les dernières secondes s'éternisaient sur ce visage tragique, tandis qu'une larme factice parcourait sa joue rose.

Racontant le combat pour l'émancipation des victimes d'amours destructrices, le titre se révélait une réplique effectivement peu harmonieuse du *Tainted Love* du groupe de new wave Soft Cell. Lorsqu'un journaliste spécialisé l'interrogeait à ce propos, Jun remâchait la notion de taylorisme musical, parlait d'assemblage et de déconstruction. Il évoquait l'importance dans son travail, comme dans celui de ses concurrents, du *Zeitgeist*. Il ne parlait pas d'air du temps, non. Il disait *Zeitgeist,* prononçait *tsaïtogaïssuto*. L'homme s'appliquait alors à lire la confusion dans le regard de son interlocuteur. À la minute suivante, le producteur balayait d'un rire ostentatoire assorti d'une claque dans l'air toute accusation de plagiat, un délit qu'il qualifiait d'outrageusement obsolète puisqu'il n'avait jamais eu d'actualité. « Vous parlez d'une nouveauté ! La création nourrit la création, et ce depuis des temps immémoriaux. » Allait-on attribuer à Jun la paternité de l'un des mécanismes les plus élémentaires du processus créatif ? C'était flatteur, concédait-il, mais deux mille ans avant lui Sénèque n'invitait-il pas ses disciples à digérer l'œuvre de leurs prédécesseurs ? Fallait-il avoir l'esprit étriqué pour mener le débat sur ces terres. « Les idées appartiennent non à ceux qui les formulent, mais à ceux qui les élèvent, point à la ligne. » Et Jun préférait parler de ce qui comptait vraiment, du débat sociétal qui s'ouvrait. Il était là pour faire bouger les lignes, pour questionner la norme, pas pour être chicané sur des histoires de propriété intellectuelle.

Quelques semaines après la première diffusion de *Disharmony*, le nom de Divine Disgrace se lisait sur toutes les lèvres. Annonçant la fin de la cabale menée contre Pop Satori, les médias généralistes s'enthousiasmèrent. Les réseaux sociaux bruissaient dans la confusion. Le retour de Kana Wakahisa était partout. Sa nouvelle performance, radicalement plus sombre que ce à quoi la jeune femme avait habitué son public, avait le mérite de démontrer l'aptitude de l'idole à la réinvention. Les esprits chagrins s'interrogeaient : fallait-il voir l'exercice comme le chant du cygne de Wakahisa ? Souffrait-elle des séquelles de son accident ? Révélerait-elle prochainement des jambes zébrées de cicatrices ? Remarcherait-elle ? Le fauteuil roulant était-il l'allégorie d'une nation vieillissante et sclérosée ? Et que penser de Sayuri Kojima, cette inconnue qui, en une apparition publique, invitait à la redéfinition du concept de beauté ? Les commentateurs semblaient obnubilés par l'albinos. Comme si le discours leur était dicté, ils évoquaient à l'unisson une beauté dérangeante, magnétique. Ceux qui rencontraient le groupe se montraient intarissables sur l'aura de cette grande fille froide à l'intonation monocorde et au timbre nasillard souffrant par moments de saccades de l'œil. Était-ce le gauche ? Le droit ? Les points de vue divergeaient. *Nystagmus.* Quelques jours suffirent pour que le terme compte parmi les plus populaires sur les moteurs de recherche de l'archipel.

Sayuri elle-même ne savait que faire de cette notoriété soudaine. N'ayant de toute sa jeune vie été confrontée qu'aux moqueries et aux violences, l'albinos s'était construite sur l'intuition de sa laideur.

Elle avait appris à n'exister que sur un calque de réalité, à s'estomper. D'ailleurs, au sein du groupe, on ne lui demandait pas grand-chose. Elle ne chantait pas et, par jeu de miroir avec Ameko, se contentait de mouvements de bras plus ou moins coordonnés. Désormais visible, l'œil mauve entrouvert, ceint de lignes osseuses et d'une chevelure neige pisse, on la disait clivante. Elle n'était pas sûre : fallait-il en tirer une quelconque fierté ? Devait-elle incarner la princesse cœur gelé que les réseaux sociaux voyaient en elle ? Pantin désarticulé à la recherche de poses tragiques, Sayuri compulsait chaque magazine de mode tombé entre ses mains. Le cou tendu, épaules en dedans, coudes sortis comme déboîtés, poignet sur la hanche et doigts en éventail, Sayuri adoptait la posture de vautour déclinée au fil des pages et des saisons. Elle s'arrêtait devant chaque miroir, désormais moins pour s'assurer de sa visibilité que pour réviser ses acquis. Ténèbre singulière, elle ajouterait bientôt la tragédie à sa palette de sentiments. Car Sayuri venait d'élever la tragédie au rang de sentiment.

Le stress rendait ses épisodes de nystagmus à la fois plus fréquents et plus intenses. Au rythme des tressaillements de l'œil de l'albinos, l'opinion publique vacillait. L'analyse musicale devenue plus que jamais accessoire, l'essentiel s'affirmait ailleurs. Tandis qu'une minorité conspuait un spectacle dégradant, le plus grand nombre s'enthousiasmait pour un concept audacieux : avait-on jamais vu « des amazones blessées se répandre sur le gris de l'âme » ?

(La formule était reprise du communiqué de lancement du groupe.) Les médias traditionnels louaient l'ambition. Ils se dispensaient de toute référence directe à la notion de handicap. Les polémiques antérieures, qu'elles aient été suscitées par des idoles en soi-disant surpoids, transsexuelles ou « insolvables et *prêtes à tout* pour éponger leurs dettes », se voyaient rétrogradées au rang de badinages stériles. Revenu de quatre décennies d'idoles consensuelles, le pays retenait son souffle.

Chapitre 16

Mardi 24 décembre 2013

Sans doute faut-il évoquer ces nimbostratus tellement lourds qu'ils renonçaient aux hauteurs, et cette nuit humide tombée en barbe-à-papa aubergine. Les écrans à sa portée indiquaient 16 heures 59. Kana Wakahisa quitta son immeuble tandis que la mélodie mélancolique du *Yuyake Koyake,* annonçant 17 heures, résonnait dans le quartier. La Honda S2000 l'attendait. *M'as-tu-vu*, songea-t-elle en s'installant avec une lenteur calculée dans le fauteuil en cuir côté passager. Quand les constructeurs automobiles passeraient-ils enfin au cuir végan ? L'habitacle sentait la mort. La jeune femme ayant pris place dans le cabriolet de Shingo Tabata, tout jusque dans le gris sépulcral de la carcasse qui se refermait sur elle présageait le drame.

Shingo allait-il enfin la demander en mariage ? Le jeune homme tourna vers elle un large sourire silencieux. Pour seule réponse, il alluma le mini-poste de télévision accroché au tableau de bord, telle une patelle à son rocher, branlant la tête au rythme des « *Hey, hey, hey* » du *Blurred Lines* de Robin Thicke. Shingo Tabata cultivait la nonchalance, et de l'avis général ça lui allait bien. Kana avait beau chercher, aucun homme de sa connaissance ne tenait la comparaison. L'esprit de la jeune femme convoqua le souvenir de leur reflet dans la salle de bain du love hotel où ils se retrouvaient au hasard d'emplois du temps concordants. Torses nus face au miroir, ils gloussaient à la vue de l'écume de dentifrice maculant leurs mentons. Ces coulées, au contact de leur épiderme, devenaient délicates puisque tout leur être était divin. C'était insupportable… Comment accepter que le sexe entre deux êtres si beaux puisse être si triste ? Elle n'était pas sûre, Shingo n'était que son deuxième amour, son second véritable partenaire sexuel. Le premier, un guitariste presque célèbre qui l'accompagnait en tournée, disparut de sa vie au moment où l'épouse de ce dernier menaça le manager du groupe de rendre leur relation publique. Rien ne dure ; Kana pouvait se targuer de l'avoir découvert avant l'heure. Quelques années plus tard, au moment où la plaie se refermait, elle avait rencontré Shingo. Kana se rappelait lui avoir expliqué, avec douceur et une certaine appréhension : « Quand on dirait qu'il y a un cœur qui bat à l'intérieur, c'est que j'ai joui. » Ils s'étaient revus. Le coït était resté étrangement inorganique. Shingo se faisait tour à tour acrobate, maître BDSM, à l'occasion marteau-piqueur.

Mais le spirituel dans tout ça ? Non pas que Kana ait envisagé le tantrisme, mais elle aurait préféré se sentir partenaire plutôt qu'accessoire. D'autres fois, elle avait essayé d'être plus directe. Kana avait interrogé Shingo sur sa tendance à ne vivre que pour son public, réel ou imaginaire, dissimulant son embarras derrière un aplomb de série télé. « Dis-moi, on baise pour qui là ? » avait-elle demandé. Haussant les épaules, Shingo n'avait rien répondu, et la gêne de Kana s'était faite plus grande. Le plus étrange sans doute était qu'après coup, il revenait toujours à elle. Par de petits gestes. Il lui ébouriffait les cheveux, lui proposait un massage des pieds ou une exfoliation du dos, quelque chose de doux et d'intime. Kana avait été particulièrement touchée une fois où, accidentellement, elle lui avait éternué au visage (on n'imagine pas, ou plutôt on évite d'imaginer, la quantité de poussière amassée sur le couvre-lit d'une chambre louée à l'heure). Habituellement maniaque et soupe au lait, Shingo n'avait manifesté ni dégoût ni colère. Il s'était contenté de prendre un mouchoir en papier, de ceux trop fins mis à disposition de la clientèle sur la table de nuit à côté des préservatifs, du téléphone filaire et du vibromasseur, pour s'essuyer le visage. Il n'avait formulé aucun reproche et ne l'avait même pas regardée, ce que Kana avait trouvé d'une grande délicatesse. Évidemment, s'il lui avait tendu un mouchoir ou s'il avait ri, la scène aurait été parfaite. Mais ce n'était que la vraie vie, et Kana n'avait jamais cru aux contes de fées. Elle s'était simplement projetée dans ce qui lui apparaissait comme une relation imparfaite, donc réaliste et potentiellement durable. Dans ces chambres aveugles aux murs pourpres, le couple avait noué une intimité photogénique. Le moment venu, ils l'afficheraient sur les réseaux sociaux. Mais quand ? Combien de temps Kana supporterait-elle de se cacher ? Les tapisseries damassées et les chandeliers aux breloques en plastique avaient perdu leur charme. L'odeur de tabac froid n'avait plus rien de sexy. Le jour où ils attraperaient des puces, Kana renoncerait pour de bon. Elle l'avait prévenu. Il fallait aller de l'avant. Son contrat avec Sun Records arrivait à son terme. Pourquoi ne se mariaient-ils pas ? L'idée l'amusait et l'effrayait. « Un rêve de petite fille », confessait-elle à longueur d'interview : rencontrer quelqu'un de spécial avec qui fonder une famille. Quelqu'un de *spécial.* Elle s'appliquait à oraliser l'italique – ça faisait toujours son effet – et avait fini par se convaincre du caractère prophétique de ses propos.

Se projeter ainsi dans un bonheur raisonnable revenait à mettre sous le tapis le fait que Shingo ne s'intéressait qu'à la grandeur. Le jeune homme ne vivait que pour prendre sa revanche sur un échec jamais advenu. Lui aussi avait énormément travaillé pour atteindre ses objectifs. Il n'avait pas de temps à perdre, et Kana n'avait pas le droit de lui demander de renoncer. « On sait bien où mènent les carrières mises entre parenthèses *(il propulsa son torse vers l'avant)*, chez les bouseux, Kana, directement chez les bouseux. Tu veux reprendre la boutique de senbei de mes grands-parents, c'est ça ? C'est *ça*, ton rêve ? »

Lui n'oserait jamais lui demander de renoncer à sa carrière. Il avait trop de respect pour ce qu'elle avait accompli. Oubliait-elle les sacrifices que l'un et l'autre avaient dû faire pour en arriver là où ils se trouvaient ?

Une moue de mépris dissimulée dans sa main droite, Kana fixait la pluie larmoyant sur la vitre. Contraintes à la réunion, plus rapides à mesure de leur chute, les gouttes d'eau finissaient de perdre leur intégrité à la jonction du verre et du métal. La chorégraphie était sans alternative, désespérante. Sa main gauche plaquée sur l'écran du téléviseur, la jeune femme se tourna vers son chauffeur. Shingo la trompait-il vraiment avec Daiki Nomura, ce singe débraillé ? Kana s'en voulait déjà d'avoir utilisé le qualificatif de « singe débraillé ». Ça sonnait aigre et désuet. Le pressentiment d'avoir atteint le point de non-retour faisait trembler ses mots.

« Sérieusement ? Tu ne vas pas remettre ça, pas aujourd'hui. »

Ils en avaient mille fois discuté. N'avaient-ils pas épuisé le sujet ? Que voulait-elle de plus ? Kana connaissait le milieu aussi bien que lui, mieux sans doute. Prétendait-elle en découvrir les règles ? Devait-il lui rappeler que le scénario avait fait l'objet d'un accord entre leurs agences ? L'idée était même venue de son agent – « *le tien* », articula Shingo, martelant le volant de son index – afin de faire taire les rumeurs à leur sujet, et, s'il se souvenait bien, il fut même un temps où la mise en scène la faisait rire. Kana ne s'était-elle pas abondamment moquée du peu de crédibilité des gestes tendres des deux hommes ? Elle l'avait même coaché à ce sujet. Alors remettre cette histoire sur le tapis, un jour comme celui-ci, ça rimait à quoi ?

L'enjeu les dépassait, elle le savait aussi bien que lui. Comment supporter que le seul créneau de visibilité pour la communauté gay soit celui de la folle grotesque ? Nomura et lui participaient à faire évoluer le regard de la nation sur les genres et sur leurs rôles. Alors oui, désormais, et d'une certaine façon grâce à elle, il incarnait la pédale gendre idéal, la tarlouze qui fait mouiller la ménagère, et il n'allait pas s'en excuser, surtout pas auprès d'elle. Shingo brouillait les pistes pour mieux briser les clichés. Il en était fier et il attendait de Kana qu'elle le soutienne. Lui la soutenait, à chaque instant, alors qu'elle gagnait plus que lui et qu'un paquet d'hommes, à sa place, l'auraient mauvaise.

Quand Shingo grilla le feu rouge, Kana fut, plus que par la peur, saisie par l'intuition superflue que ce jour-là, elle ne quitterait pas Tokyo. Humérus droit fracturé, incrustations d'éclats de verre au visage et aux mains, œdèmes multiples ; devant les journalistes qui le lendemain l'attendaient à la sortie de l'hôpital, Shingo Tabata se déclara infiniment chanceux. Maintenue six jours dans un coma artificiel, Kana n'eut pas immédiatement l'occasion de s'exprimer sur son sort. L'opinion publique, à sa place, ne se priva pas d'examiner les tenants et les aboutissants du drame. Les critiques ne se firent pas attendre. Que faisait-elle dans la voiture d'un alcoolique notoire raillé pour ses gestes maniérés, ses playbacks calamiteux et sa tendance, quelle que soit la saison, à exhiber un torse glabre ? Les plus spirituels évoquaient une punition divine, une malédiction ou un boomerang karmique. Pour la plupart, c'était tragique. L'accident avait eu lieu la veille de Noël, la date n'était pas neutre. Selon toute vraisemblance, Tabata s'apprêtait à demander la jeune femme en mariage à Disneyland. En effet, qu'il s'agisse de faire ses courses au supermarché, de retrouver des amis pour un pique-nique sous les cerisiers en fleur ou de se mêler à la foule pour observer les feux d'artifice estivaux, Kana Wakahisa évoquait souvent, lors de ses interviews, sa nostalgie des plaisirs simples que sa célébrité lui interdisait.

Un bulletin de santé contrefait fut repris par quelques médias peu scrupuleux. Des bruits couraient, la disaient défigurée, amputée, définitivement inapte à la marche. Wakahisa personnifiait jusque dans sa chair l'accident de voiture dont on ne peut détourner le regard. Au prix de son intégrité physique, la jeune femme rappelait au monde que tout a un prix et que celui de la notoriété est particulièrement élevé. Les employés de bureau jamais parvenus à faire le deuil d'une gloire qui s'était refusée à eux se félicitèrent en silence de cet arrangement du destin.

Sun Records ne renouvela pas son contrat. La situation lui fut expliquée simplement et aimablement, à son domicile, par son désormais ex-agent. Chacun chez Sun Records la considérait comme un membre de la famille. Pour autant, ce lien ne les autorisait pas à se voiler la face. Il serait inconscient, *inhumain* même, de la renvoyer sur scène. Son organisme ne le supporterait pas. Kana devait garder à l'esprit que dans un milieu où les carrières durent rarement plus de trois ans, son parcours était exemplaire. L'avoir accompagnée resterait un honneur et l'homme, qui écrasait à cet instant une larme de sueur dans son mouchoir-éponge Polo Ralph Lauren, se réjouissait par avance des très belles choses qui l'attendaient. Et tandis que Kana recevait des mains de l'agent un bouquet de chrysanthèmes, symbole impérial, le *Nikkan Gendai* mettait sous presse un dossier de six pages lui étant consacré. En une, le quotidien évoquait la prise de paris illicites sur son état de santé. Ces paris se tenaient apparemment dans une poignée de bars de Kabukichō, le quartier rouge de la capitale nipponne, et seraient directement liés aux yakuzas. Ils auraient déjà généré plusieurs millions de yens. Quelques pages plus loin, le lecteur se voyait initié au concept de dysmorphophilie, une paraphilie reposant sur l'excitation sexuelle que suscitent les anomalies physiques. Selon le journaliste, le darkweb serait devenu le lieu d'échange d'une série de photomontages érotico-scabreux mettant en scène une Kana Wakahisa mutilée. La nuit qui suivit fut pénible. Et la proposition lucrative d'une société de production spécialisée dans le secteur de la vidéo hentai ne parvint pas à l'apaiser. Devenue l'héroïne des ténèbres de la toile, Kana retrouvait sa liberté, tout en n'ayant aucune idée de quoi en faire.

Quelques semaines plus tard, Jun Morita recevait Kana dans les bureaux de Pop Satori. En la guidant le long de couloirs exigus, l'homme la remercia d'avoir fait le déplacement, s'enquit de la fluidité du trafic, de l'usage des béquilles auxquelles l'idole s'accrochait. Jun s'autorisa une digression sur la chape aqueuse en suspension au-dessus de la ville. « Cette humidité aura ma peau », soupira-t-il pour indiquer qu'il en avait fini de sa mise en jambe oratoire.

Ils étaient arrivés à son bureau. Prendrait-elle un thé ou un café ? Une eau minérale ? Un whisky ? Il émit un rire bref qu'il regretta dans l'instant. Kana secoua la tête, s'efforça de sourire pour dissiper le malaise. « Un thé vert, oui, merci. »

Jun referma la porte dans son dos après avoir répété la commande pourtant tout à fait audible à l'adresse de sa secrétaire. Il désigna sur sa gauche la table en plexiglas, ronde, la table des réunions et de l'opérationnel. S'asseoir à son bureau lui paraissait inutilement formel, voire contre-productif. Il se plaçait en égal de la jeune femme. Il s'excusa du désordre, par habitude et à titre de politesse puisque, il le savait, l'espace, bien que saturé d'objets peu voire pas du tout fonctionnels, n'était pas en désordre.

Sur l'étagère face à elle, les statuettes et figurines s'alignaient, fraîchement époussetées. Parmi elles, Kana reconnut deux sculptures jumelles en résine signées de l'artiste Yayoi Kusama, deux citrouilles à pois emblématiques de l'artiste, l'une jaune, l'autre rouge. Ayant capté son regard, Jun reprit. « Nous aurions pu nous retrouver au Tapas Molecular

Bar, peut-être auriez-vous trouvé cela plus élégant, plus ludique très certainement. Vous connaissez? Pour tout vous dire, j'ai hésité. Ce sera pour une prochaine fois. Je veux que vous compreniez que je ne cherche pas à vous en mettre plein la vue. Non, ce rendez-vous, Kana, c'est une main tendue, simple et honnête. »

Jun voulait avant tout la rassurer. Depuis la parution des articles infamants du *Nikkan Gendai*, de l'eau avait coulé sous les ponts. Le magazine n'était rien de plus qu'un torchon sensationnaliste, et le seul élément à retenir de ces plaisanteries macabres était que ses fans se languissaient d'elle. La sachant libre de tout engagement contractuel, il souhaitait discuter de son avenir. Pour elle comme pour Pop Satori, une opportunité se faisait jour. Et si Kana lui accordait sa confiance, il s'assurerait que son retour soit grandiose.

Personne ne s'intéressait aux trajectoires en ligne droite, et Kana devait assumer ses errements. La clef, toutefois, était de décider, avec discernement, où poser le projecteur. C'était là que Jun se proposait d'intervenir. Il était temps de déborder du cadre musical pour construire sa légende. Des événements des dernières semaines, de ces articles ignominieux et ces bruits de couloir dégueulasses, on pouvait se contenter de voir la fange ; Jun, lui, voyait un terreau fabuleux. L'arc narratif était là, sous leurs pieds! Soudain familier, il éructa. « C'est dans la merde, excuse-moi le terme, que croissent les plantes les plus vivaces. » Parvenu au bout de sa métaphore filée, Jun conserva son lyrisme. *On ne construit pas une légende sans drame.* Il lui écrirait une élégie : lamentations – « Nous allons les faire pleurer, Kana... » –, et d'ici quelques mois, consolation – « ... et je m'assurerai qu'ils pleurent encore, à chaudes larmes. Rien ne sera laissé au hasard, tu m'entends ? »

Jun la rendrait au public dans un écrin somptueux, son aura n'en serait que renforcée. Décuplée même, lorsque Kana aura démontré qu'elle n'a de leçons à recevoir de personne et que, quoi qu'il arrive, elle est capable de renaître de ses cendres. Chaque fois un peu plus forte. Son retour marquerait son élévation au rang de déesse phénix, au-delà du bien et du mal, invulnérable. « Invulnérable », répéta Jun Morita, entourant l'adjectif d'un silence significatif.

Oui, l'écrin en question serait un groupe, mais qu'elle se rassure : aucune de ses futures partenaires ne posséderait ni son talent ni son aura. Le dispositif aurait pour seule vocation de la mettre en valeur, *elle* ; de reprendre la construction de la légende Kana Wakahisa là où elle l'avait laissée.

Si elle croyait en sa vision et qu'elle partageait ses ambitions, Jun était immédiatement prêt à assumer son rôle de mentor. Il confessa dans un claquement de mains attendre ce moment depuis une éternité. Qu'en pensait-elle ?

Kana observait dans le dos du producteur l'affiche de la *Déclaration d'incompétence* de celle qui fut la princesse incontestée de la pop eighties. Ladite princesse, Chisato Moritaka, portait effectivement un diadème. Elle campait une super-héroïne dont la marinière à volants peinait à cacher l'intégralité du tronc. Les jambes écartées, les pieds chaussés d'escarpins rouges (ancrage résolu, quoique modéré), l'adolescente offrait à l'objectif son sourire crispé et un regard aux aguets. Sa main gauche gantée était posée sur sa hanche, l'autre adressait au photographe un salut fasciste terminé sur un poignet cassé. Avec *Hijitsuryokuha Sengen*, Chisato avait offert à Satori Entertainment l'un de ses plus gros succès.

Jun se racla la gorge. « Elle est belle, hein ? » Il fondait dans son siège. « Eh oui, nous sommes une agence à taille humaine dont la mission est d'accompagner les superstars. » Jun se redressa. « Mes concurrents l'oublient parfois. Ils se perdent dans des missions de gestionnaires, mais la vérité c'est que derrière chaque succès, il y a de l'humain, il y a une famille, de sang et de cœur, qui donne le meilleur d'elle-même. En permanence. Sans compter. On ne fait rien de grand sans une dose équivalente d'humanité. La clef… » Sa phrase en suspens, Jun plongea son regard dans celui de Kana pour partager avec elle une parenthèse télépathique. « Certains voient ça comme une faiblesse, mais la clef, outre le travail bien sûr, c'est aussi et surtout de l'humain. Chisato et mon père travaillaient main dans la main. Et, tu dois le savoir : chez Satori, nous défendons nos artistes bec et ongles. » Il rythma ce *bec et ongles* d'un index perpendiculaire au plexiglas. « Je l'ai payé par le passé, et je le paierai très certainement à nouveau. C'est comme ça, j'en ai pris mon parti. Mais sache que si nous sommes amenés à travailler ensemble, toi et moi, tes intérêts deviendront ma priorité. » Jun interrompit encore son discours, cette fois pour boire une gorgée à même une minuscule bouteille d'Évian et remettre en place la mèche tombée sur son front. Incapable de dissimuler sa satisfaction, il lâcha : « Tu as sûrement des questions. »

Si les grandes lignes du projet plaisaient à Kana, leur mise en application – de ce qu'elle en avait compris – la gênait un peu. Elle n'était pas stratège, mais prétendre être handicapée ne lui semblait pas être le moyen le plus évident de réclamer sa place au firmament. Elle aimait l'idée d'assumer ses erreurs et de ne plus chercher à dissimuler ses blessures ; elle était plus circonspecte lorsqu'elle envisageait d'être l'héroïne d'une fiction, un drame qui plus est. L'idole avait appris très tôt à mener une vie visuellement parfaite, à se conformer aux attentes de ses agents. Combien de temps encore faudrait-il jouer la comédie ? Mais les mots de Jun Morita l'avaient touchée. *Ta propre vérité, tu ne la dois qu'à toi-même.* Ça sonnait vrai, comme un mantra à méditer et à glisser en interview. À vingt-deux ans, elle pouvait encore être la petite fiancée du Japon, éventuellement son épouse, sa compagne, voire sa maîtresse. Vierge ou putain, femme ou enfant, n'importe quoi d'autre : elle pouvait être qui elle voulait. Sa récente chute l'autorisait à s'élever face aux carcans. En revenant sur le devant de la scène, Kana contraindrait l'industrie à rompre avec les typologies sclérosantes véhiculées par la pop culture, celles qui l'avaient brisée, celles qui entravaient la femme japonaise.

Elle libérerait ses sœurs des sujétions traditionnelles. Pour le Japon, pour elle-même, l'heure était venue de se réinventer.

Chapitre 17

Chère Ameko,

Merci pour cette longue lettre. Considérant la proximité de nos âges, permets-moi la familiarité. Sans prétendre connaître votre discographie sur le bout des doigts, j'ai évidemment entendu parler de Divine Disgrace (il faudrait vivre dans une grotte pour ne pas avoir entendu parler de vous !). Je dois t'avouer que ce n'est pas tous les jours que je reçois ce genre de courrier. Je suis très touchée et, pour tout dire, un peu surprise par l'impact que mon travail semble avoir sur toi. En retour, sache que la profondeur de ton analyse m'a prise de cours... Me voilà donc obligée de te répondre.

Les préambules constituent, je crois, le moyen le plus sûr d'éviter les malentendus, alors avant d'aller plus loin, sache que tu aurais tort d'attendre de moi des réponses définitives à tes questionnements. Si tant est que je les aie correctement interprétés. Me concernant, parler de *mission* me paraît infiniment trop ambitieux, et je dois décliner ce rôle de guide que tu sembles vouloir me voir assumer. Comme toi, je ne suis qu'un rouage d'une mécanique qui me dépasse (mais maintenant que j'y pense, c'est sans doute vrai pour n'importe qui).

Comme tu peux l'imaginer, grandir dans un corps qui te trahit, puis vivre une double amputation n'a rien d'évident. Mes jambes étaient des appendices fragiles. Il m'a fallu les sacrifier. J'ai sacrifié une partie de moi, oui, au sens le plus littéral du terme. Au risque de sonner exagérément dramatique, appelons ça un suicide partiel. La dynamique est assez peu propice aux grandes ambitions, tu en conviendras. Mais il se trouve que lorsque je cherchais à la dissimuler, ma condition finissait immanquablement en lumière et, tu t'en doutes, mes camarades de classe n'étaient pas les personnes les plus bienveillantes de mon entourage. Décorer mes prothèses a été la première étape d'un processus complexe (de réalisation ? d'autodéfense ? d'émancipation ? de re-création ? de mue ? J'hésite encore sur le terme, probablement parce qu'il s'agissait d'un peu tout ça à la fois). Pour en finir avec ce statut de souffre-douleur, je devais intimider mes jeunes bourreaux. J'ai commencé à dessiner sur le silicone de mes mollets. Tout ça tenait de l'instinctif. Je devenais l'un de ces papillons qui effraient leurs prédateurs grâce aux motifs de leurs ailes. Il fallait reprendre le contrôle pour ne plus être victime. J'ai fait de mon corps un matériau et je me suis mise en scène avant que d'autres ne tentent de profiter de ce qu'ils percevaient comme une faiblesse. Mais il se trouve qu'au lieu de faire fuir mes camarades, ma démarche a suscité leur curiosité. Elle a amorcé un dialogue et m'a contrainte à m'ouvrir à cet extérieur que je redoutais. D'abord échappatoire, l'art s'est imposé comme moyen de communication, le premier par lequel je suis parvenue à traduire ma douleur et à recevoir en retour empathie et sympathie. Tantôt échelle, tantôt bombe, l'expression artistique m'a offert une légitimité et une dignité que beaucoup refusaient jusque-là de me reconnaître. Et parce que je peux désormais participer à changer la perception des individus valides sur le handicap, je n'ai plus le droit de me cacher. Je n'ai pas choisi d'être différente, mais j'ai choisi de faire de ma différence un outil. On pourrait croire que ma démarche brouille la frontière entre le corps et le politique. Mais c'est faux. Le corps *est* politique. Et je n'y suis pour rien. J'essaie simplement de réfléchir à cette réalité, et d'entraîner mon public avec moi. Mais ça ne veut pas dire que je cherche à incarner une nouvelle norme, c'est même le contraire. Dit simplement, je méprise les normes, et je refuse de me faire porte-étendard de quelque cause que ce soit. Il y a plusieurs raisons à ça. La première est que je supporte mal que ce soit toujours à la différence de se justifier jamais à la norme. Ensuite, bien que j'utilise mon corps comme matériau, je ne suis pas mon travail. Tu y verras peut-être une contradiction avec ce que j'ai dit plus haut, mais cette distanciation est vitale, pour ma santé mentale notamment.

Enfin, et surtout, je refuse de me laisser définir par le statut que la société aura voulu m'imposer.

Pour en venir à Hirotada Ototake, je parle sans le connaître personnellement, mais j'ai l'impression que lui aussi refuse le rôle que la société veut le voir endosser. Si je refuse que la société me dise qui je suis et ce que je suis supposée représenter, je suis particulièrement mal placée pour exprimer un jugement définitif à son égard. Le fait est que les livres qui parlaient du handicap avant son *Personne n'est parfait* dénonçaient surtout les souffrances et les injustices auxquelles sont confrontées les personnes en situation de handicap, et, faut-il y voir un lien, aucun n'a connu le succès commercial. Le livre d'Ototake a renouvelé le genre. Pour de bonnes ou de mauvaises raisons, il a ouvert le dialogue. Son récit a offert l'intimité et dispensé d'interactions. Il a permis au lecteur d'assouvir ses penchants voyeuristes. Si je m'autorise le cynisme, je peux dire que c'est la première bonne idée du livre. Ensuite, il se trouve que si l'œil humain apprécie l'harmonie, il est avant tout entraîné à chercher la rupture. Et si les contes de fées nous expliquent que la belle personne est vertueuse, les leçons tirées de quelques millénaires d'évolution sont plus catégoriques encore : l'anormal représente le danger. Pour les personnes valides, le handicap est anxiogène. Il leur rappelle leur fragilité et l'inexorable. Personne ne veut qu'on lui rappelle sa mortalité. Le public veut de la légèreté, du *feel good book*. Et ça tombe bien : en reléguant les obstacles au rang d'outils narratifs, *Personne n'est parfait* s'inscrit dans la tradition du conte de fées. Et c'est à mon sens la seconde bonne idée du livre. Mais je te rejoins quand tu dis qu'une personne en situation de handicap ne peut se retrouver dans un témoignage noyant les difficultés sous des nappes de bons sentiments. Un « impotent » qui prétend n'avoir jamais souffert de sa différence n'est pas légitime pour parler au nom d'individus en souffrance. Pour autant, parce qu'Ototake est suffisamment séduisant pour être montré et éloquent pour être écouté, les médias en ont fait un ambassadeur. La cause du handicap réclame d'être défendue et mérite d'être représentée, c'est certain. Encore faut-il se pencher sur la définition de la problématique à défendre : au fond, qu'est-ce que le handicap ? Et peut-être avant toute chose : qu'est-ce que la norme (si tant est qu'elle existe) ? Le handicap est une construction sociale qui varie selon les époques, les lieux et les individus. Je m'associe aux théoriciens scandinaves qui considèrent que le handicap émane non de la personne elle-même, mais d'un environnement inadapté. C'est un fait, je ne me sens handicapée que lorsque la société me le rappelle. Seule, je suis ma propre norme. Seule, il m'est impossible d'être anormale.

Je suis tentée de terminer sur les mots de la Mexicaine Frida Kahlo qui refusait que le statut d'handicapé serve à excuser les limitations (ce qui nous ramène encore une fois à Ototake et à la négation forcenée de son statut) : « J'avance avec la certitude que les contraintes, quelles qu'elles soient, constituent les plus efficaces des aiguillons. »

Et finalement, à mon tour de m'excuser : en premier lieu pour avoir choisi la facilité et avoir privilégié la voie électronique à la voie postale (je n'ai pas tenu de stylo depuis des années), et pour la longueur de ce mail, ensuite. Mais tu avais raison : nous avions des choses à nous dire ! J'espère avoir pu t'aider dans tes réflexions et je te souhaite également une excellente continuation.

Amicalement,
Sumire

Chapitre 18

Chaque séance de méditation est différente. Ameko glisse d'une application à une autre, alterne entre japonais et anglais, oscille entre balayage corporel et exercice de pleine conscience. Elle navigue d'une voix à une autre, d'une voie à une autre. Aujourd'hui, son guide est une femme. Elle s'adresse à Ameko en anglais. Elle a la voix traînante et sensuelle d'une Erika. On imagine que ladite Erika a toujours aimé prendre soin d'elle et des autres, et qu'elle est parvenue à faire de sa passion pour le bien-être son gagne-pain. Elle emploie quotidiennement des mots comme *holistique* et *spiruline*. Si elle n'a jamais percé en tant qu'actrice, Erika maîtrise l'art de la diction et celui de mettre du sourire dans sa voix. Erika est une voix et elle n'en éprouve aucune amertume. Elle est née sous le signe de la balance, et elle ne supporterait pas d'être vampirisée par un personnage trop grand pour elle. L'une de ses amies tient un rôle récurrent dans une série en vue et, non,

Erika ne la jalouse pas ; elle se réjouit sincèrement de son succès. Elle se considère, et est considérée par son entourage, comme quelqu'un de bien. C'est son truc, le *bien être.*

Ainsi, ce matin, au motif d'aider Ameko à puiser en elle de nouvelles ressources, Erika l'entraîne dans son propre cerveau, au cœur de sa matière grise, pour un festin autophage. Tout commence plutôt innocemment. À titre de préambule, Erika lui demande d'observer les sensations dans ses pieds, ses genoux, ses hanches, son ventre, puis à différents endroits de sa colonne vertébrale pour désormais étudier ses mains. La mission qu'elle lui confie est difficile, mais dans la mesure où Erika conserve un calme olympien, il paraît inconcevable de mettre en doute la pertinence de ses consignes. Et peu importe qu'Ameko perde le fil : Erika ne se départ jamais de sa douceur, pas plus qu'elle ne ralentit la liste des injonctions. À peine la première parvient-elle à localiser la partie du corps désignée par son guide qu'elle doit porter son attention ailleurs. Impossible dans ces conditions d'observer quoi que ce soit. Puis vient l'estocade. Dans un souffle, Erika ordonne : « Portez votre attention sur vos épaules, votre cou, visage et tête. »

Sachant que son visage et sa tête lui paraissent tenir d'un même bloc et qu'elle est incapable de distinguer l'un de l'autre, Ameko doit-elle considérer l'ensemble ? Personne pour lui répondre. Ses doutes se heurtent à la mélodie new age qui accompagne les directives. Erika est déjà passée à autre chose, suggérant que, peut-être, à cet instant, Ameko commence à se sentir détendue. Ce qu'Ameko ressent tient plus de la perplexité que de l'apaisement. Par chance, son guide n'attend pas de réponse. Elle lui demande de porter son attention sur sa respiration, d'inspirer et d'expirer à son rythme. Erika scande : « … inspirez… expirez… inspirez… expirez… » Et Ameko, confuse, se sent tenue de mettre son souffle au pas. Et tout va très vite. Désormais Erika l'interroge, susurre presque : quelle ressource lui serait utile aujourd'hui ? Mieux : quelle ressource, à cet instant, l'aiderait à atteindre ses objectifs ? Ameko est prise de court. La pratique méditative n'est-elle pas supposée l'aider à maîtriser ses pensées parasites ? À quels objectifs Erika fait-elle référence ? Ameko a-t-elle seulement des objectifs ? Est-il question d'objectifs concrets ou abstraits ; d'objectifs à long, moyen, court, voire très court, terme ? Ameko est perdue. Alors forcément, sur la ressource à employer pour atteindre un objectif qui lui est inconnu, elle hésite. Peut-être doit-elle penser en termes généraux ? Une intelligence hors norme ? Ou de l'argent, assez d'argent pour… pour… pour quoi au juste ? Disons assez d'argent pour acheter deux appartements adjacents et permettre à sa mère et elle de vivre sans avoir ni à travailler ni à rendre de comptes à qui que ce soit. Oui, voilà, suffisamment d'argent pour qu'on la laisse exister sans chercher à estimer son utilité. Ameko a beau se targuer de se contenter de peu, d'accumuler de l'immatériel, ça, ça lui enlèverait une épine du pied. Car elle le sait : jouir de l'immatériel a un prix. Être à la tête d'un capital illimité, pour n'importe qui, résoudrait un nombre conséquent de problèmes, de problèmes auxquels Ameko ne pense pas, puisqu'à cet instant elle n'a aucun problème. Cette prise de conscience heureuse ne satisfait pas Erika qui se fait insistante. *De quoi Ameko a-t-elle besoin ?* Elle sent bien que l'argent n'est pas une réponse adaptée. L'argent, c'est vulgaire, pas du tout méditatif. Mais c'est bien Erika qui a fait germer cette idée bassement matérielle. Ameko est tentée d'arrêter la séance. Elle poursuit pourtant, n'ayant rien de mieux à faire, et décide que cette ressource, ce sera son cerveau.

Erika l'invite à nommer cette ressource. Ameko s'exécute, formule mentalement : son cerveau, c'est son cerveau qui lui permettra d'atteindre ses objectifs. Elle veut un esprit affûté – ou disons plus affûté qu'il ne l'est déjà, puisqu'elle n'est pas non plus idiote. Elle veut être capable de concevoir les idées les plus belles et les plus étranges, elle veut des perspectives intellectuelles sans limites.

Erika suggère : « Peut-être est-ce de la force ou de la confiance ? » Ses paupières toujours closes, Ameko fronce les sourcils. De la matière grise, voilà ce dont elle a besoin. La voix insiste : « Peut-être de la légèreté ou du positivisme ? » Non, non plus. « Peut-être est-ce de l'amour, peut-être de la joie… » Ameko s'impatiente. Erika cherche-t-elle à lui imposer une meilleure option ? Sa guide s'obstine : « Peut-être de l'énergie… ou autre chose. » Oui, voilà : *autre chose*. Ameko coche mentalement la case « autre réponse ». Avançons. Erika l'invite maintenant à se souvenir d'une situation dans laquelle elle a pu accéder pleinement à cette ressource. Son cerveau donc. Ameko sourit à ce qui lui semble tenir de l'insulte : quand a-t-elle pu *pleinement accéder* à son intelligence pour la dernière fois ? Il est vrai que l'être humain est supposé n'utiliser que dix pour cent de ses capacités intellectuelles, alors peut-être que l'insulte n'en est pas vraiment une. Ameko reformule pour elle-même : quand, pour la dernière fois, a-t-elle pu utiliser son cerveau au maximum de ses capacités ? Avant qu'elle ne se décide, Erika reprend, toujours indifférente aux difficultés de son auditrice : « Très bien, la félicite-t-elle, restez dans ce souvenir. Afin de mieux tirer parti de cette ressource, rendez-vous maintenant dans un lieu, imaginaire ou réel, où il y a *beaucoup* de cette ressource. » La voix appuie sur l'adverbe. Il y a *beaucoup* de cerveau dans sa boîte crânienne. « Comme si elle y était stockée, spécialement pour vous. » C'est un peu le cas en effet. Jusqu'à preuve du contraire, Ameko est la seule à pouvoir accéder à son cerveau. « C'est un endroit très agréable. » Soit. Dans une certaine mesure, le plus souvent quand elle dort, l'endroit peut être agréable. « Vous pouvez y aller par la route, un chemin que vous seule connaissez. En marchant, vous remarquez des odeurs, entendez des bruits. » Ameko n'est pas sûre, la voix parle-t-elle bien des odeurs et des bruits produits par ses synapses ? « Êtes-vous arrivée ? Alors, regardez autour de vous. Imprégnez-vous des odeurs et des bruits, cet endroit est plein de la ressource dont vous avez besoin. Stockée seulement pour vous. Remplissez-vous de cette ressource, à votre rythme.

De la façon qui vous convient le mieux : vous pouvez la respirer ou la boire, sous la forme d'un nectar magique. Elle vous remplit et vous ressentez cette agréable sensation de plein et de plénitude. » Erika l'entraîne le long de ses synapses pour se nourrir de son propre cerveau. « Bien joué, la félicite à nouveau son guide avec une intonation évoquant le pouce en l'air ou la tape dans le dos, vous pouvez revenir maintenant. » Et là, abruptement, s'arrête la balade la plus déstabilisante qu'Ameko ait jamais faite. Sans plus d'explications, Erika s'est tue. Mal à l'aise comme après un rêve dérangeant, Ameko ouvre les yeux et s'étire en soupirant. Elle s'empare de son téléphone pour éteindre l'application. Il est sans doute temps de passer à autre chose.

Chapitre 19

Vendredi 6 juin 2014

C'était son jour de chance. Naoki Murakawa venait de repérer la seule place inoccupée du café. Il s'était précipité, sautillant presque. Son regard à nouveau fiché sur l'écran de son smartphone trahissait la fébrilité. Le quinquagénaire cherchait le confort et un semblant de familiarité. Il avait rendez-vous, alors autant être un tant soit peu dans son élément. Son choix s'était porté sur le Starbucks du centre commercial greffé à la gare d'Akihabara. À vrai dire, s'il appréciait l'endroit, il n'avait jamais aimé l'amertume du café. Il s'y était habitué, comme on s'habitue aux désagréments de la vie d'adulte tels que les supérieurs hiérarchiques malveillants et le fait de devoir nettoyer soi-même le fond de sa poubelle.

Les instructions lui étaient parvenues cinq jours plus tôt. Il s'agissait plutôt d'injonctions, précises et possiblement décourageantes. Figurait en tête l'interdiction de questionner Kana sur l'accident ou son état de santé, suivie de l'interdiction de prendre des captures d'écran et d'évoquer le contenu de la discussion sur les réseaux sociaux. La liste était close par l'impératif de partager, au terme de l'échange, un petit clip promotionnel téléchargeable sur le site de Pop Satori sur au moins trois réseaux sociaux.

Estimant qu'il aurait été malhonnête d'échafauder un plan pour quitter le bureau en avance, Naoki décida d'improviser sa sortie. Ce qu'il fit au retour de sa pause déjeuner, en évoquant d'intenses douleurs abdominales. Il attendit une demi-heure avant de laisser échapper quelques gémissements qu'il aurait, avec le recul, espéré plus virils. L'horloge murale affichait 16 heures 18 lorsqu'il quitta son poste à pas feutrés, courbé et honteux. À quelques blocs de son bureau, il pressa le pas jusqu'à l'essoufflement. Les crampes abdominales devenant une réalité, il se remémora cette bonne résolution constamment reportée de se remettre au golf. Cela serait bénéfique pour sa santé, ainsi que sa carrière. Ses supérieurs le regarderaient autrement. Peut-être pratiqueraient-ils ensemble les week-ends ? Une part de lui admirait les gens pragmatiques.

L'email de Pop Satori annonçait la réintroduction de Kana Wakahisa dans son environnement naturel. La métaphore animalière avait troublé Naoki sans qu'il y prête réellement attention. L'important était ailleurs : il était sur le point de retrouver Kana.

Des joues piquetées et irritées, le cheveu mal coupé (par lui-même, à la va-vite), une veste élimée et alourdie par l'humidité qu'il avait renoncé à retirer avant de s'asseoir : trop de détails conjugués trahissaient chez Naoki Murakawa un célibat durable et peu épanouissant. Il bascula son buste par-dessus le dossier de la chaise en bois roux pour faire craquer ses omoplates. Revenu enfoncer ses coudes sur la table, il inspira profondément avant de se connecter à l'application Pop Satori Live. Le live stream débutait. À l'écran, Kana Wakahisa secouait ses paumes ouvertes sous son visage pour saluer ses spectateurs. Naoki retira ses lunettes en pressant son nez contre le téléphone. Il les remit dans la foulée. Ce début de presbytie ajoutait à son trouble. Il tenta d'effacer de son image mentale le fauteuil roulant dans lequel se tenait l'idole. En vain. À peine visible dans le cadre, la structure semblait massive, menaçante presque ; impossible d'en faire abstraction. C'était donc vrai : Kana ne marcherait plus. Naoki soupira, s'appliqua à taper : *« Kana !!! Je savais que tu reviendrais ! C'était trop long sans toi. »* Puis : *« C'est Naoking ! Tu vas bien ?? »* Pourquoi ces deux points d'interrogation ? Pourquoi même lui avoir demandé comment elle allait ? Une personne en fauteuil roulant ne pouvait aller bien, elle souffrait. L'homme se rappela que les questions sur l'état de santé de l'idole étaient interdites. D'ailleurs, parler de son absence ne revenait-il pas à évoquer l'accident ? Et puis, cette ponctuation ! Trop, trop de points d'exclamation. Elle allait le prendre pour un psychopathe. Ou l'un de ces lourdauds dont on ne sait jamais comment se débarrasser. Ce n'était pas lui, il ne s'imposait jamais. Il ne le savait que trop bien : s'il s'était plus imposé par le passé, s'il avait dicté son destin, sa vie aurait pris un tout autre cours. Par réflexe, dans une vague tentative de se rasséréner, il se saisit du gobelet cartonné et but une gorgée de café. L'amertume du breuvage ne lui parvint que de très loin. La chaleur, toutefois, l'apaisa. La rumeur disait que l'idole resterait clouée dans son fauteuil roulant et on ne savait toujours rien de son nouveau projet. Mais d'une certaine façon, n'était-ce pas mieux comme ça ? Kana leur revenait, à ceux qui comme lui la soutenaient depuis ses débuts, aux anonymes qui avaient investi temps et argent dans sa réussite. La vie tirait sa valeur de son inconstance, Naoki l'avait découvert adolescent dans les romans de Yukio Mishima. Sa propre existence s'était construite dans une mesure tiède, dans la frustration et l'absence de drame.

Un certain Toshikun176-0004 écrivit : « *Ça fait trop, trop longtemps ! Tu m'as tellement manqué ! Je suis tellement heureux de te retrouver !* » Naoki le connaissait. La camaraderie qui régnait parmi les cliques de fans lui était précieuse, mais Toshi n'était pas un ami. C'était un type sans originalité qu'il croisait à l'occasion. Pas méchant, mais plutôt basique. Naoki soupira en s'adossant à sa chaise.

« Toshikun, Naoking, Yoji ! Ça fait longtemps !! Bonsoir ! Je suis si contente de vous retrouver ! Bonjour aussi à Kotonokokoro, Yuu74 et Damedane, on se connaît ? Envoyez-moi un petit message pour me dire si l'on s'est déjà rencontrés ! »

Naoki tapa à nouveau :

« C'est nouveau cette frange, non ? Ça te va bien ! \(≧▽≦)/ »

En guise de réponse, l'idole approcha son visage à quelques centimètres de la webcam et, un instant, Naoki ne vit que son œil de chat, puis sa bouche. Sa si jolie bouche, rose, en cœur. La tragédie n'avait pas altéré sa grâce. Son regard s'était durci, Naoki ne pouvait l'ignorer, mais il refusait de la juger pour ça. Après tout, lui-même avait pris quelques rides. La vie est un TGV qui vous percute de plein fouet. Personne n'échappe à son impact. Il se demanda d'où lui venait cette image, également belle et violente. Il eut envie de la partager avec Kana, se retint. Trop lugubre. Il était là pour la réconforter, pas pour l'enfoncer dans la morosité.

« Merci Naoking ! »

« Joli ce pull beige, ça te va bien aussi, il a l'air doux. C'est de l'angora ? »

Il se mordit la lèvre, pressa ses globes oculaires fatigués avant de boire une nouvelle gorgée de café. Il aurait dû se préparer, dresser une liste de questions, quelques répliques amusantes, de quoi donner le change. Seules des inepties lui venaient en tête. Il passa sa main sur son visage, massa ses tempes. La journée avait été longue.

« Merci, Naoking, je suis contente qu'il te plaise ! Cœur avec les doigts, dit-elle en joignant ses index et pouces pour former un myocarde pictogrammé. Je suis nerveuse et impatiente que vous découvriez mon nouveau projet. Je ne peux pas vous en dire plus, c'est encore top secret. Mais, faites-moi confiance, ce sera épique ! »

Kana n'avait pas relevé l'interrogation de Naoki sur la matière de son pull. Le fil de conversation était dense, impossible pour l'idole de répondre à chacune des répliques de ses fans. Il hésita, et après quelques minutes tapa enfin :

« Tu sais, j'ai dû m'arrêter à Akihabara pour assister à ton live stream. Je ne voulais pas gâcher notre rendez-vous avec les bruits du train. :) »

« Naoking est à Akihabara ! Super ! Ça fait des siècles que je n'ai pas mis les pieds là-bas. Je ne suis pas très mobile ces derniers temps à cause de… Enfin, vous savez… Je suis jalouse, Naoking. Profite bien ! Peux-tu manger un taiyaki en forme de Magicarpe pour moi ? »

Convoquant l'esprit d'un poisson-globe, l'idole remplit sa cavité buccale d'air, index gauche pointé au milieu de sa joue. Ça ne voulait rien dire. Ou si le geste avait un sens, il échappait à Naoki. Mais quelque chose se passait et l'homme se remplissait en silence de cet instant de complicité. En miroir, ses propres joues se gonflèrent. Le sourire sur son visage était immense. Percevant les regards inquisiteurs d'un voisin de table, il se dandina sur sa chaise. Si sa carrure trahissait un âge avancé, une propension aux excès alimentaires et alcoolisés ainsi qu'un désintérêt pour l'exercice physique, ses mouvements rappelaient ceux d'un enfant que l'on dérange pendant une partie de jeux vidéo ou d'un écolier qui refuse que l'on s'inspire de sa prose pendant une interrogation écrite. Mais Naoki n'avait pas honte. De quoi aurait-il eu à rougir ? Kana Wakahisa était majeure et, de ce qu'il pouvait en voir, entièrement vêtue. L'observer savourer un biscuit à la fraise, en croquer une bouchée minuscule, puis offrir à la caméra le biscuit décapité dans un simulacre de baiser par sucrerie interposée, ça restait un spectacle tout public.

Était-il heureux ? À cet instant, ses entrailles exprimaient des sentiments complexes. De la joie bien sûr, mais aussi de la gêne et une douleur discrète, voisine de la mélancolie. Lui, il allait bien. Depuis quelque temps, ses taux de cholestérol LDL et d'acide urique n'étaient plus au beau fixe, mais ses pieds le portaient. Il pouvait courir pour prendre son train, même si ça le fatiguait. Lui qui avait survécu à un triathlon Ironman en 1998 s'essoufflait étonnamment vite ces dernières années. Kana, si jeune, était en fauteuil roulant. L'écran vidéo venait de passer au noir et son café était froid. Naoki le finit d'une traite, car bien que n'aimant pas le goût du café, il détestait le gaspillage. L'heure était venue de prendre la ligne Chuo-Sobu pour regagner son studio de Funabashi, dans la préfecture de Chiba. Il allait courir pour attraper son train, pour rappeler à ses muscles qu'il était vivant et qu'il allait se battre. Il se leva, regrettant soudain de ne pas avoir retiré sa veste en arrivant. Tout son être semblait imprégné de l'humidité du vêtement. Naoki décida que rien ne pressait, et qu'un petit détour pour aller manger un taiyaki en forme de Magicarpe s'imposait.

Chapitre 20

Vendredi 31 octobre 2014

Trop central pour être une cité-dortoir, trop résidentiel pour marquer les esprits, le quartier d'Ōsaki peinait à s'approprier des qualificatifs. Les employés de Sony, Mos Burger, Lawson et Fuji Electric, qui s'y pressaient en semaine, lui attribueraient celui d'*ordinaire*. Les plus sensibles, confrontés à ces immeubles trop hauts sans charme, relèveraient un potentiel romanesque inexistant. Reste que, désigné par la Métropole de Tokyo comme l'un de ses sept centres-villes secondaires, et relié au reste de la ville par la ligne de transport circulaire Yamanote, le quartier existait. Il comptait trois centres commerciaux, et, à cet instant, l'action se déroulait dans l'un d'eux. Marbreries imposantes, lierres factices dans leur terre cuite plastique, places de villages italiens en trompe-l'œil et restaurants aux noms presque français : Gate City Ōsaki était un centre commercial japonais, et pour cette raison, occidental à l'excès. Les horloges alentour marquaient 18 heures 36. Sous un puits de lumière nuiteux se dressait une scène temporaire autour de laquelle fourmillaient les équipes de Pop Satori.

« Une équipe réduite pour de grandes ambitions », claironnait Jun, trop heureux de se mettre en scène parmi les petites mains de l'agence.

Il avait été question d'organiser ce concert, le premier de Divine Disgrace, un dimanche après-midi. La direction du centre commercial avait toutefois fait machine arrière au motif qu'il serait inopportun de chanter l'Apocalypse alors que des familles en quête d'un bonheur tranquille dégustaient des spaghettis à la bolognaise et du pain perdu. Les thématiques findumondistes convenaient mal aux dimanches.

Interrogé sur le choix d'un lieu peu susceptible d'attirer les âmes en peine, Jun rappela aux journalistes et blogueurs présents la nécessité pour n'importe quel artiste débutant de tirer le public par la manche. Dans cette industrie, toutes les success-stories, *toutes*, commençaient dans des lieux de passage devant un public clairsemé. N'avait-on pas lancé la carrière de Britney Spears sur une tournée des centres commerciaux américains ? Et que dire de la centaine de mini-concerts devant les magasins d'électronique ayant servi de tremplin aux désormais incontournables Momoiro Clover Z ? Jun refusait de considérer le succès comme dû ou acquis. La reconnaissance arrivait à point nommé à qui œuvrait avec humilité et application. Divine Disgrace, start-up à la conquête d'un marché qui ne l'attendait pas, ne dérogerait pas à la règle. Leur omniprésence dans ces espaces du quotidien rendrait ses filles familières. Leur aura se forgerait dans la répétition et l'abnégation.

« Vous attendez donc un public de deux ou trois personnes ?

— Cher monsieur Ikeda, je reconnais bien là votre tendance à voir le verre à moitié vide. Eh bien, comme je vous l'ai dit, il s'agit d'un événement confidentiel. Et qui dit confidentiel dit, par essence, intimiste. Seuls les plus fidèles parmi les fans des artistes de Pop Satori ont été conviés. Alors, voyons : si nous comptons les porteurs de t-shirts estampillés Divine Disgrace ayant déjà pris place… Un, deux, trois… »

L'espace d'un instant, l'index de Jun virevolta en pointant le public.

« En fait, et je vous le dis en toute sincérité, peu importe combien de personnes sont présentes ce soir, *vraiment*. Je laisse les chiffres aux esprits étroits. La révolution Divine Disgrace est en marche, les réseaux sociaux sont en ébullition, l'effervescence est là, indéniable, et je ne peux que m'en réjouir. Pour autant, et notez bien, chez Pop Satori, tout le monde garde la tête froide, les filles les premières : elles sont là pour durer !

— Pouvez-vous nous donner des nouvelles de Kana Wakahisa ? Ça a été une surprise de la retrouver dans l'écurie Satori. Comment va-t-elle ? Je crois que son public est impatient de la retrouver et que tout le monde se pose beaucoup de questions.

— Vous les lui poserez vous-même le moment venu. En attendant, je me dois de vous initier à notre concept. »

Sous les hochements de tête d'un directeur artistique chargé d'à peu près tout depuis le recrutement jusqu'à l'agencement visuel, Jun exposa son désir d'entretenir chez ses filles la verve propre aux outsiders. Pour ce premier concert, comme les journalistes étaient sur le point de le découvrir, la scénographie s'inspirait du concept d'idolâtrie, le culte rendu non à la divinité elle-même, mais à sa représentation. Dans les religions abrahamiques, l'idolâtrie était un péché : on ne représentait pas la divinité. Jun évoqua le fait que ses équipes se livraient à un exercice philosophico-sémiotique de mise en perspective de trois dimensions d'une même réalité : la personne d'abord – ces jeunes femmes de chair et d'os –, le personnage que chacune incarnerait sur scène ensuite, et, en troisième lieu, la représentation dudit personnage… L'idole ! « Il faut remonter à l'Ancien Testament, poursuivit Jun. À l'époque, le terme d'idole désignait une image, une représentation de la divinité ; visible, mais sans substance. De là, suivez-moi bien, revenons à nos contemporains et poussons la réflexion : émanation de l'air du temps, du *Zeitgeist*, une image n'est ni vraie ni fausse, elle *est*, elle existe, voyez-vous ? Elle existe en tant que projection, en tant que support d'une représentation. Ladite représentation, par contre, porte en son sein la subjectivité. Elle peut se faire témoignage ou tromperie, voire proposer un entre-deux… » Et c'était lorsqu'il tissait cet entre-deux que Jun percevait le mieux la noblesse de sa mission. Le directeur artistique semblait pour sa part pris d'une crise de rhinite. Ses hochements de tête se faisaient désormais en direction du sol. Il reniflait bruyamment. Jun reprit. « Rien n'est simple, rien n'est donné. Si c'est donné, c'est qu'il y a un piège, forcément. Gardez ça en tête. Mais trêve de verbiage, c'est désormais à nos artistes de parler pour elles ! » Il quitta les journalistes et son directeur artistique pour rejoindre les Divine Disgrace dissimulées derrière un pan de rideau à quelques mètres de là.

Jun s'adressa à Kana : « Magnifique ce fauteuil ! Qu'en penses-tu ? Futuriste, élégant, un tank… Une machine de guerre, mais sexy ! Tu maîtrises la manœuvre, c'est bon ? Nous construisons le mythe Kana Wakahisa, n'oublie pas. » À destination du reste du groupe, le discours du producteur fut bref. « Vous êtes magnifiques. On a fait du bon travail, alors soyez vous-mêmes et ne me décevez pas ! »

Ayant adressé une révérence à Kana, Jun hocha la tête pour encourager les quatre autres qui trottinaient d'un pas incertain vers la rampe d'accès à l'estrade.

Cinq pans de placoplâtre clôturaient la scène. Chacun était illustré du portrait en nuances de gris de l'une des membres du groupe. Un bruitage évoquant une pluie d'étoiles ou un coup de baguette magique – quelque chose de l'ordre du scintillement surnaturel – accompagnait Kana qui avançait sur le devant de la scène dans un fauteuil roulant massif. Le contraste entre la féérie sonore et l'aspect menaçant du fauteuil roulant était dérangeant. Les quatre autres Divine Disgrace suivaient en escadrille. Chacune se positionna face à sa représentation grise échelle 2:1. En dépit des explications de Jun, la scénographie ne traduisait rien de plus que l'urgence et le manque de moyens, voire, selon les termes d'un blogueur chagrin, l'autosabotage.

Kana Wakahisa, qui dans une vie antérieure remplissait les stades, s'illumina pour un parterre d'une cinquantaine de personnes. Sortie des nuées médicamenteuses dans lesquelles ses antidouleurs la maintenaient, elle prit la parole. « Bonsoir à tous ! On se connaît peut-être, oui je reconnais quelques visages… Je suis Kana Wakahisa. Voici Sayuri Kojima, Ameko Sakamoto, et les jumelles Emi et Eri Toda : vous pouvez les appeler Emiri. Nous sommes les Divine Disgrace ! *Yoroshiku onegaishimasu*, s'il vous plaît, assurez-nous de votre bienveillance ! » Elle marqua une pause afin d'encourager les applaudissements, tandis que les quatre autres se livraient à une profonde courbette, en signe de déférence. « En notre nom à toutes, je vous remercie d'être venus ce soir. Nous sommes extrêmement honorées d'être parmi vous. » Nouvelles courbettes silencieuses tout aussi profondes. « C'est très… c'est très, très émouvant de vous retrouver… Pour moi, être là, vous devez le savoir, ça représente énormément. C'est, disons-le, une renaissance. Que pensez-vous de mon nouvel accessoire ? Presque discret, je vous l'accorde… De la haute technologie… Pour tout vous dire, la manœuvre garde à ce jour une part de mystère pour moi, alors je compte sur le premier rang pour me rattraper en cas de chute ! » Quelques rires réservés se firent entendre, de ceux que l'on finit par dissimuler dans un toussotement. Kana baissa les yeux. Son intonation se fit plus grave. « D'une certaine façon, je suis ce que l'on pourrait appeler un *phénix* : revenue de loin, sitôt repartie pour vous donner le meilleur de moi-même ! Et puisque la vie m'a appris la sagesse, depuis mon trône de fer, je guiderai les filles. Tout au long de l'aventure Divine Disgrace, puisse-t-elle être éternelle ! » La jeune femme avait proféré ces dernières paroles les bras tendus, paumes en l'air, dans un simulacre incantatoire. Kana Wakahisa riait, enjouée malgré la structure métallique qui semblait se refermer sur elle. Le public applaudit.

« Oui, nous sommes infiniment honorées d'être parmi vous. Nous étions impatientes de venir à votre rencontre ! Quand on y pense, pour nous les choses sont allées très vite, mais nous avons beaucoup travaillé. Ce soir c'est Halloween, et les petits monstres sont de sortie ! *Nous* sommes de sortie ! C'est le premier concert de Divine Disgrace ! » Le parterre applaudit, un sifflet d'approbation vrilla l'air. « Nous tenons à remercier les équipes de Gate City Ōsaki pour leur accueil. Sans eux et sans l'implication des équipes de Satori, nous ne serions pas parmi vous ce soir. Nos sincères remerciements vont à tous ceux qui ont rendu ce mini-concert possible. »

Hochements de tête et applaudissements des autres membres. « Oh, mais je parle, je parle… Je vois que certains d'entre vous portent déjà nos t-shirts, c'est vraiment super, vous êtes magnifiques ! » En écho à elle-même, à l'adresse de ses camarades : « … Ils sont beaux, hein ? » Puis de nouveau au public : « Nous espérons sincèrement que le show sera à la hauteur de vos attentes. Nous allons faire de notre mieux pour vous apporter une dose de disharmonie, puisse-t-elle embellir votre soirée ! *Disharmonie*, c'est la traduction du titre de notre premier single. Alors encore merci d'être là, et encore une fois, nous comptons sur votre bienveillance ! Premier concert de Divine Disgrace, *let's go* ! *Fa-i-to*[2] *! Dis-har-mo-nyyy !* »

Plus tard dans la soirée, tandis qu'un commentateur – le blogueur qui s'émouvait plus tôt de l'aspect carton-pâte de la scénographie – qualifierait les chorégraphies du groupe d'inexistantes, d'autres voix s'appliqueraient à trouver un sens aux gesticulations des cinq filles sur scène. Pour l'heure, au fil de ces quatre titres et seize minutes de playback, les membres d'Ameko s'agitaient. Dire qu'ils le faisaient en rythme aurait relevé de l'abus de langage. L'attention de la jeune femme était ailleurs. Elle venait de s'abîmer au premier rang, sur un homme portant un t-shirt à son effigie. Le t-shirt était superposé à une chemise blanche ventrue. Le salaryman en sueur scandait son prénom. Elle pouvait le lire

2. Prononciation japonisée de « Fight! ». Cri d'encouragement que l'on pourrait traduire par « Courage, donne(z) tout ! ».

sur ses lèvres, tentait dans le même temps de rester concentrée sur sa chorégraphie. Ce n'était pas pour lui qu'elle était là. Ameko voulait parler aux ados mal dans leur peau, à la gamine effacée qu'elle avait été. Qu'avait-elle à dire à ces hommes grisâtres ? Qu'était-elle supposée leur apporter ? Pourquoi elle ? Les bribes de réponses qui se formaient dans son esprit la dérangeaient. Les titres s'enchaînaient et Ameko redoutait les trente secondes durant lesquelles elle devrait serrer la main moite, forcément molle, de cet homme. Il allait lui parler, de trop près. Son haleine tiède effleurerait son visage. Ameko allait devoir feindre la gratitude et l'intérêt. Ils poseraient côte à côte pour un polaroïd souvenir. Il n'aurait pas le droit de la toucher.

Il n'aurait pas le droit de la toucher.

Chapitre 21

Le centre commercial était parfaitement éclairé, pourtant des bras tenant des tubes chimioluminescents fendaient l'air de leurs va-et-vient. En miroir du chaos qui régnait sur scène, un enthousiasme désordonné électrisait le parterre. Le trouble causé par la vue d'une icône de la pop encastrée dans un fauteuil roulant était palpable.

Comme précisé aux journalistes, le public avait été trié sur le volet parmi les membres VIP du fan-club de Satori et les influenceurs ayant montré le plus d'enthousiasme après la diffusion du clip de *Disharmony*. L'agence avait affrété un Toyota Coaster pour récupérer les quelques élus rassemblés près des gares d'Ueno, Akihabara, Tokyo, Shinjuku et Shibuya. Chacun avait été invité à choisir un t-shirt sérigraphié à l'effigie de l'une ou l'autre des Divine Disgrace. Le groupe ainsi constitué comportait une majorité d'adolescentes et d'employées de bureau tout juste diplômées ainsi qu'une dizaine d'hommes d'âge mûr. Parce qu'ils suivaient d'autres groupes du label, la plupart se connaissaient. Les uns et les autres s'étaient aimablement salués avant de se rassembler par affinités – c'est-à-dire en fonction du sexe et de l'âge – et de s'installer sur les sièges en plastique orientés vers la scène.

Un journaliste suédois enquêtant sur le phénomène des idoles pour le magazine *Vice* interrogeait l'électron libre resté à l'écart des groupes ainsi formés. « Pas du tout ! » Le vingtenaire sermonnait le reporter et sa traductrice d'une voix blanche.

« Ça n'a rien d'une mode. C'est comme si vous me demandiez si Britney Spears, c'est une mode. C'est limite insultant, votre question. C'est plus un… un culte, une religion. Et ne croyez pas que j'exagère. Ici et maintenant, on assiste à la naissance de quelque chose, c'est une religion en marche – sans mauvais jeu de mots par rapport à Wakahisa. C'est par la musique que les foules entrent en communion, c'est par la musique qu'on touche les âmes.

— Donc on est en train d'assister à une messe », railla le Suédois.

Ttt. En guise de réponse, le téléphone du journaliste enregistra un claquement de langue. « Kana-chan a plus de charisme, c'est sûr, mais vous trouvez pas qu'elle a un petit air à la Vierge Marie ? » souffla le jeune homme pleinement absorbé par les derniers pas de danse de l'albinos.

Le spectacle se termina sous les applaudissements énergiques du public et de la poignée de curieux attirés par le son et lumière désorganisé.

La religion relie les hommes, et ce bien au-delà de ce que la simple étymologie du mot peut suggérer. Alors qu'ils attendaient de serrer la main des idoles et de poser avec elles pour un polaroïd souvenir, les spectateurs partageaient un enthousiasme palpable. Le journaliste s'approcha d'un petit groupe de quinquagénaires encore armés de leurs sticks lumineux. La traductrice les interpella pour leur demander leur avis sur le spectacle.

« Eh bien, même si ce ne sont pas les artistes les plus en vue du moment ni les plus talentueuses – ou peut-être pour ça justement ? –, j'aime beaucoup les filles Satori. Je ne suis jamais déçu ! Elles sont fraîches, authentiques. Elles ont un truc en plus... Ou peut-être en moins, mais c'est vraiment un truc en plus... Une qualité... Vous me suivez ? »

La traductrice hochait poliment la tête quand un autre, encore essoufflé, poursuivit. « Mais Kana Wakahisa, c'est autre chose. Je la suis depuis ses débuts et je suis heureux de la retrouver ce soir parmi *nos* filles. Je ne m'attendais pas à ça, mais maintenant que je le vois de mes propres yeux, je me rends compte du potentiel... C'est du jamais-vu ! On vient d'assister à quelque chose de fort, d'important... Non ? » Il s'arrêta, sembla réfléchir, reprit. « Pour être tout à fait honnête, je l'aurais imaginée revenir dans un projet de plus grande envergure. Kana, c'est déjà une princesse, repartir à zéro comme ça, c'est dur ! Et on dira ce qu'on veut, mais c'est assez sombre comme concept... Ce fauteuil roulant, là... C'est bien un fauteuil roulant ? » Il interrogea ses camarades du regard. « C'est glauque, non? Franchement, je peux pas croire qu'elle soit vraiment handicapée, c'est pas son genre, c'est pas elle. Wakahisa, c'est une battante! Alors moi j'attendais plutôt un album solo, qu'elle réclame sa couronne de reine de la pop, c'était ça la logique. Je vous dis ça parce qu'elle et moi, on se connaît. J'invente rien. D'ailleurs depuis toutes ces années qu'on se suit, elle m'a écrit pas mal de petits mots. Je les garde, voyez... Oui, je les ai gardés. Tous. » De but en blanc, le sexagénaire émacié mit dans les larges mains du Suédois un album rassemblant plusieurs centaines de polaroïds datés et signés par l'idole. L'homme avait participé à chaque meet & greet organisé dans la capitale par ses producteurs. Chaque mois, autour d'un tiers de son salaire partait dans ces séances photo assorties de signature d'autographes. Son doigt se posa sous l'un des instantanés. Il feignit de lire, récita plutôt: « *Je compte sur ton soutien, mon cher Osamu.* Et là: *Tu es irremplaçable, mon très cher Osamu.* Elle m'a écrit ça », confirma-t-il dans une profonde inspiration ponctuée d'un hochement de tête. « Alors bon, je suis pas dans sa tête, mais je la connais un peu quand même. »

Un autre, un certain Naoki enchaîna. « Pour moi, Kana, c'est un miroir. On se ressemble... Enfin, pas physiquement. Disons que c'est un modèle... Elle s'est battue pour réaliser ses rêves, malgré les épreuves, et elle continue à se battre. Alors quand ça va pas, je pense à elle, aux difficultés auxquelles elle a dû faire face, et son courage m'inspire. Parfois, dans ma tête, je l'entends me traiter de fillette. Gentiment, vous voyez… Je veux pas la décevoir. Il faut que je sois à la hauteur, que je me lève tous les matins, que je me batte… Oui, ce que je veux dire c'est qu'on a chacun nos propres combats, ces filles comme nous, mais qu'on est là les uns pour les autres. »

Hochements d'approbation des uns et des autres.

« Vous croyez en elle comme en une divinité ? C'est une déesse pour vous ? l'interrogea le journaliste, qui ne dissimulait pas la satisfaction de tenir l'angle de son article.

— Eh bien, je ne sais pas, mais Kana doit se sentir seule parfois.

— Ça doit pas être facile pour elle, pour les nouvelles non plus, remarquez… Comme elle l'a dit, elles sont en rodage… Mais vous avez vu, elles se sont bien débrouillées ! Je suis fier d'elles, commenta un quadragénaire fluet qui s'essuyait le front avec une serviette-éponge jaune poussin.

— Et nous non plus, nos chorégraphies ne sont pas encore au point… murmura un autre, le menton timidement enroulé dans sa gorge.

— Pour le prochain concert, il nous faudrait un cri de ralliement… renchérit l'éponge poussin.

— *Dibaïnu ! Dibaïnu ! Dibaïnu !* » proposa quelqu'un sous les acquiescements également polis et dubitatifs de ses camarades.

Après une seconde ou deux de flottement, la serviette-éponge avança :

« Ça peut vous paraître bizarre… Le fait est qu'on aime se retrouver comme ça, entre nous. Se voir à chaque concert, ça crée des liens. Alors oui, on pourrait se ruiner au pachinko, aux courses de chevaux ou, oui, dans des bars à hôtesses, mais nous ce qui nous rend heureux, c'est de nous réunir pour soutenir des artistes émergentes.

— C'est une cérémonie, un exutoire… Oui, c'est sacré pour nous », conclut Naoki.

Moins prolixes, les employées de bureau se détournèrent rapidement du téléphone portable devenu dictaphone que leur tendait le journaliste. Oui, le spectacle leur avait beaucoup plu, mais non, elles n'avaient rien à ajouter. Le visage de la traductrice se crispa face aux cris des adolescentes qui les hélaient pour partager leur enthousiasme.

« Sayuri ! Sayu-chan, la reine des neiges ! Elle est géniale, on l'adore, on est venues pour elle ! Parce que les idoles, voilà quoi… Enfin, c'est sympa… Même, j'écoutais Kana Wakahisa à l'école primaire… » La lycéenne semblait satisfaite, elle souriait en lissant ses cheveux en arrière. « Alors, je veux dire, chacun ses goûts, mais bon, c'est toujours pareil ! Et moi, je préfère la vraie musique, les vrais groupes, le rock quoi. Mais Sayuri, comment dire ? Elle dit rien, mais on voit qu'elle… Qu'elle…

— Qu'elle est pas normale !

— Ouais !

— Ouais, franchement, ouais, ça se voit qu'elle dit ce qu'elle pense, qu'elle fait ce qu'elle veut. Par exemple, ça se voit que ça ne l'intéresse pas d'être là… Mais…

— Elle joue pas la comédie.

— Ouais, voilà, elle est honnête, elle fait pas semblant d'aimer ce qu'elle fait. Franchement, ça change. Elle ira loin, c'est évident.

— Et nous, on était là pour son premier concert !

— J'ai entendu dire qu'elle s'est fait tatouer un cœur gelé, *un vrai cœur*, l'organe je veux dire, avec des cristaux de glace autour, comme des stalactites, tu sais, au milieu de la cage thoracique !

— *Yabai !*

— Ouais, elle est vraiment trop ! »

Finalement interrogé par le Suédois sur l'aspect religieux du spectacle, Jun Morita statua dans un anglais parfait que l'adoration des fans rendrait ses filles divines. Il jeta un œil aux notes du journaliste, suggéra : « Ça ferait un bon titre pour votre papier, non ? *L'adoration des fans les rend divines.* Enfin, c'est vous le journaliste, c'est vous qui voyez. Vous écrivez pour le *Süddeutsche Zeitung*, c'est bien ça ? Personne ne m'a prévenu de votre venue. C'est dommage, on aurait pu organiser quelque chose. Vous savez, j'adore Cologne. J'ai vécu quelques mois à Rodenkirchen à la fin des années 90. *Ich bin ein Kölner !* »

Chapitre 22

Du groupe, Kana fut la première à prendre la mesure d'un basculement qu'elle ne parvenait pas à justifier. Le public lui préférait une inconnue. Une carpe décolorée était sur le point de l'éclipser, elle, le phénix flamboyant. La communication sur son état de santé étant verrouillée, personne en dehors de la garde rapprochée du groupe ne devait la voir debout. La jeune femme craignait un déclassement au rang d'idole de centre commercial. Pire : d'idole handicapée cantonnée aux centres commerciaux. Elle n'avait aucune intention de devenir l'icône des personnes à mobilité réduite. D'ailleurs, sa mobilité n'était pas réduite. Son corset d'immobilisation venait de lui être retiré et elle remarchait sans béquilles depuis près de deux mois.

Que la benjamine du groupe soit la moins préparée à occuper le devant de la scène importait peu : les fans la réclamaient. Positionnant le mot-clef *#SayuriDiDi* en tête des sujets d'actualité sur les réseaux sociaux, ils l'avaient élue. L'heure était venue d'écrire l'histoire de l'albinos mutique. Comme souvent rattrapé par sa soif d'immédiateté, Jun décida de donner raison aux réseaux sociaux en racontant la trajectoire d'un vilain petit canard devenu princesse torturée. Une anti-héroïne froide lestée d'un secret qu'il appartenait au public de percer. L'existence d'un père ex-sumo tombé dans l'alcoolisme à la fin prématurée de sa carrière serait par contre laissée de côté. Aussi romanesque qu'elle soit, la réalité ne pouvait interférer avec la fiction.

Chapitre 23

Divine Disgrace, idoles brisées de la J-pop

Nous devons débuter ici par une confession ou, plus exactement, un constat d'échec : le quotidien de tout journaliste inclut une quantité embarrassante de rendez-vous manqués et d'interviews ratées. C'est ce qui fait le charme de la profession et ce qui l'élève au rang de sacerdoce, car du chaos, parfois, jaillit la lumière.

Tout commence et tout se termine dans un café silencieux, situé à quelques pas de la gare de Shinjuku. Itaru, quadragénaire lymphatique, nous parle de sa collection de figurines de monstres *sofubi*. Il nous montre quelques photos et nous propose, pour une prochaine rencontre, une visite guidée du quartier geek de Nakano. L'homme jette un regard à sa montre et, soudain expéditif, s'excuse de devoir couper court à notre entretien. Il espère nous avoir fourni tous les éléments nécessaires à notre article, mais l'heure, c'est l'heure, et Itaru doit nous quitter. « Une cérémonie confidentielle, le début d'une nouvelle ère », glisse-t-il dans un sourire à Risa, notre traductrice. Mais alors qu'il s'empare de son sac à dos, il semble pris de remords. Il n'a pas le droit de nous en dire plus et, de toute façon, sa destination lui est inconnue. Mais pourquoi ne le prendrions-nous pas en filature ? C'est probablement l'événement de la décennie, un reportage en or. « Mieux qu'une rencontre du troisième type », insiste-t-il. N'y tenant plus, il lâche le morceau : Itaru se rend à la première apparition publique d'un groupe d'idoles, j'ai nommé les Divine Disgrace.

Des concerts d'idoles, il y en a quotidiennement aux quatre coins de l'archipel : tantôt dans un palais omnisport à guichets fermés, tantôt sur un trottoir face à des passants indifférents. Car être une idole au Japon ne garantit pas de remplir les stades. Loin de là. Souvent la gloire se fait attendre et il n'est pas rare de trouver ces adolescentes en train de servir des *omurice* (spécialité culinaire régressive à base d'omelette, de riz frit et de ketchup) dans un café à idoles (espace de divertissement matérialisant la rencontre entre le café à chats et le bar à hôtesses). Elles ont pris possession du quartier d'Akihabara. Rabatteuses aguerries, elles se dandinent et haranguent le passant de leurs voix suraiguës. Et ça marche. La viande est fraîche et le marché juteux : on estime ses retombées annuelles aux alentours d'un milliard de dollars. Bref, ces filles sont partout. Difficile dans ces conditions de dissimuler nos doutes quant au caractère extraordinaire de l'événement.

Mais il est encore tôt et, preuve que les planètes s'alignent pour ce reportage improvisé, notre traductrice est disposée à nous suivre. Nous accompagnons donc Itaru à son lieu de rendez-vous, tout près de la gare de Shinjuku, et, montés dans le premier taxi venu, nous prenons en chasse le van dans lequel il s'est engouffré. La vitesse étant limitée à quarante kilomètres/heure dans la capitale nipponne, il ne s'agit pas exactement d'une course poursuite à la *Fast And Furious*. À vrai dire, le temps est suffisamment long pour que nous fassions quelques recherches et qu'internet nous confirme les dires d'Itaru : les Divine Disgrace viennent de faire leurs débuts et le clip de leur premier single, *Disharmony*, a fait son petit effet sur la toile. Impossible de crier à la révolution musicale, mais il est trop tard pour faire demi-tour. Nous arrivons à destination : Gate City Ōsaki, le centre commercial d'une station de la ligne Yamanote située dans un quartier sans charme et néanmoins central. Drôle d'endroit pour une rencontre du troisième type.

Ce soir, parmi les marbreries lustrées et les poteries en plastique, le public est denrée rare. Assis sur des chaises pliantes, une poignée d'adolescentes bourgeonnantes, d'employées de bureau dans la fleur de l'âge et de salarymen déjà fanés patientent dans le calme. Itaru est parmi eux, il nous salue d'un hochement de tête et détourne immédiatement le regard. Au même instant, c'est un dénommé Hiroki qui attire notre attention. Le vingtenaire se tient en retrait. Regard fiévreux, barbe clairsemée, chevelure filasse, littéralement mal dans sa peau, Hiroki est photogénique dans son malaise.

Il semble venir d'ailleurs, attendre autre chose. Il nous confie être là pour soutenir Sayuri Kojima, jolie albinos dégingandée qui, d'ici quelques minutes sur scène, fera la démonstration de son incapacité à coordonner ses mouvements. Il vient de la découvrir, mais il a immédiatement perçu la Vierge Marie en elle. Sa ferveur est aussi fascinante que dérangeante. Nous laissons Hiroki à sa contemplation.

Apparition

Cinq filles vêtues de brillant s'avancent sur scène. Après un temps de flottement, chacune se place devant un mur cartonné à son image. Kana Wakahisa, la meneuse, est engoncée dans un gigantesque siège roulant dont on ne saurait dire s'il fait d'elle une reine maléfique, la victime muselée d'un psychopathe ou une paraplégique. Un peu des trois ? Son sourire inamovible nous plonge un peu plus dans une douloureuse perplexité. La disgrâce ne s'est pas fait attendre. Reste à percevoir le divin.

Le playback débute, et alors qu'on nous a promis une révolution, c'est une bande-son mille fois entendue dans ce type d'événements qui s'échappe des haut-parleurs. Si le concert tient de la cérémonie religieuse, seuls peuvent se réclamer du culte ceux qui en maîtrisent les rites. Les élus savent et, une fois la musique lancée, la distance se creuse entre les invités (la trentaine de personnes ayant pris place sur les sièges pliables) et les curieux qui, comme nous, se greffent à la scène.

Communion

Autour de nous, des vagues de bras prolongés de bâtonnets lumineux se dressent et ondulent. Sur l'estrade, le spectacle est plus confus. Les chorégraphies semblent tour à tour inexistantes ou étrangement coordonnées. Prestidigitation ? Rien dans les mains, tout est dans les mains, dans ces mouvements délicats qui attirent le regard, ces paumes tendues, comme un appel à l'aide, ces longs doigts écartés terminés par des ongles brillants. Quelles que soient nos réserves, le constat s'impose : la communion a lieu. Le public vibre, et depuis le va-et-vient des sticks colorés jusqu'aux ondulations des spectateurs entravés par les rangées de sièges en plastique, l'harmonie s'impose.

Les minutes filent, seize au total. C'est long et c'est court, un battement de paupière interminable. Tout juste a-t-on le temps de s'interroger sur l'amateurisme affirmé de la représentation que l'heure est déjà au serrage de mains (un rituel aussi important, sinon plus, que la représentation elle-même). Rougies par l'effort, luisantes de sueur, et adorables dans leurs emballages de bonbons froissés, les jeunes femmes réapparaissent. Elles ont l'air d'enfants, paraissent soudain minuscules. Notre regard se porte encore sur leurs mains. De leurs paumes offertes terminées par de longs doigts aux interminables ongles multicolores et strassés (*kira kira* disent les Japonais), les idoles saisissent les mains que leur tend l'auditoire qui s'avance en file indienne. Entre les Divine Disgrace et leurs (déjà) fans se noue une interdépendance ritualisée.

Absolution

Selon les critères établis par le sociologue français Émile Durkheim dans son essai *Les Formes élémentaires de la vie religieuse* (1912), une religion « est un système solidaire de croyances et de pratiques relatives à des choses sacrées, c'est-à-dire séparées, interdites, croyances et pratiques qui unissent en une même communauté morale, appelée Église, tous ceux qui y adhèrent ». De fait, les Divine Disgrace et leur petite communauté posent les premières pierres de leur cathédrale.

Au travers de paroles à la fois sibyllines et lugubres (mention spéciale pour les lignes *« ma vie pour tes yeux lentement s'empoisonne / je les arrache comme ce colchique que je déposerai sur ta tombe »*), Divine Disgrace raconte la fin de l'amour avant les antidépresseurs. Le public s'abandonne, et les désormais fidèles, épuisés, retrouvent leur pureté.

Grand-messe ou micro-événement ?

Notre statut d'impies se confirme. Il nous sera impossible d'approcher les divinités. Il aurait fallu pour ça être convertis (avoir notre nom sur la liste) et investir dans des offrandes et autres talismans (des objets dérivés en somme). Nous avons par contre pu échanger quelques mots avec leur producteur qui, dans le rôle du grand ordonnateur, nous servira un discours fade et pâteux, telle une hostie.

Sans chercher à dissimuler son malaise, Risa, notre traductrice, est jusque-là restée sur la réserve. Mais alors que nous sommes sur le point de nous séparer, elle finit par nous livrer sa propre analyse de la demi-heure passée : « Je n'ai rien contre les adolescentes qui cherchent un modèle à la marge. C'est plutôt sain, même. Et je n'ai rien contre ces filles. Pas ma tasse de thé, mais il faut de tout pour faire un monde. Non, ce qui me gêne, ce sont ces hommes. Des prédateurs mous, si tu veux mon avis. Ces types s'imaginent qu'ouvrir leur portefeuille et faire onduler des sticks lumineux suffit à les rendre dignes de l'amour de starlettes. Ils parlent spiritualité et communion, mais leur religion c'est la société de consommation. Face à ces filles, qui dépendent d'eux, qu'ils paient – indirectement, mais ils les paient –, le risque de rejet est nul. Elles sont à leur merci. C'est ce petit pouvoir qui les excite. La vérité c'est qu'ils sont incapables de s'investir dans une vraie relation. Tu as entendu parler du syndrome de Peter Pan ? Ce brave Itaru a raison : ce soir, avec ce spectacle, tu as touché le jackpot. »

Déités trop humaines

Ni tout à fait artistes, ni vraiment prêtresses, les Divine Disgrace sont célébrées pour ce qu'elles sont : vulnérables. Le miroir déformé et déformant d'un public brisé. Leur fragilité fait leur force, et la structure emprisonnant la meneuse (une starlette sous les feux de la presse à scandale depuis qu'un accident de voiture lui a brisé les jambes) n'est rien d'autre qu'une allégorie de cette vulnérabilité. La précarité apparaît comme le ressort du groupe, leur argument de vente, leur *X factor*. En observant ses membres, nous nous interrogeons sur la notion de spectacle et de valeur de l'artiste. L'idole, immobilisée dans ce fauteuil roulant qu'elle peine à manœuvrer, livre malgré elle quelques éléments de réponse. Attention : déités périssables.

Article publié le 3 novembre 2014
sur le site de vice.com

Chapitre 24

Ameko lance le streaming de *Terrace House*, l'un des programmes de téléréalité de Netflix, et bientôt Taylor Swift se fait entendre sur des beats nus, à peine trop présents, joliment vulgaires. « *We're all bored, we're all so tired of everything* », assène l'Américaine. Ameko aime le titre *New Romantics* et *1989* est un très bon album. Mais quelque chose la dérange. Choisi pour introduire la version japonaise de *Big Brother*, le morceau décrit-il justement les états d'âme de ses contemporains ? Cafardeux et lassés de tout avant l'heure ? Taylor fait-elle référence à la douleur mystique que Jun les avait exhortées à ressentir, elle et ses camarades, sans qu'elles y soient jamais parvenues ? Des six mois passés dans la tourmente de Divine Disgrace, Ameko a retenu une leçon : le divertissement ne garantit pas le bonheur. Et même si la chanteuse américaine les associe, l'ennui et l'apathie sont deux états bien distincts. Pour paraphraser un philosophe dont Ameko a oublié le nom : le malheur de l'humanité, et peut-être de notre planète tout entière, trouve sa source dans l'incapacité de ses congénères à rester chez eux à ne rien faire. Les distractions permettent d'oublier que l'on fait du surplace. Ameko pour sa part ne ressent pas le besoin d'avancer.

L'épisode reprend, brisant le fil des pensées de la jeune femme. Ainsi, elle évite de se confronter à cette contradiction interne, à savoir sa fidélité à un programme de téléréalité conjuguée à son mépris de la notion de divertissement.

Avant le générique, Arisa et Arman se promenaient main dans la main parmi les illuminations de Noël du quartier de Shiodome. Ils venaient de dîner dans un restaurant italien et la première avait remercié le second pour l'écharpe – hors de prix, comme en attestait la pochette cadeau estampillée Acne Studios à son poignet – qu'il lui avait offerte. Ce n'était sûrement pas anodin, l'un de leurs colocataires venait lui aussi d'offrir une écharpe à sa petite amie et les deux scènes avaient été montées en miroir par la production. De retour en studio, aucun des six chroniqueurs filmés en chaussettes autour d'une table basse en pin, face à ce qui se voudrait être leur poste de télévision, ne relève le fait qu'une écharpe représente l'option la plus impersonnelle et la moins inspirée de toute la gamme des cadeaux de Noël, à égalité très certainement avec la bougie parfumée. À défaut, ces derniers conjecturent sur le premier baiser du couple. Aura-t-il lieu et, si oui, dans quelles circonstances ?

Arman a été coupé par Taylor Swift, ses beats sensuels et ses élucubrations générationnelles, mais voilà, c'est dit : il veut qu'Arisa devienne sa petite amie. La jeune femme lui présente son adorable visage bleui par les guirlandes lumineuses, hoche la tête. L'air pensif et vaguement contrarié, elle sourit, esquisse un « vraiment ? ». Ses mots restent en suspens dans la buée. L'air est froid, visiblement électrique. Consciente que ses mots s'adressent tout autant au garçon qui lui fait face qu'aux millions de spectateurs qui, au Japon et presque partout ailleurs sur la planète, suivent le programme, Arisa se lance : « Ces derniers temps, on passe beaucoup de temps ensemble, on est allés à plein d'endroits différents, et vu qu'on vit sous le même toit, j'y ai forcément réfléchi. Je suis à l'aise avec toi et je m'amuse bien, mais je ne veux pas que les choses changent. » La douceur de sa voix et la tristesse lente de ses mots, choisis avec d'autant plus de précautions qu'ils seront réécoutables pour les siècles des siècles sur Netflix, ses mots, donc, ne font qu'exacerber le coup de grâce qui vient : « Tu es comme… ma famille ? Un frère ? Un ami ? » Arman secoue légèrement la tête, incrédule. Il accuse le coup dans une série de hochements réflexes. Le regard dans le vague et les lèvres pincées, il va jusqu'à remercier Arisa de son honnêteté. Il comprend, dit-il. Il sourit, il encaisse. Il se demande ce qu'il fout là. Il faut couper court à l'humiliation. Ils se lèvent. La séquence se clôt sur un plan du banc vide, et plus précisément sur l'empreinte des séants des jeunes gens qui s'en efface, sur le similicuir retrouvant son plat. Mer d'huile après la tempête.

Ameko ne comprend pas, et elle n'est probablement pas la seule puisque la suite de l'épisode est pour l'essentiel consacrée à l'analyse de la saynète. Côté commentateurs, l'excitation est palpable. On s'exclame, on décortique : le bras d'Arman enserrant la taille de sa promise, la main d'Arisa dans celle d'Arman, leurs doigts entremêlés. Autour de la table basse, ça bitche gentiment : serait-il possible qu'Arisa soit suffisamment bête pour ne pas avoir compris les intentions ô combien transparentes d'Arman ? La plus jeune des panélistes ouvre une autre voie : peut-être Arisa a-t-elle besoin de temps ? La doyenne, quinquagénaire au verbe haut, statue : le crime d'Arisa, c'est d'avoir mené son soupirant en bateau. On n'accepte pas un rendez-vous en tête-à-tête un 24 décembre pour ensuite jouer la carte de l'amitié. Et pourquoi avoir tenu la main d'Arman si c'est pour lui balancer à la séquence suivante qu'elle le voit comme un frère ?

Ameko est tentée de crier avec la meute : Arisa est une garce. Une part d'elle, pourtant, refuse de la juger. Être flattée, être touchée, être séduite même, et avoir envie de se laisser porter ; vouloir offrir la réciprocité et céder à la légèreté. Pour voir. En attendant quelque chose de différent, pour ne pas dire de mieux. *Ce n'est pas toi, c'est moi* : c'est moi qui attends mieux. Ces sentiments, elle les connaît.

Hiroki… Ameko pense à Hiroki, son petit ami de terminale. Le seul qui ait compté. Lui reviennent à l'esprit les gouttes de sueur qui, en toutes saisons, perlaient sous ses narines, et ses chaussettes aux motifs psychédéliques. Elle se rappelle aussi sa douceur. Leur relation avait duré huit mois. Et là où elle se retrouve dans le manque de tact d'Arisa, c'est que quelques jours avant de se décider à rompre, Ameko s'était entendue dire au jeune homme qu'elle l'aimait. Pour être juste, ses mots faisaient écho à la confession d'Hiroki. Ce « moi aussi » prononcé dans un souffle disait non pas la réciprocité de ses sentiments, mais plutôt son incapacité à parvenir spontanément à une réponse qui serait sincère sans être blessante. Elle avait été prise de court. Jusqu'alors, il lui avait semblé, sans que ce soit parfaitement conscient, qu'un accord tacite avait placé leur relation sous le signe de la parenthèse expérimentale. Les choses étaient d'autant plus complexes qu'elle ne mentait pas. Ameko aimait être avec Hiroki et, oui, d'une certaine façon, elle l'aimait. Taciturne comme elle, ce garçon était également la personne la plus fascinante qu'elle ait rencontrée. Ils pouvaient débattre de sujets qui valent vraiment la peine d'être discutés, comme le sens profond des films de David Fincher ou l'absurdité du système éducatif. Hiroki partageait son goût pour la patate douce et la beauté gore des mangas de Suehiro Maruo. Ameko aimait le couple qu'ils formaient. À son contact, elle s'épanouissait. S'il ne lui avait pas dit qu'il l'aimait, elle ne serait peut-être jamais sortie du cocon confortable qu'ils avaient construit autour d'eux.

Les interactions sociales reposent sur un agencement de règles complexes qu'Ameko a conscience de mal maîtriser. Elle conclut qu'elle n'envie ni la position de victime d'Arman ni celle de bourreau d'Arisa. Pour autant, *Terrace House* lui offre par procuration et en micro-doses une gamme d'émotions dont elle est, à titre personnel, désireuse de se passer. Sa vie est capitonnée, ses écrans amortissent la violence. Peu importe, dans le fond, qu'il s'agisse d'une réalité frelatée. Et alors qu'elle s'enroule dans sa couette, elle le réalise avec une acuité toute particulière : ses seules angoisses proviennent du fait qu'un bonheur parfait ne peut pas durer éternellement. Ameko peine à imaginer ce que sera sa vie hors les murs. Les contraintes physiques la rassurent. Elles lui offrent le seul pouvoir dont elle se sent capable de profiter. Pour la première fois de sa vie, Ameko maîtrise temps et espace. Elle n'est prisonnière de personne, et elle ne renoncera à ce mode de vie que lorsqu'elle le décidera. Avant d'éteindre son ordinateur, elle note sur le bloc-notes virtuel : « Quelle position adopter dans un ascenseur en chute libre ? »

Chapitre 25

Ameko regarde rarement par la fenêtre. Ce qui s'y passe ne l'intéresse pas. À l'occasion, pourtant, elle se perd dans la contemplation des pavés lumineux recouvrant la bâtisse de La Cachette, le love hotel tout proche. Seules les couleurs lui parviennent. La faute au verre dépoli de la vitre qui trouble sa vision. Les couleurs surnaturelles des néons, les mêmes que celles des dessins animés de son enfance, lui rappellent un âge où incertitudes et nuances n'existent pas. Probable que tout ça coûte une fortune en électricité. La jeune femme se dit aussi que c'est beau, et elle a sans doute raison. Parce qu'à la nuit tombée, les pavés lumineux évoluent au fil d'un dégradé arc-en-ciel synthétique : ce love hotel compte parmi les plus extravagants de la capitale. Un morceau de parc à thème tombé sur la ville.

Le dernier métro vient de quitter le quartier. Sa mère dort, et pour la troisième fois ce mois-ci, Ameko sort. Un patch chauffant collé sur son t-shirt, au niveau de l'abdomen, un pull et son manteau enfilés, elle ajuste ses lunettes de soleil. Les porter à l'extérieur, de jour comme de nuit, est une vieille habitude. En signant son contrat avec Pop Satori, Ameko avait consenti à ne jamais apparaître en public sans maquillage. Fournies par son agence, les Wayfarers s'étaient imposées comme élément-clef de sa garde-robe. Ameko a quitté Divine Disgrace six mois plus tôt, un siècle en temps médiatique, et ça fait une éternité qu'aucun pseudo journaliste ne l'a contactée afin de lui soutirer des informations sur les derniers tourments de Kana Wakahisa. Son anonymat est assuré, elle le sait. Alors un instant, elle hésite. Porter des lunettes de soleil en pleine nuit n'est certainement pas le meilleur moyen de passer inaperçue. Le fait qu'on la prenne pour une femme battue cherchant à dissimuler ses ecchymoses la dérange tout autant que l'idée que sa santé mentale soit interrogée. Ameko préfère toutefois susciter des suppositions infondées plutôt que de se confronter au regard des noctambules. Ce soir, elle se glisse dans la peau d'une victime de violences domestiques, celle dont on prétend ignorer qu'elle ne s'est pas réellement cognée dans l'embrasure de la porte. Elle est prête. Avec la discrétion d'une enfant qui fait le mur, elle referme la porte de l'appartement familial, et avec la même précaution, qu'elle sait inutile, descend l'escalier à tâtons.

L'air froid chargé d'effluves de goudron mouillé la saisit. Ameko perçoit le silence d'après-pluie superposé à cette odeur de vieilles pièces de monnaie à la fois étrangère et familière. L'un et l'autre marquent l'extérieur. Son organisme fait siens les émanations chimiques qui parcourent ses narines pour venir se volatiliser dans sa gorge. Ameko imagine l'air chargé de la vie des autres, ceux dont elle évitera de croiser le regard. La jeune femme ne prend de l'extérieur que ce qu'elle choisit. Tout son être filtre. L'expérience se révèle grisante, frôle le mystique. Sa gorge se crispe. Elle s'en veut de se laisser déborder par si peu. Ameko est facilement émue ces derniers temps. L'asphalte scintille et cette euphorie contenue le lui confirme : elle n'a pas vocation à passer le reste de sa vie enfermée.

Ameko avance, les yeux au sol, concentrée sur l'amplitude de ses pas qui s'étirent. Puis, habituée à cette foulée libre, elle prête enfin attention à son environnement : cette lune en rognure d'ongle qui brille faiblement ; l'auberge de jeunesse devant laquelle fument quatre touristes blonds et bruyants qui ne semblent pas la voir ; la rue Hanayashiki menant au parc d'attractions du même nom ; déjà le pachinko Sunshine dans son dos et, immédiatement à sa gauche, le Wins, antre du pari hippique où, le week-end, des vieillards hagards trottinent un journal à la main.

Tokyo évolue constamment. À la suite des maisons en bois, des immeubles d'habitation tombent et des centres commerciaux se dressent. Comment son quartier peut-il changer à ce point et garder son identité ? On ne se baigne jamais deux fois dans la même rivière, de la même façon qu'on ne se promène jamais deux fois dans le même Asakusa. À l'emplacement du café d'hier s'élèvera demain une méga-parapharmacie et, dans cet espace circonscrit, quelques mois suffiront pour qu'émerge d'on ne sait où un nouveau centre commercial. La mue est constante et jamais aboutie. Asakusa crée de nouvelles dimensions. Le quartier vit au rythme des centres commerciaux reliés entre eux par des passages marchands. En son cœur, le plus vieux temple de la capitale. *Le sacré et le profane*, se dit Ameko sans pousser plus loin une réflexion qu'elle pressent stérile. Ni Émile Durkheim ni Mircea Eliade ne lui sont familiers – pourquoi le lui seraient-ils ? –, par contre elle a beaucoup écouté le titre des Smashing Pumpkins intitulé *The Sacred and Profane*. Jun lui avait offert leur discographie pour ses quinze ans à la suite du passage du groupe à Tokyo pour son Rock 'n' Roll Party Tour.

Le Don Quijote est le premier commerce sur sa route encore ouvert. Ses entrailles luisent ; leurs borborygmes – un jingle joyeux faisant, en boucle, l'éloge de cette « jungle des bonnes affaires » – réclament l'attention du flâneur. Sur quatre étages mal agencés, l'enseigne propose à ses clients le nécessaire et le futile, creusant entre les deux une troisième voie largement empruntée par la société de consommation : celle des choses dont on découvre simultanément l'existence et la nécessité. Le magasin racole. Et il fut un temps où Ameko arpentait longuement ses allées. Plus exactement, la préadolescente talonnait ses camarades de classe dans les rayons consacrés au maquillage, tandis que ces dernières évoquaient leur futur de blogueuses beauté en se fardant des produits en exposition. Et cela ramène Ameko au millefeuille texturé qui avait recouvert son visage d'idole. Le souvenir est suffisamment vif pour sentir ses traits se figer. Elle secoue la tête, plante son regard sur l'écran de son téléphone et constate que sept cent cinquante-six pas l'ont menée à sa destination, le Matsuya.

Ce choix n'en est pas un, puisque le restaurant de sushis, la seule option qui lui aurait garanti des interactions réduites au minimum, a accueilli ses derniers clients deux heures plus tôt. Ameko le regrette. Il lui aurait suffi de confirmer au serveur qu'elle était seule et de s'asseoir là où il le lui indiquait. Elle se serait alors préparé une tasse de thé vert en poudre depuis le robinet d'eau brûlante, se serait servi du gingembre confit et de la sauce soja. Elle aurait ensuite fait semblant de choisir ses nigiris parmi ceux défilant par paires sur le tapis roulant. Le fait est qu'elle mangeait toujours les mêmes, dans le même ordre. Si elle s'était directement adressée au chef, ce dernier les lui aurait préparés dans l'instant, sous ses yeux, mais Ameko n'avait jamais trouvé la force de l'interpeller ni même de lui tendre un papier sur lequel elle aurait noté sa commande. Non, les nigiris qu'elle mangeait tournaient de longues minutes sur le tapis roulant avant qu'elle ne s'en empare. Des sushis par défaut, voilà le prix de sa timidité. Son repas terminé, Ameko aurait demandé l'addition. Elle aurait rejoint la caisse en rassemblant six cent quarante yens en monnaie. Enfin, elle aurait récupéré les trois yens déposés par le caissier sur le réceptacle en plastique bleu à sa portée.

Mais comme le restaurant est fermé, Ameko dînera dans un fast-food, se contentant d'un gyūdon – un bol de riz surmonté de lamelles de bœuf. Elle entre. La salle est déserte. La dispensant de produire la moindre syllabe, l'automate imprime sa commande contre trois cent cinquante yens. Ameko s'approprie l'un des tabourets soudés au comptoir. Contre la fenêtre, pour plus d'intimité. Et qu'à cette heure l'espace soit vide ne change rien. Elle retire enfin ses lunettes de soleil. Séparé d'elle par ce même comptoir, un employé sans âge vêtu d'un tablier orange sur une chemise à carreaux s'approche. L'homme s'incline à peine, saisit le ticket en énonçant d'une voix mécanique le libellé : « *Gyū meshi mini.* » Il déchire le papier puis disparaît pour revenir avec une tasse de thé, bientôt suivie de la commande d'Ameko. Ses gestes sont rapides. À aucun moment leurs regards ne se croisent. Chez Matsuya, le client n'attend pas. Et, quelle que soit l'heure, son bol de riz-bœuf frit-oignons à trois cent cinquante yens et cinq cent douze calories aura toujours la même apparence et le même goût. Limite à l'immutabilité : désormais étiqueté Premium et servi sur un plateau où repose un moulin à épices, le repas vaut trente pour cent plus cher que quelques mois auparavant.

Sur le plateau d'Ameko, un bol estampillé du logo de la chaîne – trois ronds entrelacés : un jaune, un bleu et un orange. Le jaune s'étale sur le bleu et les deux s'intègrent à l'orange. Comme sur la casquette du serveur. Il doit y avoir un message derrière cet agencement de motifs colorés. Ce bleu précisément, Ameko se dit que c'est une mauvaise idée. Matsuya ne propose ni laitage ni aucun produit de la mer. *Alors pourquoi ?* se demande-t-elle en saisissant de ses baguettes la première lamelle de bœuf, tellement fine qu'elle frise.

Le fait est qu'Ameko aime ce lieu sans charme. À l'âge où la plupart des enfants découvraient qu'un jouet extraordinaire pouvait sublimer un hamburger cartonneux, sa mère l'emmenait chez Matsuya. De la restauration rapide, puisque l'époque le réclamait, mais presque équilibrée. Les lamelles de bœuf grillé sur riz accompagnées de leur soupe miso constituaient un repas presque équilibré et donc un compromis acceptable. Et Makoto Morita l'avait un jour décrété en leur compagnie : les compromis acceptables faisaient les bons parents. Pour la mère et la fille, les dîners dominicaux chez Matsuya s'institutionnalisèrent. C'était triste et réconfortant, un fast-food le dimanche soir. Ameko aurait préféré aller de l'autre côté de la rue, chez le clown jaune et rouge dealer de figurines Disney. Elle ne se rappelle pas avoir jamais protesté. Ou si elle donna son avis, il ne fut pas entendu.

Ameko est tirée de ses réflexions par la voix d'une quinquagénaire dynamique qui s'insinue entre deux mélodies pop pour vanter les mérites de la chaîne. L'annonce l'invite à ne rien oublier en partant et à prendre soin d'elle. Ameko vide son bol. L'horloge murale marque 0 heure 50. La jeune femme se lève et, dos au serveur, marmonne un « *gochisō sama deshita* », « ce fut un délice ». S'il ne s'agissait pas d'une formule rituelle, une politesse que l'on prononce sans y penser, Ameko réaliserait que ce qu'elle vient de manger n'approche que de très loin de la haute gastronomie. Elle prendrait alors conscience que la langue japonaise ne propose pas d'expression pour saluer le rapport qualité-prix d'un repas. Ce fut un délice, donc.

La porte coulisse et Ameko se rappelle le froid. Aux beaux jours, elle peut marcher jusqu'à l'heure du premier métro, s'efforçant d'atteindre les vingt kilomètres et les trente mille pas. Mais ce soir, flirtant avec le zéro, la température extérieure le lui interdit. Comme le dit Taylor Swift, renoncer n'est pas nécessairement une marque de faiblesse : parfois, il faut être assez fort pour lâcher prise. Contrairement à son habitude, Ameko se contentera de mille pas supplémentaires. Elle brûlera donc moins de calories qu'elle n'en a consommé. Ce soir, la jeune femme sort de sa zone de confort – dans les limites d'un territoire connu –, et tandis qu'elle s'engage dans le passage couvert de la Shin-Nakamise, Ameko apprend le lâcher-prise. Au travers de la baie vitrée d'un izakaya, elle observe quelques couples encore attablés. Ils rient et fument en sirotant des cocktails multicolores. Les visages sont rougis par l'alcool. Ils ont l'air également heureux et fatigués. Peu importe l'heure, Asakusa ne sera jamais complètement endormi. Si l'idée rassure la jeune femme, elle ne parvient pas à lui faire oublier le froid. Pour se réchauffer et, peut-être, pour se donner une contenance, Ameko pénètre dans la supérette récemment installée à deux pas de là. Elle inspire profondément et l'absence d'odeurs la contrarie. Il n'y flotte pas le parfum lénifiant des fritures et beignets généralement tenus au chaud au niveau des caisses. À la place, en vitrine, repose une dizaine de gâteaux sous cellophane. Les haut-parleurs diffusent un tube marteau-piqueur. Du genre à vriller le cerveau pour s'y incruster durablement. *I'm still breathing, I'm still breathing, I'm still breathing, I'm still breathing, I'm alive, I'm alive, I'm alive, I'm alive.* Ameko, elle aussi, respire. Elle est bien vivante et son anglais a vraiment progressé. Partagée entre la satisfaction de comprendre une langue qui n'est pas la sienne et la gêne de savoir qu'elle n'est rien venue chercher ici sinon la chaleur, elle quitte le konbini.

Les stores métalliques des boutiques menant au temple Senso-ji sont baissés. Quels que soient les lieux et les époques, les gadgets vendus aux touristes sont toujours en plastique, toujours rouges. Toujours ce plastique rouge vif. Ameko effleure de ses doigts les tôles ondulées parcourues de motifs traditionnels, floraux et guerriers. Cerisiers en fleur et shinobis sabre au clair. La jeune femme reconnaît l'enseigne de la Funawa Pâtisserie devant laquelle, un an plus tôt presque jour pour jour, Jun avait immortalisé les Divine Disgrace une glace à la main. Elles venaient de manger de la soupe de tortue et Ameko luttait contre la nausée.

Chapitre 26

Lundi 9 février 2015

Au plus fort de la cabale menée contre Pop Satori, Jun avait conservé des liens privilégiés avec quelques médias clefs. Ainsi, le responsable des divertissements de TV Tokyo, un vieil ami de son père, souhaitait voir les Divine Disgrace sur sa chaîne. Il était enthousiaste : la sorcière albinos et les handicapées mignonnes, ça ne laisserait personne indifférent.

Avec ce passage dans *Lunch Trip*, l'émission gastronomico-people de la chaîne, le dégel s'annonçait pour Jun et ses équipes. Pour le groupe, la visibilité serait maximale. « Un boulevard mainstream – inespéré, vraiment – s'ouvre », répéta Jun à quelques mètres du restaurant où le tournage devait avoir lieu. Passant les troupes en revue, il insista sur l'impératif pour chacune de tenir son rôle. « Sayuri et son indéfectible air blasé, parfait, ne change rien. Emiri, nos petites cerises, notre rayon de soleil!

Soyez vous-mêmes, soyez charmantes. Kana, tu le sais, tes fans se nourrissent de ta combativité. Tu as le pouvoir ! Ameko, eh bien, reste-toi même. Enfin… Détends-toi un peu. Fais-moi un sourire ? Voilà, parfait ! Vous êtes parfaites… Divines ! »

Divines, les Divine Disgrace. Les jumelles ne semblaient jamais se lasser du bon mot. Si une lettre de leurs prénoms tentait de les distinguer, l'une et l'autre n'avaient jamais cherché à se singulariser. Au contraire, chaque jour de leur courte vie, Emi et Eri Toda avaient porté les mêmes tenues, mangé les mêmes aliments, fréquenté les mêmes personnes. Sho, leur dernier petit ami en date, en témoignerait avec une émotion non feinte. Mues par l'intuition mathématique qu'une vie pour deux réduit de moitié les difficultés, les jumelles poussaient le perfectionnisme jusqu'à synchroniser leurs réactions. Ainsi, Emiri rirent.

« Gardez bien en tête qu'une soupe de tortue comme ça, ça va chercher dans les dix mille yens. Le plat qu'on est sur le point de vous servir coûte dix mille yens. À ce tarif-là, nous sommes bien d'accord pour dire que le seul commentaire acceptable est "délicieux", pas vrai ? Sayuri ? Une fulgurance à partager ?

— Vous, vous faites ce que vous voulez, mais moi, je touche pas à ça. Je ne suis pas idiote, la tortue, c'est du reptile. Un genre de serpent, c'est… Non, personne ne me forcera à…

— Sayuri, Sa-chan, écoute-moi bien : tu l'as compris, cette émission est extrêmement importante pour nos hôtes, et elle est surtout cruciale pour Divine Disgrace. Pas de place pour l'improvisation, les états d'âme ou les considérations zoologiques, je suis clair ? Comme tes petites camarades, dès que la caméra est sur toi, tu manges ce que tu as devant toi et tu t'extasies. Comme elles, tu t'exclames que c'est *délicieux*. Répète après moi : dé-li-cieux. Tu fais la gueule avant, tu fais la gueule après, peu m'importe. Tu aimes le poulet ? Tu aimeras la tortue. Délicieux, tu verras. »

Sayuri ne verrait pas grand-chose, car en sus d'une acuité visuelle défaillante, rien n'avait de goût pour elle. La jeune femme souffrait d'agueusie. Il aurait probablement fallu en chercher la cause parmi les médicaments supposés atténuer les symptômes de son albinisme, ou dans leur association – aucun soignant n'avait été invité à se prononcer. Le fait est que Sayuri Kojima devait sa ligne arachnéenne aux nouilles de sarrasin qui constituaient la base quasi exclusive de son alimentation. Elle avait onze ans lorsque le grand-père de l'une de ses camarades de classe s'était étouffé avec un mochi. Le fait divers bouleversa le quotidien de la fillette : derrière une apparente indolence, le mochi se révélait létal. Depuis, à l'occasion, Sayuri surmontait son plat de soba de quelques mochis frits. Provoqué par la texture invasive du riz gluant, le sentiment que sa bouche ne lui appartenait plus, associé au danger réel ou imaginaire, palliait le plaisir gustatif qui se refusait à elle.

« Yuuuuuuu-chan, ça fait une paye ! » La serveuse s'approcha en crabe. « Le patron nous a dit que vous veniez… Moi, tu vois, je croyais qu'il plaisantait…

Genre "Ouais ouais, bien sûr!", je disais rien, tu vois ? Ça fait une éternité ! C'est vrai, c'est fou, tu as trop changé ! Sérieux, elle a trop changé, hein ? À l'époque… Ça ouais, c'était une autre époque, hein, une autre vie, même ! Tu es très… tu sais… Comment déjà ? Mais ouiiii, dans *La Reine des neiges*, là ? Elsa ! Oui, voilà ! Elsa ! Haha, c'est fou ! Manque juste la tresse… la robe… Oh, dis, ça t'ennuie pas de nous prendre en photo ? »

La question s'adressait à Ameko qui, dispensée de répondre, avait réceptionné le téléphone de la serveuse. Accrochées à l'appareil, des breloques iridescentes tintinnabulaient. L'employée, ses index et majeur tendus en un signe de victoire typique des poses photo, s'était approchée de Sayuri qui, les bras ballants et l'air mauvais, s'obstinait à regarder ailleurs. Clic d'obturateur. « Merci, hein ! » La jeune femme récupéra son mobile sans un regard pour Ameko. « Parce que bon, aussi, ouais… Je suis désolée. Vraiment, hein. C'est vrai, c'est loin tout ça… On était cruels, on se rendait pas compte… Vraiment moche, hein ? » La serveuse secoua la tête, faisant doucement rebondir les anglaises blondes enserrées dans sa coiffe. « Au fond, c'était nous les monstres. » Elle l'avait réalisé depuis. Leur jeune âge n'excusait rien. On ne devrait jamais critiquer quelqu'un sur son physique, elle l'apprendrait à Jassutin, son fils. Il était encore petit, mais elle en ferait un homme bien, qui traite les filles avec respect.

Au fil d'un monologue ponctué par les hochements de tête d'une Sayuri glaçante, il s'avéra que la jeune mère célibataire enchaînait les petits boulots et qu'elle devait ce temps partiel à une relation de son père. « C'est la vie », sourit la serveuse dont le débit soudain traînant jurait avec l'exaltation de la minute précédente.

Spectatrices en retrait, les quatre autres Divine Disgrace dévisageaient l'albinos. Le trouble était palpable. Ameko aurait évoqué une altération de réalité ; Kana, une faille dans le masque ; et Emiri, un truc pas normal. Quels que soient les termes choisis, elles en auraient convenu : un basculement venait de s'opérer. Était-ce d'avoir été comparée à l'héroïne du dernier blockbuster de Disney ? Pour la première fois depuis leur rencontre, Sayuri souriait. Le tournage débuta. Après avoir longuement mastiqué ce qu'elle considéra tenir du caoutchouc comestible, elle s'exclama face caméra que – « *mecha oishii* », « méga délicieux » – la soupe de tortue était son nouveau plat préféré. Des filandres reptiles plein la bouche, l'albinos rayonnait.

Chapitre 27

« Je me considère comme un million de choses. Un million de choses, notez bien, je suis un touche-à-tout, c'est vrai. Mais je ne me vois pas comme un homme d'affaires. Ce n'est pas dans ma nature. C'est sûrement regrettable, mais je n'en ai pas la fibre. Je déteste les chiffres, j'ai toujours été mauvais en maths. Non, la vérité c'est que je suis un passionné à qui les parents, la mère en particulier, ont transmis le virus musical. Les hasards de la vie m'ont mis à la tête d'une entreprise, c'est un fait, mais Satori est une entreprise familiale qui s'est toujours battue pour maintenir un certain niveau d'exigence artistique, au détriment parfois d'exigences plus matérielles. Nous étions… Nous sommes et nous resterons des amoureux de la musique, des artisans, obstinés… Des stakhanovistes ! Le succès nous est venu malgré nous, si j'ose dire. Peut-être qu'une partie de moi aurait aimé avoir l'ambition de ces producteurs qui mettent le monde à leurs pieds. Il y a un certain panache à produire des interprètes capables de s'exprimer en trois langues, de chanter en cinq et de délivrer dans le même temps des chorégraphies extraordinaires calées à la fraction de seconde près. Mais soyons honnêtes, c'est à des années-lumière de l'esprit de Pop Satori. Nos signatures ne sont pas des bêtes à concours, ce sont des artistes. Des âmes sensibles. Mes succès, les succès de l'agence, ce sont avant tout de belles rencontres, des aventures humaines. [...]

Satori a toujours privilégié la créativité. Nous écrivons des histoires et nous les confions aux conteuses les plus aptes à leur donner vie. Nos Shéhérazade fredonnent à vos oreilles! Comme mon père avant moi, je me bats pour proposer une musique qui parle aux corps et qui élève les âmes. Ça va paraître ambitieux. Trop pour certains? C'est comme ça. *(Il sourit, nous prend à partie: "Vous ne trouvez pas que l'humilité forcenée est épuisante, pour soi comme pour son interlocuteur?")* On ne va pas se mentir: toucher le plus grand nombre reste l'un de nos premiers objectifs. Mais pour moi, un succès ne le devient véritablement que lorsqu'il atteint le cœur de l'auditeur. Notre objectif, c'est de toucher les masses en atteignant le cœur de l'individu. [...]

L'aventure musicale de Satori a commencé avec l'enka et, que je le veuille ou non, le travail de mes parents continuera de m'inspirer jusqu'au bout. Mais je le sais mieux que quiconque, car ma mère le regrettait souvent en privé: la chanteuse d'enka se positionne inévitablement en tant que victime d'événements tragiques. Elle reste murée dans son désespoir. Aujourd'hui, les chanteuses pop assument un rôle actif, et ce sur tous les plans. Elles participent au processus créatif, et, d'un point de vue symbolique, leur image est dynamique, complexe. Tandis que la chanteuse d'enka se lamentait dans des cris étouffés, mes artistes, les Divine Disgrace notamment, sont dans l'action. Dans n'importe quelle industrie, les stéréotypes ne sont jamais très loin et c'est un peu mon rôle de bousculer ça, de permettre à mes filles de prendre la main. C'est important pour elles, c'est aussi un message que nous avons à cœur de transmettre au public. Les temps changent, notre pays a parfois du mal à l'accepter. J'ai l'intime conviction que la musique peut être un vecteur d'innovation sociale. D'ailleurs, je parle de conviction, mais c'est un fait, ni plus ni moins. L'industrie musicale invite constamment la société à se remettre en question. [...]

Le formatage est une dérive tentante, une facilité et un risque face auxquels nous autres, professionnels du divertissement, devons rester vigilants. Il faut respecter la place de chacun. Si vous me demandez, mon job c'est d'allumer des feux et de les regarder s'embraser. Provoquer, initier, puis observer les talents qui se révèlent. *Sic itur ad astra !** Je travaille à partir d'une essence, que je ne cherche ni à capturer ni à interpréter, mais à transmettre. C'est au public d'interpréter, pas à moi. J'encourage mes artistes à écrire les paroles de leurs chansons. Je les laisse

*. Locution latine signifiant « C'est ainsi que l'on atteint les étoiles ».

s'épanouir et je reste à ma place. Et c'est sans doute ça, la clef: renoncer au contrôle absolu, à l'absolutisme artistique, parce que c'est contre-productif. D'ailleurs, je ne sais plus qui a dit "Parfois des accidents se produisent et la beauté émerge". Non pas que nos succès soient accidentels, mais la liberté de nos artistes constitue la plus grande richesse de Pop Satori. C'est ça l'idée. Moi ? J'en suis le garant. Alors, voyez-moi comme un gardien, voyez-moi comme un rêveur… les pieds fermement ancrés sur terre ! […] »

Extraits de l'interview-fleuve de Jun Morita publiée le 15 mai 2015 par le *Mainichi Shimbun*

Intermède américain

Slab City, Californie, samedi 9 janvier 2016

L'orangé du soleil couchant redonne un peu de son aura aventureuse au van en état de démembrement avancé. Ezekiel ajuste le rétroviseur intérieur. Il examine ses traits tirés pour partie dissimulés sous une barbe luxuriante. Sa bouche ensanglantée lui paraît immense, trop rouge. Il frissonne. Au creux de sa main, la prémolaire ne pèse rien. Le désormais trentenaire expérimente, éveillé, un cauchemar récurrent qu'il faisait adolescent. Sous l'éclairage glauque d'un néon frémissant, il observait sa denture se détacher, parfois une dent après l'autre, parfois en blocs. Cette séparation n'était pas douloureuse, pas justifiée non plus. Ses dents tombaient, il n'y avait rien à faire, juste à constater. À l'époque, tandis que son cœur testait les limites de sa cage thoracique, Ezekiel accueillait le réveil avec soulagement : sa mâchoire était intacte. Ce soir, une concrétion sanglante entre les doigts, il est très calme. La douleur lancinante emportée par un cocktail de cortisol et d'endorphine cède à une demi-transe, et un sourire asymétrique étire ses lèvres crevassées.

La parodontite s'est déclarée il y a quelques semaines sans qu'il y prête attention. Ce n'était pas la première fois ; il n'allait pas s'émouvoir de quelques saignements. Sa nouvelle vie allait de pair avec une certaine rudesse, elle justifiait de renoncer au confort consumériste et au fil dentaire. D'autant que le fluor contenu dans la plupart des dentifrices était un outil de lobotomie de masse. À cet instant, l'épreuve valide son intuition : son corps le trahit, mais il reste debout – symboliquement du moins, puisqu'il se trouve assis à l'avant d'un véhicule moribond. L'air est frais. L'attention d'Ezekiel se porte sur le vrombissement d'un harmonica lointain. Ou bien est-ce un moustique tout près ? Il n'est pas sûr. Le vrombissement se tait. Sans doute pas un moustique. Il renifle, crache salive, sang et pus. Deux chiots faméliques glapissent en arpège, sa bouche s'élargit encore. L'homme fixe le désert sans le voir : yuccas et buissons vidés de leur sève, caravanes et mobile homes, tôles ondulées et carcasses métalliques. Slab City polarise artistes, victimes de la récession, utopistes, drogués, anarchistes, malades et rêveurs. La plupart cumulent les titres. La communauté représente une portion d'humanité dans ce qu'elle a de plus étrange et de plus douloureux. Elle compte trois mille corps en hiver et se réduit à une centaine d'irréductibles l'été venu, lorsque les températures atteignent les cinquante degrés Celsius (peu d'individus sont prêts à voir leur cervelle bouillir faute d'enturbanner leur crâne de tissus humides). Sans électricité ni eau courante, sans service de ramassage des ordures ni police, Slab City matérialise un espace postapocalyptique qui s'épargne la vaine tentative d'instaurer des filtres à la mort. La communauté n'a d'ailleurs jamais prétendu en avoir les moyens.

La douleur lui parvient enfin. Ezekiel a envie de crier, réalise qu'il n'a pas l'énergie pour ça. À la place, il aspire une longue goulée de cet air frais mais vicié, poussiéreux. Il est chez lui, c'est son royaume, sa cour des Miracles. L'atmosphère est chargée des remugles de poissons zombifiés sur le rivage du lac de Salton Sea à une dizaine de kilomètres de là. Cet air lesté de sulfure d'hydrogène s'engouffre dans sa bouche. Il lui rappelle le vide laissé par la prémolaire désormais dans sa paume. Ezekiel va la jeter, d'un geste ample et symbolique. Ce sera beau. Il soupire, s'enfonce dans le siège en serrant son poing pour lutter contre l'impulsion qui l'animait à la seconde précédente. Cette dent, c'est lui, une part de lui. Les dentistes de Calipatria pourront peut-être la réimplanter ?

Avant de quitter sa ville natale, Ezekiel n'a finalement pas vendu son âme. Du moins, rien ne lui prouve que son offre ait été acceptée. À l'approche du nouveau millénaire, il a rejoint les Skulls and Soil, un groupuscule qui ne comptait ni parmi les plus en vue ni parmi les plus ambitieux de la ville aux sept collines. Mais il était hors de question de mener une étude de marché. On ne choisissait pas son seigneur et maître comme on choisissait son fournisseur d'accès internet. Pas à cette époque, en tout cas. Le hasard voulut qu'Ezekiel fréquente le même forum de discussion dédié à l'œuvre de H. P. Lovecraft que l'un des membres de la communauté et il décida, à défaut d'une meilleure option, d'y voir un signe de la destinée. Il ravala sa déception lorsqu'il découvrit que le groupe dédiait ses activités non pas à Lucifer, mais à Paimon, un autre ange déchu enseignant les arts et les sciences. Ezekiel se félicita de s'être, à son insu, tourné vers une déité de niche. Il s'éviterait ainsi les clichés, ceux qu'il craignait et qui, toutefois, l'avaient attiré en premier lieu vers les Skulls and Soil. Il éviterait également une trop grande compétition. Son baptême reste un souvenir pénible. À cette heure de la nuit – le sacrement n'aurait pu avoir lieu en journée –, Lorelei, une blonde hygiéniste dentaire et seule représentante du genre féminin, arborait un rouge à lèvres violine. Elle avait habillé ses chairs d'un agencement sophistiqué de velours, résille et dentelle. Et tandis que son mascara se désagrégeait en particules fines autour de ses orbites, elle paraissait tout à la fois émue et en manque de sommeil. Au masculin, les atours se voulaient plus sobres. Les codes privilégiaient barbe mi-longue, rangers et t-shirt noir en coton made in USA. Après un jeûne de six heures, Ezekiel et ses pairs s'étaient retrouvés à Timberlake, en bordure des forêts nationales de George Washington et Jefferson. Ils s'étaient au préalable munis de parchemins végétaux (les serments d'allégeance devaient être rédigés à l'encre carmin et signés de leur sang), d'encens aux noms improbables et, de fait, impossibles à retenir, de chandelles noires et blanches, de vin rouge et de sang de chèvre vendu quarante-six dollars le litre à l'International Halal Market de la douzième avenue : on ne s'assure pas plusieurs siècles de plénitude orgiaque sans payer un minimum de sa personne. Durant la cérémonie, et malgré un état de stress avancé, Ezekiel était parvenu à se maintenir au centre du motif ésotérique tracé au sol. C'était sa principale crainte : trébucher en dehors du pentacle à la merci d'entités parasites et se retrouver damné et ridicule, sans avoir eu le temps de goûter à la moindre contrepartie.

Avait-il été suffisamment clair dans sa demande ? Impressionné par un charabia incantatoire en similimatin, le jeune homme s'était entendu réclamer l'épanouissement. L'épanouissement ! Immédiatement, il avait regretté. D'une certaine façon, il s'en veut encore. S'adressait-il à un coach de vie ? Demandait-on l'épanouissement à l'un des seigneurs des enfers ? En échange de son âme, qui plus est ? Mais, à la vérité, aujourd'hui encore, le dilemme reste insoluble : dans l'hypothèse d'une extension de vie de, disons, trois siècles, l'adolescent aurait-il été fidèle à sa conception de la félicité ? Quelle est la pierre angulaire d'un bonheur pérenne ? Qu'aurait-il fallu négocier (dans l'hypothèse où il aurait effectivement été en mesure de négocier) ? La gloire ? Il n'y avait rien de pire pour lui que d'attirer l'attention. La richesse ? Il l'apprendrait à Slab City : posséder, c'est perdre. Ezekiel portait tous les jours les mêmes vêtements, se nourrir l'ennuyait et les quelques trésors en sa possession ne lui avaient pas coûté grand-chose. D'ailleurs, même si le lien n'était pas très clair pour lui, le barbecue à mille dollars trônant dans le jardin familial restait un symbole de la déchéance de ses parents. Des femmes ? Sans être gay, sur une durée aussi longue, le besoin d'élargir ses horizons semblait inévitable. Et avec trois siècles devant soi, qui penserait encore à assurer sa descendance ? Quel monstre supporterait de survivre à sa progéniture ?

Lorsqu'il fut confirmé que le cérémonial n'avait été qu'une mascarade, il fallut panser la blessure d'ego. Que ses parents s'en remettent à Jerry Falwell, un prédicateur télégénique et psychopathe en puissance, passe ; mais que lui, Ezekiel Byrd, s'entaille le pouce assez profondément pour signer de son sang un contrat manifestement inéquitable, qu'il chante à haute voix un hymne sans queue ni tête à la gloire d'une puissance fantoche avant de se laisser badigeonner de sang de chèvre – et ce pour le résultat que l'on connaît –, c'était pénible.

Quelques semaines plus tard, un t-shirt disant *I don't know, I don't care, and it doesn't make any difference* sur le dos, Ezekiel prenait le volant du Nissan Vanette arrivé l'avant-veille à la concession familiale. Il a relié Lynchburg à Las Vegas en trente-cinq heures. Tennessee, Arkansas, Oklahoma, Texas, Nouveau-Mexique, Arizona, Nevada. Trois mille sept cents kilomètres. Il a barré le pays, n'a pas fait de pauses, ou plus justement, ne se souvient pas s'être arrêté. Tracé radical, but volontairement flou. Sur ces routes rectilignes propices à la transe méditative, Ezekiel l'avait compris : il préparait son départ depuis longtemps. Son âme était lourde et, si on l'avait questionné sur ses motifs, plutôt que de s'appesantir sur l'incident sataniste ou ses relations houleuses avec des parents supposément bienveillants et néanmoins nuisibles, il aurait évoqué l'effondrement des tours jumelles du World Trade Center de New York. En effet, le 11 septembre précédent, alors que le terrorisme réduisait en cendres les théories les plus extravagantes de ses *Tables de l'Apocalypse*, le réel était revenu au visage du jeune homme comme le plus douloureux des boomerangs. Pour autant, il refusait que la définition des notions de bien et de mal lui soit imposée par des institutions utilisant ces polarités pour servir leurs propres intérêts. Ezekiel ne se retrouvait aucunement dans l'idée de traumatisme collectif. Il n'était pas le patriote blessé que les médias voulaient faire de lui, pas plus qu'il ne constituait un fragment d'Occident meurtri. Il souffrait seul, et c'est en tant qu'individu qu'il se sentait menacé. Allait-on l'envoyer combattre en Irak ? Les journaux télévisés évoquaient l'hypothèse.

Il fallait réagir ; faire preuve de courage ne l'intéressait pas. La fuite s'était imposée.

De vagues fantasmes l'animaient : route 66, zone 51, vallée de la Mort, et fajitas. L'ordre importait peu. Il le savait, les pièges à touristes seraient toujours hors budget pour lui. Mais, de toute façon, qu'irait-il faire dans un saloon carton-pâte où l'on sert des bières à dix dollars ? Son projet imposait un minimum de rationalité et, selon ses calculs, une limite de ses dépenses à trois dollars par jour. Ezekiel envisagea de camper dans une ville fantôme. L'une de ces villes minières laissées à l'abandon au début du siècle dernier après quelques décennies de pillage du sol. Son choix se ferait au hasard, se porterait si possible sur un lieu inconnu des guides touristiques.

Ce fut Slab City, oubliée de l'administration américaine, mais pas des guides touristiques. Ezekiel se félicita de l'absence de bon sens d'un choix qui, au fond, n'en était pas un. Le délabrement du van confirmait l'urgence de se sédentariser.

Les Slabbers ont vu débarquer un énième *train kid*, un zonard possiblement mineur, sans ressources ni projets. Un de plus, car non, vraiment, la démarche n'avait rien d'original. Depuis la sortie sur les écrans de *Into the Wild*, le film de Sean Penn inspiré des pérégrinations mortelles de Chris McCandless, la jeunesse en quête de sens défilait à Slab City.

L'accueil a été frileux, son intégration difficile, mais il ne s'en est pas ému. Il ne s'attendait pas à mieux à vrai dire. Devançant en cela beaucoup de candidats de téléréalité, Ezekiel aurait très naturellement déclaré qu'il n'était pas venu là pour se faire des amis. Il s'est heurté à certains résidents. Pas aux dealers, ni à ceux qui achètent leur méthadone dans l'une des deux églises du camp, mais plutôt à ceux qui, drapés dans leur rejet de Babylone, résument la destinée humaine en une poignée d'aphorismes.

L'homme est incapable de vivre seul, de même qu'il est incapable de vivre en société. Ou, plus lyrique et désespéré : *naître, s'agiter, disparaître, c'est là tout le drame éphémère de la vie humaine.* La fin de l'adolescence, toutefois, a anesthésié le mépris du jeune homme pour des êtres qui, dorénavant, suscitent chez lui une tendresse modérée. Que les autres se bercent d'un cocktail d'aphorismes et de psychotropes, il comprend. La chaleur est dure et la misère trop crue dans le désert de Sonora. Certaines personnes agissent, elles accomplissent occasionnellement de grandes choses, tandis que d'autres se contentent d'exister. Et il refuse de sous-estimer la force de caractère de ceux qui appartiennent à cette seconde catégorie. Ezekiel a fini par trouver sa place au sein d'une communauté qui n'existe que par la volonté de ses membres de se tenir à la marge. Une marge sans attaches, mais connectée. L'endroit matérialise une projection vers un futur marqué par le déclassement généralisé et une solidarité non intrusive. Ezekiel ne doit rien à ces gens et la réciproque vaut de même. Personne ne l'incitera à devenir une meilleure version de lui-même et ses journées se déroulent sans qu'il ait à s'interroger sur les notions de bonheur et d'accomplissement.

Demain, il se rendra à Calipatria. Si une carie mal soignée peut provoquer un arrêt cardiaque, il n'ose imaginer les ravages que cette béance purulente est susceptible de causer dans son organisme. Son regard revient à cette prémolaire sur laquelle le sang paraît s'être incrusté. Ezekiel se rappelle une odeur, un musc floral dont les particules se fixent dans l'air au cours de leur processus de dégradation. Il se souvient maintenant. C'est au parfum de Crystal, une voisine de tôle ondulée, que ses pensées le renvoient. Ils n'ont pas de mauvaises relations, Ezekiel et elle s'entendent même plutôt bien, mais l'application de la sexagénaire à souligner de patchouli les émanations d'un corps en friche le rend malade. Il réalise que quelque chose le gêne encore à Slab City, et que c'est sans doute ça : l'obstination de certains résidents à faire de leur délabrement un geste politique. Demain, à Calipatria, Ezekiel achètera du fil dentaire et de la Listerine.

Chapitre 28

Libre Service Actualités, hebdomadaire français consacré à la grande distribution, l'avait très justement analysé : 1996 se révéla une année sombre pour le marché des soft drinks. À une exception notable, devenue cas d'école. Un soda aux agrumes, incontournable dans l'Hexagone et de ce fait indifférent à la morosité ambiante, lançait sa déclinaison sanguine, Orangina Rouge. Tel un soleil après l'éclipse, Orangina rougeoyait. La boisson pétillante avait déjà séduit les familles en adoptant le tempo de la *Lambada*, tube de l'été brésilien flanqué d'une danse merengue forcément sensuelle. La marque ciblait désormais les adolescents revenus des sodas trop sages. Elle misait sur un goût sophistiqué, une couleur dans l'air du temps, c'est-à-dire trop vive – hommage soit rendu aux cochenilles qui, par milliards, continuent de perdre la vie pour offrir ce rouge si particulier –, et des campagnes publicitaires raisonnablement irrévérencieuses. La fin du siècle se voulait percutante et le consommateur français n'était pas né de la dernière pluie. Il regardait des émissions de décryptage telles que *Culture Pub*, était familier des techniques de vente, et le chaloupé solaire de *La Lambada* ne suffirait plus à lui faire acheter du soda à l'orange. Le petit coq attendait des annonceurs qu'ils rient avec lui et non plus à ses dépens. Il fallait qu'ils flattent son anticonformisme. Et fort de quinze mille litres écoulés la première année, Orangina Rouge sortit la basse-cour de la torpeur.

Vingt ans plus tard, au Japon cette fois, la recette rebaptisée Blood Orangina partait à la conquête du marché des boissons énergisantes face aux Red Bull, Real Gold, Lifeguard, Match, Lipovitan D et Oronamin C, en plus naturel et français (malgré un rachat par Suntory Beverage & Food Limited en 2009). Trois ans après le lancement de la recette originale sur l'archipel, Nobuhiro Torii, président de Suntory, voyait dans le projet de Noriyoshi Torii, chef produit Orangina, un échec annoncé: on ne doublerait pas les mastodontes de l'energy drink avec une boisson étiquetée naturelle et française. Mais plutôt que de s'opposer frontalement aux ambitions de son neveu, il allait lui octroyer un budget minime. Le trentenaire apprendrait du revers. Il en tirerait quelque chose de l'ordre de l'expérience, et par là même de l'humilité, qualité qui méritait d'être entretenue, particulièrement chez les subalternes dont les dents rayaient le linoléum.

Aucun responsable marketing n'ignore qu'une campagne promotionnelle de ce nom requiert de s'associer à une célébrité porteuse de valeurs claires. L'acteur charismatique au physique d'athlète vendra une voiture de sport. L'actrice qui aura passé vingt-cinq ans deviendra l'égérie d'une gamme de crèmes antirides. Le procédé singularise une marchandise souvent indifférenciable par ses qualités propres de l'offre de la concurrence. Il assure une identification immédiate du produit. Mais faire reposer une campagne sur une célébrité induit, outre l'engloutissement d'un budget conséquent, le risque de torpiller l'inspiration de directeurs artistiques qui se croient alors dispensés d'être créatifs.

De par sa notoriété établie et sa rémunération encore raisonnable, l'idole demeure une valeur sûre. Même inattentif, l'usager du métro tokyoïte remarque cette jolie personne, déjà vue sans qu'il soit toujours capable de dire où, et à cet instant placardée tout autour de lui. Depuis sa place, il l'observe. Ici, en surplomb des passagers lui faisant face, disciplinant sa chevelure au lisseur Panasonic ; là, sur les affichettes qui ondoient en milieu de rame, profitant d'une mise en beauté Shiseido et enfilant un pull à col roulé Uniqlo. Près des portes, enfin, se délectant de Cup Noodles et buvant une gorgée de whisky Suntory. Que ce soit dans la rue ou dans les médias, l'idole est omniprésente. Ses prises de position se veulent sinon universelles, du moins sympathiques. « Mon rêve ? Ça va vous paraître naïf, mais je souhaite connaître de mon vivant la paix dans le monde. Et j'aimerais beaucoup, un jour, donner la réplique à Zac Efron. » Elle maîtrise la partition et prend soin de ne jamais s'en éloigner.

Après quelques mois d'existence, tout chez Divine Disgrace restait à professionnaliser et les équipes de Pop Satori se heurtaient quotidiennement à l'impossible coordination des cinq jeunes femmes. Le public et les médias s'extasiaient sur ce monstre à cinq têtes. L'amateurisme et l'animosité à peine dissimulée entre les membres restaient inédits pour un groupe ayant atteint leur niveau de visibilité. Il aurait été facile de blâmer les équipes, mais le malaise était plus profond. L'assemblage, une émulsion à quatre niveaux, intriguait. Kana Wakahisa semblait résolue à s'effacer, tandis que, se sentant autorisée à exister pour la première fois de sa vie, Sayuri Kojima laissait exploser une énergie instable, occasionnellement effrayante, dont il était difficile de détourner le regard. À son propos, les plus enthousiastes évoquaient un trou noir énergétique se nourrissant du malaise qu'elle éveillait. Le fait est que contenir ses débordements s'avérait une mission à part entière pour les équipes de Pop Satori. Et de fait, la translucide albinos n'avait pas le profil pour vendre du soda, ni quoi que ce soit d'autre. Le groupe suscitait bien des réactions, au nombre desquelles le consensus ne figurait pas.

Malgré – ou justement pour – cela, un directeur artistique proposa un hold-up créatif, un coup de poker à risque zéro. Pour trouver leur place en tête de gondole, certains produits réclamaient de bousculer l'acheteur. Les campagnes de communication des multinationales s'orientaient de plus en plus vers du dérangeant-mignon. Nintendo et Suzuki se reposaient sur l'univers psychédélico-kawaii de la très rose

Kyary Pamyu Pamyu. La légende voulait que Kyary ait éclos dans le quartier d'Harajuku, et depuis, la jeune femme représentait une figure incontournable du mouvement Cool Japan. Les firmes étrangères leur emboîtaient le pas. Chupa Chups venait tout juste de signer un contrat avec les Dempagumi.inc, un groupe d'idoles se revendiquant du pire de la culture otaku et clamant leur inaptitude relationnelle. Le filon se trouvait à leurs pieds : la gêne, charmante. Certes, Divine Disgrace poussait le curseur vers le glauque, mais n'était-ce pas ce que l'on attendait d'un energy drink : provoquer une décharge ?

« Pensez-y : l'ancienne enfant-star handicapée évincée par une princesse-zombie perturbante et perturbée ! »

Feu de paille annoncé – personne dans le milieu ne semblait dupe –, Kojima fascinait. L'associer à un produit le rendrait mystérieux, donc désirable, et l'engouement était trop fort pour s'interroger sur sa durabilité. Plus exactement, chacun attendait d'observer la chimère se désagréger. Le processus, inéluctable, se révélerait lucratif. Ainsi, déjouant les pronostics, Divine Disgrace fut choisi pour accompagner le lancement de Blood Orangina. Les consommateurs de boissons énergisantes représentaient une cible urbaine privilégiant les supports mobiles à l'écran plasma. Pour seulement huit millions de yens, l'agence de publicité Dentsu produirait une vidéo de deux minutes trente, un bijou pop, diffusée en parallèle sur YouTube et Nico Nico Douga, sa version japonaise.

Chapitre 29

Lundi 1er juin 2015

« Tu aimes ? » Accoudé au plan de travail Ikea installé dans un coin du studio vidéo, Shota-kun souriait à Ameko. Le responsable du projet Blood Orangina × Divine Disgrace associait un sweat-shirt sérigraphié du visage de Justin Bieber ensanglanté à un pantalon léopard mordoré. Il naviguait sur sa tablette, jetant occasionnellement des coups d'œil à la jeune femme pour sa part incapable de détacher son regard du sweat-shirt. « L'élégance, la vraie, impose de mixer pièces précieuses et nippes, couture et fast fashion, si tu vois ce que je veux dire. Tu as entendu parler de la sapologie ? La sape, c'est un art. C'est sérieux. On peut dire que c'est le meilleur de l'Afrique. Tu connais un peu, l'Afrique ? Non ? C'est dommage, parce que, tu vois, l'esprit de Bacongo m'habite. » Shota-kun frappa dans ses mains pour demander aux quatre autres membres de les rejoindre autour de la table. Le projet allait être assez fou et il fallait que les filles s'approprient sa vision. La tablette toujours entre les mains, il commentait les images qui défilaient, expliquant qu'en France, Orangina Rouge devait son succès à deux lignes de texte tirées du premier spot télévisé du produit.

« Et là, la voix off fait : « Mais pourquoi est-il aussi méchant ? » Et lui, moche dans son costume de bouteille, gros : « Parssqueuuuuhhhh ! »

— …

— Non ?

— …

— Avec la vidéo, c'est plus parlant. Rappelez-moi de vous trouver la version sous-titrée. »

Cette fois encore les filles incarneraient le bien et le mal, le bien contre le mal, avec victoire du mal par K.O. Le tout dans la bonne humeur, parce que l'on ne peut pas être sérieux lorsque l'on libère du gaz carbonique sucré. Esthétique gore, références à *Carrie* « Brian De Palma, 1976. Cherchez pas, vos parents étaient encore à la maternelle ! » et à *Battle Royale*. « Vous avez vu Battle Royale ? demanda-t-il dans un soupir, bon, peu importe. »

Sayuri se tiendrait au premier plan, rouge. L'albinos incarnerait un mal envoûtant auquel le public féminin s'identifierait et que les spectateurs masculins voudraient posséder, symboliquement. Là-dessus, sur le modèle du *Hey, what did you expect ?* d'une Nicole Kidman mutine, Sayuri rendrait l'humour sexy. Qu'en disaient-elles ?

Après avoir observé Kana Wakahisa, prostrée et inattentive, invisible presque, Ameko suivait désormais le cheminement des gouttes de sueur nées sur le front du directeur artistique. Elle le savait : son rôle la plaçait du côté du bien, dans le camp de celles que l'on écrase à la fin. Chacune de leurs apparitions publiques le confirmait : sa popularité se renforçait auprès des hommes d'âge mûr lassés de Kana Wakahisa. Trop handicapée, plus vraiment juvénile, trop liée à Shingo Tabata, un pauvre type infoutu de la demander en mariage à temps, la princesse de la pop était décidément devenue trop déprimante.

De son côté, et bien que contraint de lâcher du lest sur la direction artistique, Jun Morita se réjouissait d'une opération dépassant le cadre de la banale campagne publicitaire. Divine Disgrace franchissait une nouvelle étape dans son positionnement en tant qu'ovni mainstream. Le producteur se félicita d'être parvenu au stade où les choses s'agençaient d'elles-mêmes. La magie opérait. Tout faisait sens. La dichotomie entre Ameko et Sayuri, devenues respectivement pôle positif et négatif du groupe, finissait d'enterrer tout autre sujet. Il n'était plus question ni de la qualité musicale du projet, ni du retour sur le devant de la scène de Kana Wakahisa en fauteuil roulant. Les médias spécialisés, bientôt rejoints par les supports généralistes, proclamèrent la rupture idéologique entre les partisans d'un Japon traditionnel, représenté par Ameko Sakamoto, et une frange iconoclaste grandissante, incarnée par Sayuri Kojima.

La prise de conscience n'était pas neuve puisque, déjà en 1911, l'activiste Raichō Hiratsuka dénonçait la passivité institutionnalisée de la femme en écrivant : « Au commencement, la femme était le soleil. C'était une personne à part entière. Aujourd'hui, la femme est la lune, une lune blafarde et maladive qui dépend des autres et brille de leur lumière. » Le désir d'émancipation se renouvelait à chaque génération, pour venir, telle une vague, s'épuiser sur le rivage d'un ordre immuable. En un siècle, les féministes n'avaient obtenu que des évolutions en demi-teinte. Les traditions restaient fortes et le patriarcat mou continuait de représenter sinon un idéal, du moins un modèle solidement enraciné. Le féminisme, comme l'individualisme ou le simple fait d'exprimer son point de vue restaient associés à l'occidentalisation de la société et, de fait, à la déroute du pays.

Les réseaux sociaux se faisaient porte-voix de la jeune génération qui mandait : les adjectifs *kawaii*, « attendrissant », et *kawaisou*, « pitoyable », partageaient la même racine étymologique. Il était temps d'ouvrir les yeux sur la réalité sociale de cette corrélation linguistique. Elle ne se laisserait plus infantiliser. D'ailleurs, la délicatesse l'ennuyait. Désormais, elle ne compterait que sur elle-même, se libérerait du poids du qu'en-dira-t-on et se permettrait l'égoïsme. Elle serait forte, se montrerait fragile à sa convenance. Elle briserait les cœurs. S'excuserait seulement lorsqu'elle le jugerait utile. Elle revendiquait toute autorité sur son corps et n'hésiterait pas à le marquer de tatouages. Enfanter ne serait ni un frein à ses ambitions, ni une fin en soi. Elle était sur le point de s'affranchir des codes de la bienséance, d'une partie du moins.

Sayuri Kojima se révélait tout aussi lumineuse que sombre, comme seuls les gourous et les rock stars peuvent l'être. La jeune femme devenait l'emblème d'une génération qui sacrifiait l'innocence à la lucidité et le confort à l'ambition. Parce que tous voulaient croire que l'idole incitait à une liberté sans remords ni regrets, elle incarnait l'avenir du féminisme.

Chapitre 30

Le décor se veut minimal, pourpre. Les vibrations des idiophones, marimbas et handpans happent l'oreille pour lui imposer une distorsion prévisible. La mélodie bientôt mêlée de bruitages électroniques est déjà obsédante. Quelque part entre la partie fine et la guérilla urbaine, la mise au point se fait sur un agglomérat de jeunes corps. La voix de Kana Wakahisa retentit, démultipliée et perçante, poussée dans les aigus par vocodeur. Les figurants s'étreignent et se bousculent. De cet entrelacs de chairs se détachent des visages juvéniles dont la beauté impose le ralenti. Fureur paresseuse, bagarre molle. Le sang coule. Il marque de zébrures les minois béats et les silhouettes souples. Les plans larges se succèdent, quelques secondes syncopés. Singularisées par les bulles recouvrant leurs bustes, les Divine Disgrace apparaissent. Un plan d'ensemble révèle leur position, centrale. Leurs micro-robes transparentes s'inspirent de la robe à bulles créée par Hussein Chalayan et déjà copiée par Lady Gaga à l'occasion de sa tournée *Fame Ball*. Les cloques de plastique sont rouges, d'un calibre nettement supérieur à celles du créateur turc, puisque, afin d'éviter tout conflit juridique, le design doit sensiblement s'écarter des caractéristiques formelles du modèle original. La voix de Kana s'accélère, elle s'envole. Les cinq idoles se débattent, gracieuses malgré leur costume encombrant. La gravitation n'a plus cours. Elles s'élèvent. Kana Wakahisa décolle de son trône de fer. S'agit-il d'une licence artistique ou d'un nouvel épisode de la légende du phénix ? Au cœur du carnage aérien, un geyser d'hémoglobine annonce l'imminence du dénouement. Les visages ensanglantés sourient. Le calme s'impose. Les corps retombent en douceur, tandis que Sayuri Kojima émerge du charnier. Bien que pour l'occasion sa chevelure soit incandescente, elle reste la seule des Divine Disgrace encore identifiable. Elle poursuit son ascension. Plan moyen sur l'albinos en apesanteur. Elle seule compte. La jeune femme se déploie, victorieuse. Ses mains s'ouvrent sur l'objet de l'émeute. Gros plan sur une bouteille aux formes sensuelles et au contenu vermillon suivi d'un plan taille sur l'albinos rougeoyante. La mélodie s'est tue. Pantelante, Sayuri lance un regard de défi à la caméra, essuie du dos de la main le liquide sombre et poisseux qui s'écoule de ses lèvres. S'est-elle abreuvée du sang de ses adversaires ? Elle sourit, elle seule le sait. L'idole dévisse la capsule de ses doigts délicats et boit une gorgée d'orangeade. Elle observe à nouveau la bouteille, relève la tête pour conclure, lascive et arrogante, en presque anglais : « Buraddo ».

Blood.

Buraddo Orandzina.

Chapitre 31

« C'est vrai, j'ai des goûts d'un autre temps. Disons-le : je crée du neuf, mais j'ai des goûts de vieux. Ça a toujours amusé mes proches, mais c'est comme ça, je n'y peux rien. J'aime la mélancolie plaintive de l'enka et, dans un autre genre, je suis fasciné par ce qui s'est fait dans les années 1980 en Europe : new wave, cold wave, eurobeat, italo disco… Je prends tout ! Par exemple, voyez ce qu'a fait le trio de producteurs britanniques SAW : Stock, Aitken et Waterman, ça vous parle ? *Never Gonna Give You Up, You Spin Me Round, I Should Be So Lucky*… et j'en passe ! Ces types peuvent se vanter d'avoir vendu quarante millions de disques, au bas mot ! Pour tout vous dire, je rêve encore d'écrire mon propre *You Spin Me Round. (Il entonne quelques mesures avant de reprendre.)* En radio, le morceau a sept secondes pour séduire. Et qu'on le veuille ou non, tout repose sur la mélodie. Une bonne mélodie, c'est comme un ver qui vous ronge le cerveau. Pensez au duo clavier-trompette martial du *Final Countdown* d'Europe. *Tantan tan tan, tantantantantan… (Il chante à nouveau, cette fois en se dandinant sur son siège.)* Ou, plus proche de nous, les premières mesures de *Linda Linda* des Blue Hearts. Dès la deuxième écoute, ces notes d'ouverture instaurent une relation participative avec l'auditeur. Il n'est plus passif. Son cerveau se languit, il attend l'explosion. Et parce qu'elle initie un échange entre le support musical et l'auditeur, l'expérience apporte du plaisir. Les paroles ne constituent qu'un motif, un ornement. On recourt à des thèmes limités, récurrents, développés au travers d'histoires simples et immuables. Copier/coller de succès antérieurs, parce que qui dit industrie dit standardisation. Et, j'insiste : je ne suis pas cynique. Le fait est qu'en forgeant de l'individualité en série, l'industrie crée un magma familier, digeste et délicieux, qui renforce le sentiment d'appartenance de l'auditeur. Et voyez ça comme une prophétie autoréalisatrice : un tube le devient parce qu'il est perçu comme tel. […] »

Extrait de l'interview de Jun Morita
publiée le 22 juin 2015 par le *ArtDaily*

Chapitre 32

Dimanche 5 juillet 2015

« Vous m'avez tuée. »

Assise en tailleur, la tête entre les mains et les coudes sur la table, Kana fixait le bloc-notes. Elle venait de s'interrompre dans la recherche d'une formule juste, possiblement élégante. Elle essuya ses paumes moites sur la soie de sa robe. Elle souffrait, par leur faute, mais ils ne l'avaient pas tuée. Du moins, ses proches ne portaient pas tous le même degré de responsabilité. Fallait-il blâmer en priorité Shingo pour lui avoir tourné le dos juste après l'avoir physiquement brisée ? Ou bien ses parents pour ne l'avoir jamais soutenue que dans la compétition ? Ces derniers avaient conditionné Kana à ne se satisfaire de rien en deçà de l'excellence. Aussi, à l'époque, personne ne s'étonna que son destin soit scellé à la sortie d'une première audition. On ne lui laissa le temps ni de se réjouir, ni même de comprendre ce qui se passait. Il n'y avait pas eu de place pour l'explosion de joie dont le passant peut être témoin à l'occasion, à Harajuku, Shibuya ou Shinjuku. Celle d'une écolière minuscule mais magnétique qui, le téléphone encore collé à l'oreille, se voit portée dans les airs par un bonheur surnaturel, tandis qu'autour d'elle un groupe d'amies un peu moins délicieuses s'enfonce dans un magma de sentiments contradictoires. Rien de tout ça, puisque le contrat de Kana avait été négocié dans la foulée de cette première audition. À douze ans, la fillette avait intégré le très en vue Yatta ! Wonda-Garlz, raflant la place convoitée de benjamine du consortium. L'espace d'une décennie, en parallèle d'une scolarité plus qu'honorable dans une prestigieuse école pour jeunes filles, elle personnifia le concept d'idole. Consciencieuse et polie, Kana Wakahisa était devenue celle que tout le monde attendait : une version sublimée de l'adolescente japonaise. Et elle ne voulait décevoir personne. Elle n'avait aucune intention de découvrir ce qui arriverait si, un jour, elle ne parvenait plus à satisfaire leurs attentes. De fait, quand on tire son énergie de la validation d'étrangers, les choses peuvent très vite s'assombrir. Les applaudissements lui faisaient oublier l'intuition qu'elle n'était, au fond, qu'un pantin. Et quand ils cessaient (et ils finissaient toujours par cesser), ses doutes revenaient. À chaque fois un peu plus forts. C'était sans fin.

« Vous m'avez tuée, surtout toi et toi… » Non, vraiment, ça n'avait aucun sens. Le point de non-retour était derrière elle et les remords des autres ne lui seraient d'aucun réconfort. Kana ne perdrait pas son temps, ce soir, à établir un palmarès des responsabilités. Tandis qu'elle froissait le brouillon, sa bouche se déchira en un sourire laid. Sur ses lèvres, le rose pâle longue tenue s'estompait, le sang cramoisi refluait. Elle savait depuis quelque temps déjà que les choses allaient se terminer comme ça. L'idée avait fait son chemin, renforcée par les douleurs et la conscience aiguë qu'elle avait de l'ironie de sa situation. En tant que miraculée, Kana se devait de célébrer la vie. Ce qui est fragile est précieux et elle n'avait aucun droit de renoncer à ce cadeau. Mais il ne s'agissait ni d'un caprice ni d'un appel à l'aide. Sa décision ne pouvait être justifiée par une soi-disant dépression. Qu'on la gave de comprimés de calcium et d'antidépresseurs n'y aurait rien changé. De même, Kana ne posterait pas de message d'adieu supposément cryptique mais suffisamment transparent pour que l'on vienne la secourir. Son geste ne trahirait pas la faiblesse. Au contraire, il marquerait son émancipation. Il faudrait qu'ils le comprennent.

Elle allait se dispenser d'élans poétiques. Pour qu'on la prenne au sérieux, il fallait être factuelle : ce qui allait la tuer, c'était la vingtaine de cachets – tramadol et lorazépam – éparpillés devant elle et bientôt transportés jusqu'à son estomac vide par soixante-quinze centilitres d'alcool de prune. Tandis que le cocktail umeshu-anxiolytiques apaiserait viscères et âme, les antidouleurs, dans leur multitude, provoqueraient un infarctus du myocarde, en l'occurrence fatal. Internet le lui avait confirmé : le dosage ne laissait pas de place au hasard. « Voilà ! » s'exclama-t-elle après avoir noyé les trois premiers cachets dans une lampée d'umeshu, tandis qu'avec une fraction de seconde de retard, son verre heurtait la table dans un fracas voilé par la bordure d'un sous-verre. Kana nettoya les éclaboussures de la tranche de sa main, imprégnant de liquide sa manche ballon. L'instant réclamait une solennité à laquelle elle ne parvenait pas. Le tragique lui semblait hors de portée. Elle se moucha dans le tissu mordoré de sa robe, puis elle se redressa, se dirigeant avec lenteur vers la salle de bain. La jeune femme, majestueuse dans ce drapé couleur du temps balayant le sol et dissimulant ses pieds, se figea face au miroir. Délicatement, elle saisit son visage entre ses paumes, le tournant de gauche à droite pour laisser la lumière jouer sur les vestiges charbonneux de son maquillage. *La forme doit être à la hauteur*, se dit-elle en passant sur ses joues un carré de coton imbibé d'huile nettoyante. Kana ne pouvait se permettre un final bâclé. On n'improvise pas ses adieux, pas plus qu'on ne se suicide sur un coup de tête. Une dernière fois, ils allaient la juger. Qu'allaient-ils penser en retrouvant son corps inerte ? Pourquoi ne s'y était-elle pas prise plus tôt ? À la lumière tamisée du plafonnier, il lui semblait absurde d'avoir limité ses préparatifs à des considérations médicamenteuses et esthétiques. Le fait est que, cette fois, aucun guide n'avait été mis à sa disposition. Kana avait toujours été dans la maîtrise (trop souvent sur injonction extérieure, mais là n'était plus la question), alors, même en cet instant de supposé laisser-aller, elle ne faillirait pas. Voilà à quoi elle en était réduite pour reprendre le contrôle. La seule issue qui s'offrait à elle était radicale, mais un jour ou l'autre il lui fallait bien s'affirmer. La mise en scène lui appartenait.

Kana s'était toujours conformée aux ordres de momies autoproclamées éminences grises de la pop. Ses mots, ceux qu'elle avait chantés, psalmodiés en interview, ceux qui avaient été copiés-collés en son nom sur les réseaux sociaux, provenaient de producteurs et de communicants déjà à moitié dans la tombe. Elle s'était approprié les clichés, s'épargnant d'avoir à chercher ses propres mots, et trop longtemps le système avait convenu à tous, elle la première. De retour au salon, ses doigts se crispèrent autour du verre à whisky. Kana appréciait le potentiel dramatique du contenant : la délicatesse du cristal, les reliefs ciselés décomposant la lumière, la relative fragilité de l'ensemble. Elle n'aimait pas le whisky, n'avait jamais aimé ça. Un parfum de savon et de vieux monsieur ayant perdu ses bonnes manières. La liqueur de prune qu'elle substituait au Nikka rendait la couleur ambrée du malt ; elle préservait l'illusion, en plus sirupeuse.

La violence la plus insidieuse, sans doute, était que pour expliquer sa réussite, certains avaient évoqué la chance. Demandez à la gamine qu'elle avait été si reproduire des mois durant les mêmes enchaînements relevait d'une quelconque manifestation de la destinée ou, pire encore, de la chance ! Le masque d'humilité qui lui avait été imposé représentait une insulte aux douleurs et aux privations.

Aussi loin que ses souvenirs la ramenaient, Kana n'avait jamais vécu qu'au cœur de l'attention. L'incohérence s'était fait jour : tous l'aimaient – ils ne cessaient de le lui répéter –, mais aucun ne semblait se soucier de son bien-être. Au lieu de la protéger, ses proches l'avaient pillée émotionnellement et physiquement. Le pire était de passer ses journées sous les attentions constantes, puis, le soir, de se retrouver seule face au silence. Depuis l'accident, sa peine était double : silence et douleurs allaient désormais de pair. Les brûlures dans son tronc et ses jambes l'électrisaient malgré les analgésiques. Chaque nuit amenait sa petite agonie. Et chaque matin à nouveau, il fallait affronter le regard des autres. Oscillant le plus souvent entre gêne et pitié, ils n'étaient que rarement malveillants. Mais incarner l'idole estropiée le lui avait confirmé : les douleurs chroniques, dans sa chair, l'emportaient sur la blessure d'ego.

Kana ne l'a compris que trop tard : il n'avait jamais été question de mettre en scène sa renaissance. Elle figurait la starlette déchue dont personne n'attend qu'elle se relève. L'attention du public était déjà ailleurs. À cette pensée, son visage se tordit dans une grimace théâtrale, de celles que l'on adresse à un témoin, terminée sur un bruit mouillé : un claquement de dégoût. Trop sucrée, la liqueur de prune était toujours trop sucrée. Kana renifla, essuya ses yeux et son nez dans la soie de sa robe. Son verre éclusé, elle tendit une main vers le bloc-notes, saisissant de l'autre trois cachets. Elle griffonna à nouveau.

« Bienveillance »

Elle n'était pas poète. Portant le verre vide à ses lèvres pincées, Kana froissa la page avec application, jusqu'à en faire une boule compacte qui, une fois son étreinte relâchée, entama une lente expansion rapidement avortée. L'idole se moucha à nouveau, puis prenant lourdement appui sur la table, elle enchaîna quelques pas ouatés en direction de l'étagère murale.

Kana effleura avec lenteur, comme pour les compter, les tranches des livres qui lui avaient été consacrés. Huit albums photos, tous certifiés best-sellers. Elle délogea celui réalisé l'été de ses dix-huit ans sur l'île d'Okinawa, le parcourut flanc au mur. Les textes étaient réduits à leur minimum : légendes sous les photos assorties de quelques citations imprimées dans une police enfantine. Sur cette alternance de papier à grain et de papier glacé, elle se montrait tour à tour joueuse ou sensuelle, boudeuse à l'occasion, dans les différents espaces de cette villa louée pour la journée. Au fil des pages alternaient impressions d'instantanés et compositions charmantes. Frôlant le naturel, affublée de cils trop fournis, elle apparaissait multiple et déjà incohérente. Poings fermés réunis sous une rangée de dents soigneusement mal alignées (spontanéité calibrée) et regard plissé d'adolescente qui ignore que la vie est violente. Ses poings se serraient non du fait d'une quelconque rage rentrée – l'idole se tient par principe au-dessus de la colère –, mais par un effet de mode perpétué à chaque génération. Déjà se dessinait ce sourire douloureux, sa signature, qui amenait les femmes à se retrouver dans sa souffrance imaginaire et qui poussait les hommes à vouloir la protéger. Kana goûtait la nostalgie d'une époque qui se prétendait insouciante. Et ce soir encore, elle souriait de cette sensualité involontaire. Elle oubliait que le charme lui avait été inculqué en tant que qualité, et qu'elle l'avait cultivé, comme on cultive une aptitude.

Malgré ses tenues chatoyantes et l'omniprésence des fleurs d'hibiscus, les images étaient grises. Ce séjour avait donné lieu à son premier shooting « glamour ». Les clichés s'étalaient sur les dernières pages, séparés du reste du volume par un encart rose texturé. Vêtue d'un sweat à capuche gris progressivement dézippé au fil de la séance, elle s'était retrouvée en maillot de bain. « Montre-nous ta taille, penche-toi, ton buste un peu en avant… Là, oui ! Resserre les bras autour de ta poitrine ? Oui. Joli, ce regard ! » Les larmes avaient coulé et la session avait été interrompue. En silence, la maquilleuse lui avait tendu une sucrerie mentholée et asséché les joues. Son manager, doucement, paternellement, avait pris Kana à part : « Je suis très fier de toi, je sais à quel point tu es professionnelle et à quel point tu veux bien faire. Et tu n'es plus une enfant, n'est-ce pas ? C'est un tournant pour toi ce shooting, c'est vrai. Pour le meilleur, tu verras. Dans ta carrière, certaines choses te mettront mal à l'aise, c'est inévitable. Tu dois te blinder. Au final, je te le promets, de très belles choses t'attendent. Fais-moi confiance. Tu me fais confiance ? » Alors Kana avait acquiescé avant de le remercier et de présenter ses excuses aux équipes pour le retard pris par sa faute.

Elle s'en était voulu de s'être donnée en spectacle. On la voulait ingénue, pas émotive. L'idole est la geisha d'une époque célébrant l'innocence. L'une et l'autre aspirent à la perfection tout en revendiquant une part d'artifice. Dans la société de l'*honne-tatemae*, de l'être et du paraître, simulation et dissimulation relèvent de l'art. L'idole, comme la geisha, représente un idéal. On célèbre l'aura enfantine de la première, tandis que chez son aînée, la sophistication prend la forme d'un masque de neutralité albâtre. Pour Kana et ses semblables, une mise en scène à peine dissimulée du naturel juvénile s'imposait. On attendait d'elles qu'elles adoptent une voix de fausset, et qu'elles l'assortissent d'une gestuelle maniérée, dans une tentative de conjuguer deux quasi-antagonismes, le délicat et l'enfantin. Et personne n'avait jamais relevé l'incohérence.

Ces dernières années, on lui avait confié la mission de guider les nouvelles recrues, et, les premiers temps, Kana avait donné le change. Après tout, c'était dans l'ordre des choses : il fallait passer la main, se réjouir du succès de celles qui venaient après elle, s'effacer, et, surtout, le faire avec élégance. La jeune femme s'était souvent demandé ce qu'elle deviendrait une fois sa date de péremption passée. Sauf exception, les idoles ne vieillissaient pas : elles se volatilisaient. Son heure venue, la mettrait-on dans du formol ? Le problème avait été observé sur un autre continent avec les premières générations d'enfants-stars de la firme Disney. Et il semblait désormais admis qu'au moment opportun, ces derniers implosaient.

Fillette améliorée, inépuisable jouvencelle et, ces derniers temps, phénix à roulettes : Kana avait incarné une succession de constructions qui lui avaient constamment échappées. S'offrir multifacette, si possible dans l'incohérence, garantissait sa durabilité. Elle devait rester excitante, juste ce qu'il fallait insaisissable. Les équipes de production l'avaient invitée à révéler ses talents de comédienne. On lui avait vendu la dissimulation comme une politesse doublée d'un art. Elle aurait voulu être elle-même. N'étant pas sûre de qui elle était vraiment, s'autoriser à être la même personne avec tous aurait été un bon début. Exprimer ses sentiments sans avoir à se draper dans la délicatesse. Rire sans dissimuler sa bouche de sa main, éternuer à gorge déployée. Ne pas sourire par défaut. S'autoriser à être déprimée, aussi. Ça lui aurait facilité la vie. On lui intima d'embrasser ces challenges enthousiasmants, futurs repères sur sa trajectoire artistique. Ces facettes, comme les mots qu'elle avait prononcés, n'étaient qu'une accumulation de matières inorganiques. Lourdes. Sans vérité. Kana avait été l'héroïne de sa propre fiction. Dans la légende, le fantôme noppera-bō efface les traits de son visage. L'idole, pour sa part, pensait être parvenue à effacer son âme. Elle avait été tellement de choses qu'aujourd'hui, elle était sèche.

Son travail ? Sa dévotion ? Ça avait compté, bien sûr, mais il n'était plus possible de prétendre ignorer que son succès dépendait également d'une chose sur laquelle elle n'avait qu'un contrôle relatif : son physique. Depuis l'enfance, Kana existait par et pour le regard des hommes, qu'il s'agisse des fans ou des producteurs qui, dès ses premiers pas dans l'industrie, l'avaient couverte d'une lourde bienveillance. Ce soir, elle le ressentait avec une acuité toute particulière : le pouvoir, le véritable pouvoir, n'avait jamais quitté les mains de cette petite élite masculine qui avait décidé de son sort, de son ascension jusqu'à sa chute. Kana se rappelait les mots et les gestes déplacés, mais aussi sa propre docilité. Si quelques fois la jeune femme s'était révoltée, c'était contre elle-même. La colère remontait comme un épuisement généralisé. Ça durait quelques jours pendant lesquels elle ne parvenait pas à sortir du lit, et à sa connaissance, personne ne s'en était jamais vraiment inquiété. L'ironie à cet instant faisait battre ses tempes : sa fierté l'avait amenée à se compromettre. Ne rien dire revenait à laisser le poison se propager. Kana était responsable des abus qu'elle avait subis, de la même façon qu'elle était responsable des abus que les suivantes subiraient après elle. Sans doute aurait-elle dû utiliser sa notoriété pour faire exploser le système. Elle aurait pu, mais des photos prises à l'occasion d'un gala quelconque la montrant tout sourire aux côtés de ses agresseurs auraient fini par ressortir et Kana n'aurait pas supporté d'être perçue comme l'une de ces victimes qui continuaient d'être révérencieuses envers leurs oppresseurs. Et puis le torrent de boue qui se serait déversé aurait fait de trop nombreuses victimes collatérales, ses parents en première ligne. De quoi auraient-ils eu l'air s'il s'était su qu'ils avaient laissé ces producteurs abuser de leur fille ? Leur dévouement à son égard justifiait que la jeune femme s'oublie en retour. Parler était donc inenvisageable, bien pire que l'hypothèse de n'avoir jamais percé ou de retomber dans l'anonymat. Alors elle n'avait rien fait, sinon ravalé sa fierté et accepté l'idée que l'on n'a rien sans rien.

C'est par votre regard que j'existe, songea-t-elle. La table était trop loin pour noter. Kana hoqueta, atone et groggy. Elle aurait voulu que son message, possiblement maladroit, soit au moins touchant. Inutile d'être trop explicite. La jeune femme le savait : face à l'intimité volée, l'intimité offerte n'avait que peu de valeur. Quelle que soit la teneur de son message, les médias se repaîtraient d'un décryptage minutieux et d'extrapolations fantasques. Son nez piquait. Elle éternua, éclaboussant la page d'une pluie de mucus. Sa détresse l'émouvait. Ses reniflements s'accompagnaient de fluides de densité variable. Ils sillonnaient son visage rougi. La douleur n'existait plus, son rythme cardiaque s'apaisait. Elle rangea le livre, retourna s'attabler, soulagée d'en avoir fini. Elle s'affala plutôt, déchirant au passage un pan d'organza.

« Voyez-moi », nota-t-elle.

Chapitre 33

Masaharu Kurihara, le praticien shiatsu qui suivait Kana Wakahisa depuis son accident, n'avait jamais cherché à nouer le dialogue avec l'idole. Ça n'avait rien de personnel. Il s'agissait d'une règle, l'une des premières qu'il s'était imposées dans le cadre de son activité. Chez lui, l'empathie saillait. C'était son outil de travail, un atout nécessaire lui permettant d'exceller dans son domaine, et sa faiblesse. Garder ses distances, le peu qu'il était en mesure de maintenir, relevait à ses yeux d'un choix éthique raisonnable. Il était aidé dans sa démarche par le fait qu'il ne s'intéressait pas à l'actualité musicale. D'ailleurs, l'actualité tout court le dérangeait. Ces flux constituaient du bruit, une gêne vraiment, susceptible de le détourner de l'essentiel. L'idée que la jeune femme soit en âge d'être sa petite-fille le traversait à l'occasion. Toutefois, son partenaire de longue date et lui étant du même sexe, il n'avait jamais été question d'assurer leur descendance. Reste que le sexagénaire admirait l'endurance de ce corps trop tôt mis à l'épreuve. Chaque semaine, les méridiens de Kana Wakahisa lui confiaient une douleur face à laquelle il ne pouvait rester insensible.

Comme il n'était pas rare que Wakahisa soit encore dans sa salle de bain lorsqu'il arrivait, Kurihara conservait un jeu de clef de l'appartement. Il s'y introduisait après avoir frappé et préparait son matériel en attendant qu'elle le rejoigne autour de 6 heures 25, deux tasses de thé vert torréfié à la main. Ce matin, dans ce salon inhabituellement sombre, c'est d'abord la pestilence, ses relents aigres, qui l'avait saisi. Le fond de fleurs blanches figé dans l'air par la bougie parfumée, une marque française dont il avait oublié le nom, était corrompu. Les effluves synthétiques coûteux se mêlaient à une senteur naturelle, trop organique, songea-t-il, une odeur de mort. L'homme parcourut l'espace en larges enjambées et ouvrit les rideaux. Puis, après une grande inspiration, il s'était retourné et l'avait vue, attablée, le visage reposant sur ses bras, comme assoupie. Devant cet organisme raidi dans une pose de relâchement, le cœur de Kurihara s'était déchiré, littéralement ; il le savait. Dans la pièce à vivre de cet appartement toujours trop ordonné, entre la table en épicéa français et le visage de Kana Wakahisa, gisaient une bouillie safran en état de dessiccation avancée et un bloc-notes aux pages gondolées et au contenu illisible. Considérant l'aura délicate de l'idole, ainsi que son indifférence pour le rock et ses légendes, la vision se révélait aussi douloureuse que dénuée de symbole.

Le praticien shiatsu fut remercié peu après l'arrivée des secours. Il quitta l'appartement dans un chassé-croisé avec Jun Morita, son avocat et trois conseillers en communication de l'agence. Il ne se rappelait pas avoir croisé la police.

Les choses devaient aller vite. Elles devaient avant tout être maniées avec soin. Une dernière fois, on retravaillerait la biographie de l'idole. D'ici quelques heures, un communiqué de Pop Satori évoquerait un arrêt cardiaque survenu durant le sommeil de la jeune femme. Une disparition paisible, photogénique même ; Kana-Belle au bois dormant, ça resterait la version officielle.

La mort, surtout lorsqu'elle fauche à l'improviste, rend les vivants nerveux. Pour Jun Morita, ce décès représentait une complication coûteuse. Depuis quelque temps déjà, l'équilibre financier de son agence ne tenait plus qu'à de savants calculs et à quelques dissimulations. La dissolution probable d'un groupe tout juste en passe d'être rentable interdisait à l'homme de se réfugier dans l'inaction. Ses équipes s'attelèrent à la production d'un titre hommage. Et puisque la survie de Pop Satori était en jeu, l'heure était trop grave pour prétendre l'ignorer : la démesure était permise. Requise, plutôt. Un partenariat portant sur l'utilisation d'une version inédite du logiciel Vocaloid fut signé avec Yamaha. Le programme reproduirait la phonation de Kana, l'agrémenterait d'un filtre céleste, hésitant sans jamais se décider entre spectral et aérien. Le clip, réalisé par Digital Frontier Inc., évoquerait la bataille symbolique de l'humanité contre sa part d'ombre et mettrait en scène une version holographique de chacune des Divine Disgrace. Sans souci de cohérence avec un arc narratif déjà fragile, les dernières secondes se cloraient sur la vision d'un phénix crevant littéralement l'écran.

Chapitre 34

#Entertainment

Disparition de Kana Wakahisa, princesse immortelle de la J-pop

Le décès a été rendu public à 11 heures 30 ce matin par un communiqué de Pop Satori, son agence : « C'est avec une infinie tristesse que nous avons appris en début de matinée la disparition tragique de Kana Wakahisa. Notre phénix bien-aimé s'est endormi la nuit dernière, pour ne plus se réveiller. La douleur qui nous submerge n'a d'égal que le vide que cette artiste lumineuse laisse derrière elle. Nous sommes en état de choc, tristes au-delà des mots, et à l'heure où nous écrivons ces lignes, nous sommes incapables de trouver un sens à ce départ. Les membres de Divine Disgrace ainsi que toute l'équipe de Pop Satori vous remercient pour vos pensées et vos prières. Nous vous prions de respecter l'intimité de la famille, des proches, ainsi que des collaborateurs de Kana Wakahisa durant cette période de deuil. Kana, nous ne t'oublierons jamais. »

Wakahisa aurait été victime d'un arrêt cardiaque la nuit dernière dans son appartement de Daikanyama. Élégante jusqu'au bout, l'idole aura quitté ce monde telle une belle endormie. Une cascade brune encadrant un visage de porcelaine, des yeux de biche et un sourire adorable : de l'avis de tous, Kana Wakahisa représentait un idéal, une féminité rassurante doublée d'une décontraction sophistiquée. « Cette fille m'a fait réaliser le potentiel glamour des Converse ! » pouvait-on lire parmi les nombreux hommages qui déferlent sur Twitter depuis ce matin. En plus d'une apparence au-delà du ravissant, sa bienveillance et sa gentillesse conjuguées faisaient qu'il lui était impossible de se disputer avec qui que ce soit. Toujours positive, Kana refusait de se prendre au sérieux, une vraie blagueuse ! « C'était un rayon de soleil », a-t-on entendu de la bouche d'un ancien collaborateur submergé par l'émotion. « C'est vrai qu'elle aimait beaucoup rire », nous confirmait un peu plus tôt une proche.

Le public l'avait découverte l'année de ses douze ans. Kana faisait ses premiers pas au sein des Yatta ! Wonda-Garlz. Discrète, appliquée et déjà captivante, elle accrochait le regard. « Presque malgré elle », notait ce matin Hanae Furukawa qui fut en son temps meneuse du super-groupe.

Quelques pas de côté au cinéma ont permis de révéler l'étendue des talents de cette graine de star : Hana, son personnage d'orpheline narcoleptique dans le charmant *In Her Dreams* de Kōjirō Hashimoto, n'a jamais quitté nos cœurs. « C'est simple, tout lui était donné... La danse, le chant, la comédie... » se souvient le chorégraphe Shōta Yamasoto, alias Shota-kun, qui, à de nombreuses reprises, a été amené à collaborer avec la jeune femme. « C'était un plaisir de bosser avec elle. Wakahisa incarnait la grâce, elle respirait par et pour le show. » Kana-chan s'était donc tout naturellement imposée comme la meneuse du sous-groupe Garlz V2, puis du consortium Yatta! Wonda-Garlz au complet, mission qu'elle remplit avec un grand professionnalisme entre ses dix-sept et vingt-et-un ans. Ceux qui l'ont côtoyée à cette époque gardent le souvenir d'une force tranquille, un roc sur lequel on pouvait toujours se reposer. Ce n'est pas un hasard si, dès l'annonce de sa disparition, les Yatta! Wonda-Garlz, par le biais de leur label Satisfaction Records, ont rendu un hommage appuyé à celle qui fut cinq années durant une leader aussi impliquée que charismatique. « Rayonnante », selon un tweet publié un peu plus tôt dans la matinée par Ai Kawagishi qui officie désormais à la tête du super-groupe.

Jusqu'alors féérique, la trajectoire de Wakahisa a basculé un soir de décembre 2013 lorsque le cabriolet dans lequel elle se trouvait a été percuté par un break. L'accident, qui a coûté la vie à l'épouse du conducteur du véhicule impliqué, privait notre phénix de l'usage de ses jambes. Shingo Tabata, membre du groupe Shinjuku N8, que l'on a dit très proche de la chanteuse (les multiples démentis de part et d'autre ne sont jamais venus à bout des rumeurs de liaison), s'est remémoré l'accident dans un documentaire intitulé *Showtime in Shinjuku* qui, selon nos sources, devrait être rediffusé dans le courant de la semaine prochaine sur TV Asahi. Dans une séquence particulièrement poignante, celui qui était au volant le soir du drame parvient difficilement à cacher son émotion. Pour décrire Wakahisa, Tabata évoque « un être de lumière doté d'une volonté hors du commun, quelqu'un qui refus[ait] les compromis, qui vous pouss[ait] à avancer, coûte que coûte ». Interrogé ce matin par nos collègues de J-PopPower qui lui apprirent la nouvelle, l'homme s'est dit bouleversé, s'avouant incapable, à cet instant, de s'exprimer plus longuement sur le sujet.

Ces derniers temps, Kana ne cachait plus son désir de renouveau. En interview, elle évoquait l'image du prisme dont la beauté ne peut se percevoir que dans la variété des reflets. « Je crois que mes fans ont envie de voir d'autres aspects de ma personnalité. Eux et moi avons grandi ensemble, ils ont évolué, et moi aussi. Ça n'aurait pas de sens de prétendre avoir éternellement douze ans. [...] La pop japonaise doit se réveiller. Le public veut voir des filles réelles, multidimensionnelles et compliquées. Car oui, ça va peut-être vous surprendre, mais nous sommes compliquées », s'amusait-elle le mois dernier dans les pages du mensuel *Classy*. C'est ainsi que nous venions de la redécouvrir à la tête des Divine Disgrace, ce projet musical iconoclaste. Le registre se voulait plus sombre et plus mature que ce à quoi elle nous avait habitués jusque-là. Kana s'épanouissait désormais auprès de celles qu'elle désignait affectueusement comme ses petites sœurs, notamment l'incroyable Sayuri Kojima. En renaissant de ses cendres, le phénix offrait un passage de flambeau émouvant. Elle révélait toute sa maturité, une maturité acquise au prix fort.

Sayuri Kojima le confirmait il y a une heure à peine à l'antenne de Radio Imagination : « Kana ne s'économisait pas. Elle nous encourageait toujours à donner le meilleur de nous-mêmes. » L'albinos magnifique de Divine Disgrace semblait très émue.

Une question se pose désormais : avons-nous saisi toute la portée de son message ? Kana Wakahisa nous invitait à embrasser la vie, à accepter les mauvais tours qu'elle nous joue et à aller de l'avant. La grâce dans l'imperfection, et la vie avant tout !

« Mieux qu'une idole, une icône », pouvait-on lire il y a quelques minutes sur Twitter. Le mot-clef *#RIPKana* est passé en tête des sujets d'actualité sur le réseau social, et alors que nous écrivons ces lignes, les hommages continuent d'affluer. Célébrités et anonymes pleurent ensemble le phénix. Un rassemblement hommage devrait s'organiser devant les bureaux de Pop Satori. Suivez notre fil d'actualité sur les réseaux sociaux pour être tenu informé en direct des dernières mises à jour.

Kana-Phénix, tu nous manques déjà, nous attendons ton retour.

Article publié le 6 juillet 2015
sur le site d'ananweb.jp

Chapitre 35

Le futur de Divine Disgrace était compromis. Puisqu'aucune des survivantes n'était en mesure de chanter, Jun envisageait de leur adjoindre Haruka, finaliste de la dernière édition d'*Idoling!!!*, le programme de téléréalité de Fuji TV. Le soir même, Haruka confiait au micro de ShibuyaCross-FM son admiration pour Wakahisa. L'aspirante idole connaissait par cœur la discographie des Yatta ! Wonda-Garlz et des Garlz V2, le sous-groupe auquel avait appartenu Kana. Cette dernière incarnait la grande sœur qu'Haruka n'avait jamais eue. Kana était un modèle. Son retour sur scène après son accident avait été particulièrement inspirant. Le monde avait besoin d'espoir. Et quand la tragédie frappait, il fallait savoir relever la tête. Wakahisa ne supporterait pas de voir ses fans affligés.

Haruka esquissa un sourire tandis que son esprit recomposait les chorégraphies en vogue qu'elle et ses amies reproduisaient les samedis après-midi à l'entrée du parc Yoyogi. Elle se rappelait ces pas besogneusement enchaînés, les sourires échangés avec les passants ; la chaleur des regards, d'abord furtifs puis plus francs, le plus souvent bienveillants ; l'énergie transmise et reçue. À titre personnel, sa sclérose en plaques ne l'empêcherait pas d'atteindre ses rêves. Évidemment, certains jours se révélaient plus pénibles que d'autres. Il fallait faire avec la fatigue et les douleurs puisqu'au fond, une seule chose comptait, la raison pour laquelle chaque artiste se lève le matin : donner du plaisir au public. Rien n'était fait, mais Haruka souligna l'honneur que représenterait non de remplacer Kana Wakahisa – inconcevable, purement et simplement inconcevable –, mais de poursuivre l'aventure Divine Disgrace, pour elle. Ses mains aux ongles amande et saumon reposaient, étrangement immobiles, sur la table. Le torse bombé et la gorge offerte, Haruka était fière, sobrement fière.

Trop belle pour une émission de radio, songea Jun, qui oubliait à cet instant que les images étaient diffusées en simultané sur le site internet de la radio. Pourquoi fallait-il que l'industrie broie ces gamines ? Jun avait toujours fait de son mieux pour préserver les intérêts de ses filles. Quelque chose clochait, mais quoi ? Les plaies étaient encore à vif, cependant Jun se réjouissait d'intégrer la jeune malade au groupe. La campagne médiatique menée suite au diagnostic de la sclérose en plaques d'Haruka avait assuré de larges audiences à Fuji TV. Il n'avait aucun doute : la chaîne suivrait sa fille, les autres médias lui emboîteraient le pas. L'interview se termina. Haruka s'inclina, presque au ralenti, mains jointes à hauteur du plexus solaire, d'abord en direction des animateurs, puis de la poignée de passants rassemblés derrière la vitre du studio qui donnait de plain-pied sur l'une des rues principales de Shibuya.

Ses pouces en l'air, le patron souriait à l'adolescente.

« Super, Haruka. Tu étais parfaite !

— Ah ! Vraiment ? C'est bien », souffla-t-elle en s'inclinant un peu plus.

Le sourire de Jun s'élargit. Observant l'aspirante idole, l'agent prenait conscience du fait que Kana Wakahisa, avant elle, avait joué sa partition jusqu'au bout, quitte à brûler les étapes. Jun n'avait pas su anticiper la fascination suscitée par Sayuri Kojima. Kana, elle, avait pressenti la lassitude du public. Jun ne pouvait se réjouir que l'une de ses employées, par extension un membre de sa famille, ait recouru à une overdose alcoolisée pour noyer son mal-être. Pour autant, la tragédie, c'était l'inéluctable, la destinée humaine. Il pensa à ces saintes catholiques, canonisées après avoir été persécutées. Jun ne pouvait fermer les yeux sur le fait qu'une religion ne peut débuter qu'avec la mort du prophète. Amy Winehouse, Britney Spears : c'était dans leurs souffrances que se creusait le potentiel légendaire des pop-stars. Vivant, le phénix marquait un passé ennuyeux et cabossé. Morte, Kana Wakahisa imposait sa légende. Le drame imprègne les esprits. Il provoque compassion et empathie, fait naître un engagement viscéral, durable. Jun établit un parallèle entre Britney Spears et Minami Minegishi. Les deux chanteuses s'étaient rasé la tête. Leur geste, à l'une et à l'autre, avait provoqué un séisme international. Chacune ses raisons, officielles et officieuses ; chacune son époque ; chacune son continent. Mais l'impulsion était la même : l'urgence de rendre visible une fragilité impossible à mettre en mots. Si Divine Disgrace survivait au drame, Jun et ses filles entreraient dans la légende.

Chapitre 36

Jun, qui pratiquait occasionnellement la pêche au Benkei Fishing Club du quartier d'Akasaka, le savait : c'est durant le typhon que le loup de mer se distingue du marin d'eau douce. L'heure était venue de se mouiller et de prouver que, tout comme son père, il avait l'étoffe d'un capitaine dans la tempête. Ainsi, le lendemain du décès de Kana, il convoqua les membres restantes de Divine Disgrace afin d'évoquer l'avenir.

Les trois autres patientaient autour de la table de réunion du bureau de Jun lorsque Sayuri fit son entrée, vêtue d'une toge en résille noire. Une gigantesque paire de lunettes de soleil toujours sur le nez, l'albinos salua ses camarades d'un hochement de tête, constatant que les visages étaient défaits et qu'un petit-déjeuner à l'occidentale leur avait été servi.

« Les embouteillages, marmonna-t-elle sans terminer une phrase qu'elle jugeait suffisamment explicite en l'état. Des croissants, poursuivit-elle sans quitter le mode télégraphique, tout en se saisissant d'une viennoiserie. *Très chic*. J'ai raté quelque chose ?

— Nous t'attendions, assieds-toi. »

Jun referma la porte derrière elle. Les mains croisées dans le dos, il fit quelques pas en direction de la baie vitrée avant de se retourner brusquement. Dans ce mouvement désynchronisé, il leur adressa une révérence, la plus profonde qu'elles aient jamais vue de sa part. L'albinos étouffa un rire dans une quinte de toux peu convaincante. Feignant de ne rien remarquer, Jun se redressa et, avec la même solennité qu'à la seconde précédente, il déclara prendre la mesure de sa responsabilité. Ce qu'ils vivaient, ensemble, relevait de la tragédie, et l'heure était venue, ensemble, de rendre hommage à Kana Wakahisa. Toutefois, avant de discuter de l'hypothèse de leur adjoindre Haruka – la rumeur leur était probablement parvenue, mais rien ne se ferait sans leur accord –, il devait sonder leurs intentions : souhaitaient-elles continuer à porter Divine Disgrace ? En cas de défection de leur part, c'était une promesse, il ferait en sorte de régler à l'amiable les problématiques contractuelles. Elles constituaient l'âme du groupe, pour autant il n'avait aucune intention de les retenir si le cœur n'y était plus. « Et ce matin, c'est précisément à votre cœur que je m'adresse. Kana Wakahisa a besoin de vous pour poursuivre une mission qui lui était chère. Elle avait une histoire à raconter et une légende à construire. De là où elle est, je le sais, elle compte sur vous. » Ameko, sur le bord de son siège, semblait déjà ailleurs. Emi et Eri se tournèrent vers Sayuri, qui releva la tête du croissant qu'elle prenait jusqu'alors grand soin de dépiauter. D'une voix admirablement inexpressive, l'albinos lâcha un traînant « Show must go on ». Elle précisa, plus par réflexe que pour justifier sa nonchalance : « J'ai écouté Queen dans le taxi. »

Ameko, quant à elle, n'avait pas quitté des yeux l'affiche promotionnelle de la *Déclaration d'incompétence* de Chisato Moritaka, cette fille à qui, trente ans plus tôt, le père de Jun avait fait chanter sa nullité, et plus précisément son incapacité au chant. « Les compétences ne m'intéressent pas ; les compétences, je laisse ça aux autres », minaudait la starlette. Et ce matin, sous verre, la gamine à la tenue trop courte et au regard frondeur incarnait plus que jamais l'innocence victime de l'illusion de sa propre sagacité. Le marché des idoles était né du cynisme et il persistait à s'en nourrir. Voilà ce à quoi pensait Ameko à cet instant. Comment Chisato Moritaka avait-elle vécu ses années d'incompétence revendiquée ? Combien de couleuvres avalées et de *show must go on* ? Aujourdhui, c'était Kana Wakahisa que l'on allait figer dans une posture d'héroïne sacrificielle. Cette fille venait à peine de mourir qu'elle était déjà moins réelle qu'une fiction. Ameko détourna la tête dans un profond soupir.

« Ameko ?

— Wakahisa était une égocentrique dirigiste. » Les visages se tournèrent dans sa direction. « Je veux dire, pas la peine d'enjoliver, j'étais là, vous aussi, non ?

En un an de collaboration, je n'ai échangé que des banalités avec elle. Kana Wakahisa n'était ni particulièrement aimable ni particulièrement bienveillante que je sache. Faire d'elle une sainte, vous appelez ça un hommage ? À quoi ça rime, franchement ? »

Sayuri, buste en extension, venait de lâcher son croissant. Ostensiblement tournée vers sa camarade, elle renonçait à dissimuler son amusement.

Ameko renifla. D'une voix qu'elle ne reconnaissait pas, trop aiguë, elle balbutia ce qui se voulait être des justifications. Lui venait en tête son sentiment d'inadéquation. Elle aurait voulu évoquer le fait que rester dans le groupe revenait à accepter que l'industrie la détruise, elle aussi. Son regard se riva sur ses chaussures compensées à la gomme éraflée sur l'extérieur, limée sur la partie intérieure. Son crâne brûlait et les mots s'enlisaient dans sa gorge. Elle visualisa les larves de phrases logées dans ses viscères, où elles s'étaient construit un cocon. Elles avaient enflé, mûri. Au fil des mois, leur goût s'était fait plus prononcé, amer. Mais ces idées, fortes à n'en pas douter, fracassantes même, restaient au stade d'humeur, celles qui chagrinent ou tordent les boyaux. Remontées dans sa gorge, elles en poussaient les parois et faisaient vibrer ses cordes vocales. C'était d'autant plus pénible qu'à ses oreilles, cette voix n'articulait que de douloureuses platitudes.

« Vous ne comprenez pas. Je crois que… Je… Non, vraiment, j'arrête. »

Pressant son sac à dos contre sa poitrine, la jeune femme se redressa, indifférente à une scène qui allait désormais se jouer sans elle. Il pleuvait quand elle quitta le bâtiment. Une pluie fine, grise et pénétrante.

Chapitre 37

Chère Sumire,

L'été a apporté ses pluies, ses cigales électriques, sa chaleur épaisse, et je ne vois pas quelle symbolique tirer de tout ça. À vrai dire, je ne sais pas par où commencer, alors je cède aux traditionnelles considérations météorologiques en tentant, sans grand succès je l'admets, de soigner mon style. Tu m'excuseras.

Je ne t'apprends sûrement rien : Kana Wakahisa, avec qui je me produisais au sein de Divine Disgrace, vient de mourir. Dans les médias, sur les réseaux sociaux, chacun y va de son analyse. C'est glauque et – comment dire ? – ça me pèse. Je me sens lourde, physiquement et spirituellement. Je ne sais pas si tu vois ce que je veux dire, tout ça reste très confus pour moi.

Je ne vais pas sortir les violons, Wakahisa et moi n'étions pas proches. Je ne peux même pas te dire que je l'appréciais. Disons que nous évoluions depuis près d'un an à proximité (« à promiscuité » serait plus juste, mais autant que je sache, ça ne se dit pas). J'ai du mal à décrire nos relations, et les circonstances actuelles rendent l'exercice encore plus difficile. Je pourrais comparer Kana Wakahisa à une camarade de classe. Tu sais, cette fille que tu n'apprécies pas et qui ne t'aime pas beaucoup plus. Non pas que tu la détestes franchement. Elle te porte sur les nerfs, mais vos relations ne sont pas suffisamment mauvaises pour confiner à la haine. À l'occasion, puisque vous passez vos journées côte à côte, tu imagines la possibilité d'une amitié ; mais vient toujours un moment où tu réalises que, quoi qu'il arrive, vous ne partagerez jamais rien de plus qu'un emploi du temps. Tu vois ? Kana, pour moi, c'était cette fille, cette camarade de classe discrètement nuisible qui passe comme une ombre sur ta scolarité et que tu te dépêches d'oublier une fois que tu es diplômée.

Et pourtant, ces derniers jours, j'ai l'impression d'avoir perdu un membre de ma famille. Je ne dors plus et je n'ai aucun appétit. Et je m'en veux de ma sensiblerie. Pire, une part de moi se sent responsable. Je faisais partie de son entourage après tout. J'étais peut-être en mesure de la sauver. Qu'étais-je censée voir ? Ai-je, par mon comportement (ma distance ?), joué un rôle dans sa disparition ? Et aussi, puisque nous n'étions pas amies, ai-je le droit de souffrir de sa mort ? Je veux dire, ma propre douleur ne déprécie-t-elle pas la douleur légitime de ses proches ?

Ma seule certitude aujourd'hui, c'est que je devais quitter le groupe, et parvenir à cette conclusion a été un énorme soulagement. La célébrité n'est pas pour tout le monde, je sais maintenant qu'elle n'est pas pour moi. À l'avoir seulement frôlée, j'y ai perdu des points d'âme, et quand je rassemble ce qu'il me reste de lucidité (je ne vais pas te mentir : ces jours-ci, je perds pied), je me demande ce que je suis venue faire là-dedans.

Un groupe d'idoles ! Toi et moi, on ne se connaît pas beaucoup, mais je t'assure, quand on y pense, c'est absurde. Sur scène, je ne parvenais jamais vraiment à entrer dans la chorégraphie. J'étais ailleurs… En observation, si tu veux. Je crois que je jaugeais le ridicule. Je n'arrivais pas à chasser de mon esprit l'idée que m'investir dans une activité pour laquelle je n'avais ni talent ni vocation, c'était vendre mon âme au diable – mais pour être parfaitement honnête, même avec la meilleure volonté au monde, j'aurais été incapable de suivre les chorégraphies. Le plus impressionnant dans tout ça, c'est l'énergie que je consacrais à essayer de me convaincre de l'importance du projet que je défendais. Je m'imaginais suivre une trajectoire artistique comparable à la tienne, mais la vérité c'est que je n'étais qu'une marionnette… Avant que l'on ne fasse de moi un monstre de foire.

Il y a quelques semaines, je te parlais de mon désir d'éveiller les consciences. Je ne crois pas l'avoir perdu. Il faut juste que je trouve comment l'assouvir sans faire souffrir les autres ni m'abîmer dans le processus.

Pour clore ces considérations existentielles (un brin égocentriques, je l'avoue), permets-moi de te féliciter pour l'exposition que tu prépares. Je suis comme toujours impatiente de découvrir tes nouvelles créations. Peut-être trouveras-tu le temps de m'en dire plus d'ici là ?

J'espère que tu pardonneras la pesanteur de ce message, je compte (toujours un peu trop) sur ta bienveillance.

À bientôt,
Ameko

Chapitre 38

Le surlendemain du décès de Kana, en début de soirée, Jun se rendit au domicile de Momoko et d'Ameko. Momoko l'accueillit sans cérémonie. Elle lui proposa une bière, la canette qu'elle avait achetée en amont de sa venue. Il la refusa poliment.

« Il faut qu'elle sache que je ne lui en veux pas. Je vais vraiment faire en sorte que la rupture de son contrat n'ait aucune conséquence négative pour elle. Tu me crois ? »

Momoko acquiesça, intima : « Va lui parler. »

Hochant la tête en miroir, Jun se dirigea vers la chambre de la jeune femme. Il frappa à la porte entrebâillée, et, sans attendre de réponse, entra.

Ameko se tenait en appui sur son bureau, une jambe pliée, le pied reposant sur la cuisse opposée. La posture, visiblement inconfortable, rappela à Jun celle d'un flamant rose.

Il fit quelques pas dans sa direction, saisit le livre laissé ouvert sur le bureau. *Le Langage du corbeau.*

Il le retourna, la quatrième de couverture évoquait l'intelligence du volatile et les surprises dissimulées dans son plumage. Jun reposa l'ouvrage sans parvenir à un commentaire pertinent, surpris que ce genre de contenu existe. Plus surpris encore que des gens achètent ce genre d'ouvrages, qu'ils les lisent, et qu'Ameko soit des leurs. Il releva la tête pour observer la jeune femme. Une vague de tendresse l'envahit. Peut-être qu'il ne la connaissait pas si bien que ça, finalement. C'est vrai, il s'était toujours senti proche d'elle. Parce qu'Ameko avait été l'une des rares enfants de son entourage, elle était également l'une des seules personnes avec qui il s'était permis de baisser la garde. Et puis, la tendance de la fillette à raisonner à haute voix, avec calme et sérieux, l'avait toujours amusé. Tant de maturité dans un si petit corps, ça le fascinait. Le mâle inquiet au fond de lui était tenté de croire qu'un petit gabarit ne pouvait contenir qu'un petit cerveau qui, de fait, ne pouvait produire que de petits raisonnements. Et alors qu'il bataillait avec son inclinaison à la misogynie paternaliste, Jun ne put s'empêcher de sourire.

« J'ai été vraiment heureux de bosser avec toi, tu sais ? »

La jeune femme s'empara du livre pour le refermer.

« Je ne fais que passer. Justement, je t'ai amené de la lecture, dit-il en s'éclaircissant la voix. Sylvia Plath, tu connais ? On m'en a dit beaucoup de bien. Une artiste sensible et d'une grande intelligence, j'ai pensé à toi. » Comme Ameko restait les bras croisés, il déposa le volume empaqueté devant elle, prenant soin d'aligner le sac avec le bord du bureau. « J'ai pris une édition bilingue. J'ai bien fait, non ? »

Ameko l'observait avec une expression pénible, un regard sans amour. La colère semblait avoir cédé à une indifférence perçante, de la famille du mépris, la plus douloureuse qui soit. Jun rejeta cette idée d'un signe de dénégation à peine perceptible, avant de poursuivre ses justifications.

Il dit vouloir s'excuser, s'expliquer. Il comprenait et respectait son désistement. Il était aussi bouleversé qu'elle. Incidemment, il appréciait son intégrité. Cette intransigeance, Ameko la tenait de sa mère, et il ne pouvait pas lui en vouloir. C'était bête à dire, mais les drames, tout ça, ce n'était pas ce qu'il avait envisagé pour elle. Divine Disgrace aurait dû lui redonner confiance et lui permettre de s'émanciper. Les choses auraient dû être différentes, mais voilà, il ne pouvait pas remonter le temps. Jun lui-même, à sa place, aurait sans doute jeté l'éponge. Mais il n'avait pas d'autre choix que de continuer à se battre pour défendre son entreprise et protéger ses employés. « Tu comprends ? Je ne suis pas l'ennemi ici, mais je dois assumer mes responsabilités. Et ne vois pas ça comme une critique détournée. La vérité, c'est que j'envie ta liberté. Je la respecte, comme je respecte tes choix. On ne va pas se mentir, ta décision ne me met pas dans une position facile, mais je ne veux pas que tu t'en préoccupes ou que tu te sentes coupable. Les circonstances sont contre moi. J'ai été imprudent et tu es la dernière personne à qui je veux faire payer cette imprudence. »

Ameko n'argumenterait pas. Elle n'était coupable de rien. Elle ne pouvait pas nier que le fait de quitter un emploi du jour au lendemain et de décevoir un proche n'avait rien de très glorieux, mais on ne pouvait pas la tenir responsable du déferlement de boue de ces derniers mois.

Effleurant avec ce qui se voulait être un mélange de langueur et de sensualité le bureau auquel la jeune femme s'agrippait, Jun abaissa son timbre d'un ton. Le plus important, ce pour quoi il s'était déplacé ce soir, était de lui garantir que, quoi qu'il advienne, il serait toujours là pour elle. Dès que la situation de l'agence se serait stabilisée, Jun se rachèterait. C'était une promesse. La main qu'il avançait caressa la joue d'Ameko. Sa vue parut se troubler. À l'instant où les ongles en acrylique de la jeune femme laissèrent des petits sourires sur la partie intérieure de ses avant-bras, Jun murmura : « On est tellement plus beau avant les compromis. »

Sur le seuil, en quittant leur appartement, Jun prit Momoko dans ses bras.

« Oh, à l'américaine », commenta cette dernière en tapotant le dos de son patron. C'était déroutant, tellement loin de la distance physique qui s'était installée entre eux au fil des années. « Ça ne s'est pas passé comme tu voulais ? » En se dégageant de l'étreinte, Momoko s'efforça de sourire. Tout commentaire, toute gentille moquerie auraient brisé l'étrange douceur de l'instant. La violence de ces derniers jours avait réouvert des plaies que l'un et l'autre croyaient suturées. Elle revit Jun trois décennies plus tôt. Sa musculature récente n'y changeait rien. À ses yeux, il restait cet adolescent trop sensible. Inadapté. Elle seule pouvait le voir tel qu'il était et elle seule l'aimait pour qui il était vraiment. « Laisse-lui le temps, conclut-elle, on se voit demain. »

Jun acquiesça en silence et sortit, tandis que dans un soupir trop longtemps retenu, Momoko referma la porte.

Chapitre 39

Samedi 11 juillet 2015

« Je ne sais pas si c'est la lumière ou ces constructions, mais je ne me lasse pas de la vue », soupira Momoko. Ameko et elle avaient pris place quelques minutes plus tôt dans le wagon de tête d'un train de la New Transit Yurikamome. De l'autre côté de la vitre, la chaleur était grise. Elle enveloppait les gratte-ciels et les dissimulait pour partie. « C'est peut-être le vide, autour », estima la quadragénaire. Sa fille, qui était jusque-là absorbée par un puzzle coloré sur l'écran de son portable, lui sourit. C'était un sourire rigide, de ceux que l'on adresse à son interlocuteur à défaut d'avoir quoi que ce soit à répondre, à défaut même d'avoir envie de répondre quoi que ce soit. Le regard d'Ameko restait triste. Après ce qu'elle venait de vivre, on ne pouvait pas s'attendre à ce qu'elle retrouve instantanément son insouciance.

Les tennis en toile de sa fille battaient la mesure. Odaiba n'était plus qu'à quelques stations.

Parce qu'elle devait son nom à la mouette rieuse et qu'elle traversait le Rainbow Bridge, parce qu'elle offrait une vue panoramique sur Tokyo et ses volatiles et qu'elle avait pour destination Odaiba, la ligne aérienne Yurikamome annonçait le divertissement. Cette journée, Momoko s'en assurerait, se placerait sous le signe de la légèreté. L'île artificielle d'Odaiba avait été bâtie sur une pile de détritus : trente mètres d'un sandwich de couches sédimentaires immergées composées de déchets incinérés, de déchets non combustibles pulvérisés, de terre et de boue d'épuration traitées. En surface, l'infrastructure comptait cinq centres commerciaux, sept musées, ainsi qu'une grande roue multicolore. Ces trois kilomètres carrés constituaient le tas d'ordures adéquat pour ensevelir les laideurs du quotidien. Le raccourci ordurier s'avérait toutefois aussi visuel qu'injuste puisque l'endroit impressionnait par ses espaces immaculés.

Voilà près d'une semaine qu'Ameko avait quitté Divine Disgrace. Sans doute était-il temps d'en parler. Alors ce dimanche, malgré cette purée de pois typique de la saison des pluies, Momoko avait insisté pour qu'elles prennent l'air, l'air marin, à Odaiba. Elles descendirent à la station Aomi pour rejoindre le Venus Fort tout proche. Momoko se projetait dans des plaisirs simples : flâner dans cette Europe miniature, mue par l'élan de renouveau qui s'imposerait à elle en passant les portiques de sécurité de H&M et Zara.

Suivant un circuit qui leur épargnait toute spontanéité, sans rien oraliser hormis quelques « tu as vu ? », « hmm… », « non ? », « et ça ? », mère et fille parcouraient les allées du centre commercial. La foule devenait compacte, elle décidait du rythme de leurs pas. Le plafond illustré d'un trompe-l'œil de ciel nuageux passait plusieurs fois dans l'heure de l'aurore au crépuscule, et réverbérés par les parois en carton-pâte du bâtiment, les échos de la fontaine aux six déesses faisaient vibrer leurs tympans. Comme à chaque fois, la question de savoir s'il était réellement possible de passer un bon moment dans un centre commercial bondé flottait sans jamais être ni résolue ni même formulée. Bientôt, sans même se concerter, Ameko et sa mère bifurquèrent en direction du musée des Sciences et de l'Innovation à quelques rues de là. C'était une tradition, une parenthèse nécessaire au cœur d'une journée consacrée aux plaisirs futiles. L'habitude était établie et l'horaire presque inconsciemment respecté. Mère et fille firent une halte pour caresser Paro, la peluche de bébé phoque animée utilisée dans les maisons de retraite du pays pour atténuer la solitude de leurs résidents. Elles ne perdaient toutefois pas de vue l'horaire, puisque la star du musée, celui pour lequel les familles venues à Odaiba se détournaient un moment de leur itinéraire shopping, était sur le point d'entrer en scène. Quatre fois par jour depuis une décennie, Asimo, fierté électronique de la firme Honda, se livrait à une série de mouvements accompagnés d'une comptine qu'il traduisait simultanément en langue des signes. La ritournelle était prétexte à la chorégraphie : Asimo attestait de son habileté, non de son aptitude au chant. Sautillant sur un pied puis sur l'autre, courant ou slalomant, le robot aux allures d'enfant-cosmonaute ravissait le public. « *Est-ce que le ciel de demain sera aussi beau ? À quoi ressemblera le ciel dans le futur ? Chérissons nos rêves aujourd'hui et accomplissons-les demain. Unissons nos forces pour réaliser nos rêves ensemble...* »

Entendre de la bouche d'un humanoïde, une bouche techniquement inexistante, qu'il rêvait à un avenir solidaire ne pouvait laisser indifférent. Bien que Momoko s'en soit autrefois émue, à cet instant et sans qu'elle parvienne à déterminer pourquoi, l'idée la terrifiait. Momoko repensa à cette publicité dans laquelle Asimo – ou l'un des siens – faisait la course avec un septuagénaire. Dans la vidéo, le grand-père s'amusait. Son œil brillait. On sentait que l'homme avait des proches avec qui tenir des conversations aussi décousues que précieuses, qu'il lisait, écoutait de la musique et se tenait informé de l'état du monde ; bref, que ses vies intérieure et sociale étaient riches. On percevait tout ça, déduisant que, pour lui, copiner avec un disque dur animé ne s'opposait pas au maintien de relations plus traditionnelles. Mais l'image charmerait-elle autant si Asimo – ou l'un de siens – était le dernier contact d'un vieillard grabataire, la dernière entité susceptible de le réconforter ? Momoko connaissait le scénario des *Gremlins*. C'était l'un des premiers films que Makoto Morita l'avait emmenée voir au cinéma. Boule de poils presque mignonne devenant monstre visqueux s'il était nourri après minuit, le gremlin finissait par révéler sa nature profonde, sa cruauté. Dans le spot télé susmentionné, Asimo se montrait malicieux. Il avait son libre arbitre et ses concepteurs s'en félicitaient. Mais que se passerait-il si, lors d'une prochaine mise à jour, une bonne âme le dotait de l'instinct de survie ? Si Asimo, soudain conscient de ses propres intérêts et désireux de les préserver, cessait ses mièvreries ? Momoko conclut que le robot n'avait rien à gagner à rivaliser avec un vieillard, et que, quelles que soient les circonstances, il n'avait aucune raison de lui vouloir du mal. La quadragénaire se dit que, bientôt, ce serait à elle que le robot amènerait ses plateaux-repas dans un hospice. Mais Asimo prendrait-il en compte le fait qu'elle déteste les œufs ? Que pour parvenir à s'endormir, et quelle que soit la saison, elle avait besoin que pèse sur elle un lourd édredon ? Que deviendraient ses besoins les plus essentiels et irrationnels ? Momoko aurait-elle seulement les moyens de payer cet hospice ? Des sanglots se rassemblaient en vagues chaudes et encombrantes dans sa gorge parce qu'un automate sautillant lui rappelait, par ses contemplations naïves, que l'avenir serait sombre. Sa peine s'aggravait à la pensée que, dix fois auparavant, Ameko et elle s'étaient enthousiasmées pour le spectacle. Momoko devait se ressaisir. Elle aspira une goulée d'air dans un soupir suspendu. Sa fille portait un deuil qui ne lui appartenait pas. Peut-être parce que Momoko elle-même n'avait jamais compté parmi les personnes les plus accessibles de son entourage, elle savait que, pendant ces quelques mois d'activité, Ameko n'avait noué que des relations d'ordre professionnel avec ses partenaires. Leurs liens reposaient sur ce que Momoko aurait qualifié de proximité d'open space, à savoir de trop longues heures passées ensemble dans des espaces déclarés ouverts mais confinés. Rien de plus. L'attention de la quadragénaire se détourna sur les pas de l'androïde. Elle espérait qu'en se concentrant sur le bruit de friction métallique associé aux déplacements du robot, elle retrouverait son calme. Et effectivement, ses secousses s'apaisèrent. Mission accomplie, la créature saluait son public. Mère et fille échangèrent un sourire au milieu des applaudissements enthousiastes. Tout le monde aimait Asimo.

Chapitre 40

Chère Ameko,

Tout d'abord, permets-moi de te présenter mes condoléances. Il serait absurde de minimiser ta douleur. Ce que tu vis est d'une violence rare, et tu m'en vois sincèrement désolée.

Qu'est-on censé faire de la mort des autres (des *autres* autres, de ces gens qui nous frôlent sans vraiment nous atteindre) ? C'est une excellente question, que je ne m'étais jamais posée. Je n'ai que peu d'expérience de la mort. À titre personnel, je n'en ai aucune, ma santé est bonne. Quant à la mort de proches (ou de moins proches), j'en suis par chance au même stade. Ça ne durera pas forcément. Ou plutôt : ça ne durera pas, forcément. Ton message m'a permis de le réaliser.

De fait, je ne suis pas la mieux placée pour t'aider à trouver un sens à tout ça. Je peux comprendre que la brutalité de ce que tu viens de vivre t'incite à mettre un terme à tes activités artistiques ;

souviens-toi toutefois que l'urgence n'est jamais la meilleure des conseillères. Je comprends que tu vives mal ce statut d'objet. Mais pour être entendu, il faut être vu, visible donc, et pour être visible, nécessairement, dans une certaine mesure au moins, il faut se mettre en scène. Jouer la fragilité, feindre la passivité, c'est un talent. C'est une force, vraiment. Et il y a une différence entre être instrumentalisé, s'instrumentaliser et, dans ton cas, instrumentaliser son instrumentalisation. Je m'explique : en rejoignant un groupe d'idoles, il fallait que tu acceptes la mise en scène et, comme tu me l'as dit, tu as choisi d'utiliser la visibilité qui t'était offerte pour transmettre un message qui te tenait à cœur. Tu as accepté de jouer la marionnette pour mieux tirer les ficelles. Tu n'es donc pas une victime. Tu es même l'exact opposé.

Et puis je crois qu'il n'est pas toujours utile de questionner les motivations d'une personne, ce qui la fait agir, ce qui provoque chez elle l'impulsion qui conduira à l'action. Je m'explique encore : il y a quelque temps, tu évoquais mon projet *High Heels*. Sache que cette performance est née d'un désir égocentré et a priori terriblement superficiel : je voulais, moi aussi, porter des talons hauts. Jusque-là, aucun fabricant ne proposait de prothèses tibiales adaptées au port de talons. Du fait de contraintes techniques certainement, mais surtout parce que seule compte l'apparence de normalité. Par convenance, on considérait cela comme impossible. Je ne suis même pas sûre que l'hypothèse ait été étudiée.

Réduite au rang de poids pour la société, la femme handicapée est dé-sexualisée. En tant qu'estropiée, je devais me satisfaire de pouvoir marcher. J'avais droit au fonctionnel ; la superficialité, comme la recherche esthétique, m'était interdite. De ce constat ont germé des réflexions de plus en plus profondes, au point qu'elles ne me concernaient plus spécifiquement. Qu'est-ce qui fait qu'une personne est « sexuelle » ou qu'elle ne l'est pas ? La difficulté des personnes en situation de handicap à se sentir désirables nourrit mon questionnement artistique. Comment réagir lorsque le regard des autres ne renvoie que dégoût, voire pire : compassion ? (Après quelques années de réflexion, je crois pouvoir dire que, puisqu'elle retire tout pouvoir à l'objet du regard, la compassion est pire que le dégoût.) *High Heels*, je crois, a participé à faire s'interroger le public sur la question sinon de la beauté (ne dit-on pas que la beauté, comme la laideur, est dans l'œil de celui qui regarde ?), du moins de la séduction dans le handicap.

Tu te sens monstre, m'écris-tu. Permets-moi d'être un peu directe, mais en quoi est-ce un problème ? Pour le coup, il s'agit d'un sujet qui me touche directement et sur lequel j'ai suffisamment réfléchi pour te donner mon point de vue. L'être humain associe beauté physique et valeurs morales, c'est inconscient. Pire : ce serait inné (j'ai lu ça quelque part, ne me demande pas où). Selon cette conception, la belle personne serait à la fois intelligente et vertueuse. De là naît l'amalgame entre anomalie du corps et dégradation de l'âme. Parce qu'il renvoie à notre laideur intérieure, aux perversions et aux vices, le corps déformé suscite malaise et rejet.

Et c'est là, je crois, que mon analyse diffère de la tienne : en vous positionnant comme à la fois hors normes *et* séduisantes, Divine Disgrace a d'une certaine façon participé à faire évoluer les mentalités sur les questions de la beauté et du handicap. La démonstration compte. Ce que tu as fait compte.

La normalité est une illusion. Ce qui est normal pour l'araignée représente le chaos pour la mouche. Ce n'est pas de moi, c'est de Morticia Addams. Le fait est que la norme reste une valeur relative qui émerge de la répétition. Et plus une communauté est homogène, plus la déviance – choisie ou non – induit la critique. Ici peut-être plus qu'ailleurs, les gens ordinaires ne savent pas quoi faire des gens extra-ordinaires. Le Japon est une île où le monstre marque la frontière de la société. Forme défectueuse opposée aux standards, il incarne le contre-exemple. Le modèle duquel il faut se tenir éloigné. En privilégiant l'harmonie du groupe aux dépens de l'individualité, la société empêche tout épanouissement à la marge. Sans frontière, le monstre n'existe pas. Le mettre à distance ne fait que confirmer sa réalité : s'il faut le cacher, c'est bien qu'il existe.

De la même façon que les Afro-Américains se sont réapproprié le mot *nigger* et les féministes anglo-saxonnes le mot *bitch*, nous devons faire nôtres les mots qui blessent. Soyons monstrueuses et soyons-en fières.

Sois fière, Ameko. Moi, je suis fière de toi.

Affectueusement,
Sumire

Chapitre 41

Le décès de Kana Wakahisa remontait à deux semaines, et les médias refusaient de laisser ses cendres refroidir. Bien que l'hypothèse du suicide ait été réfutée par les sources officielles, les commentateurs ne pouvaient se résoudre à clore le débat. Les experts passaient d'une chaîne à l'autre, rivalisaient de saillies impertinentes sur les plateaux de télévision. Pour les psychologues invités à débattre, le fait que Wakahisa soit décédée à vingt-deux ans, déjà adulte donc, ne retirait rien au fait que la jeune femme ait été dévorée par une industrie ogresse, pédophage même, puisqu'elle dévorait les enfants pour en recracher des os fleuris.

Les ligues de protection de l'enfance étaient enfin entendues. Elles évoquaient une main-d'œuvre qui, du fait de son jeune âge, se caractérisait par un manque de discernement ainsi qu'une extrême malléabilité. Youth Rights First en fer de lance, elles dénonçaient ces contrats à durée limitée, exceptionnellement renouvelés puisqu'une nouvelle génération de préadolescents s'offrait déjà d'assurer la relève. Les agences artistiques ne se contentaient plus d'utiliser des adolescents pour vendre du fantasme, elles les épuisaient physiquement pour mieux les violenter psychologiquement. Mais aussi cruel qu'il soit, le marché était saturé. Une proposition de loi visant à mieux encadrer le travail des mineurs et des personnes en situation de handicap était en cours d'élaboration. Kazuko Wakayama, avocate et fondatrice de Youth Rights First à l'initiative du projet, réclamait un meilleur accompagnement scolaire et psychologique des artistes mineurs, un encadrement plus ferme de leurs horaires de travail, ainsi que l'ajout dans leurs contrats d'une clause de résiliation unilatérale en cas de risque pour leur santé physique ou psychique.

Invitée à débattre dans *Sunday Japon*, l'émission d'information-divertissement de la chaîne TBS, son discours avait marqué les annales.

« Qu'il s'agisse ou non d'un suicide, la disparition de Kana Wakahisa ne peut être réduite à son caractère anecdotique. Nous ne discutons pas là d'un fait divers mais d'un problème de société, et il est temps d'ouvrir le dialogue. Les tabous font crever notre jeunesse. Dire que notre société valorise l'abnégation est un euphémisme. Nous sommes conditionnés à penser que consulter un psychologue est un luxe, une lubie réservée à une petite élite trop sensible. Je ne vous apprends rien, notre culture établit une distinction nette entre le *honne*, la véritable voix de l'individu, et le *tatemae*, la façade, les apparences. Cette séparation entre le dedans et le dehors induit que les émotions, particulièrement les plus sombres, se doivent d'être gardées pour soi. Devoir constamment se montrer sous son meilleur jour, être à la hauteur, utile et pertinent se révèle épuisant. Pour les célébrités, cet impératif de perfection est renforcé dans la mesure où leur succès réclame d'eux d'incarner un idéal et de gommer toute aspérité. Et contrairement aux États-Unis où il est désormais admis que les célébrités sont, comme tout un chacun, susceptibles de souffrir de troubles psychiques, au Japon, le tabou persiste. Si les médias découvrent qu'un artiste souffre de problèmes mentaux, cela peut être extrêmement dommageable pour sa carrière. Les années passeront, le stigmate restera. Mais ne vous trompez pas : cette problématique concerne l'ensemble de nos concitoyens, elle me concerne, elle vous concerne... Mais peut-être concerne-t-elle plus particulièrement encore les plus jeunes d'entre nous, pour qui il est impensable de s'exclure des réseaux sociaux. Pour eux, la pression est énorme. Rendez-vous compte : il faut nourrir le récit en témoignant quotidiennement, en temps réel si possible, de son bonheur et de sa réussite. Et notre réalité ne sera jamais à la hauteur de la mise en scène. À titre personnel, du fait de mon âge ou de mon désintérêt pour la technologie, j'échappe à ce diktat. Je n'existe pas en ligne et je sais qu'il s'agit non d'une tare, mais d'un luxe. Mais est-il seulement possible de prendre la distance nécessaire quand on a été biberonné à internet ? Notre jeunesse n'a pas la liberté de faire valoir un manque de maîtrise des outils informatiques ou, pire, un manque d'intérêt. Kana Wakahisa est l'emblème de ces individus, jeunes et moins jeunes, célèbres et anonymes, trop connectés, qui ne parviennent pas à *faire face*, très littéralement. »

Les équipes de Pop Satori ne pouvaient se complaire plus longtemps dans la torpeur. Un disque hommage était en préparation. Six étant le chiffre fétiche de Kana Wakahisa, six mille six cent soixante-six copies numérotées seraient pressées. À l'intérieur du livret seraient insérés soixante-six millimètres carrés de la robe portée par le phénix dans le clip de *Disharmony*. Haruka ne rejoindrait finalement pas le groupe. Les rumeurs furent balayées le surlendemain de son interview sur ShibuyaCross-FM. Personne n'évoqua de problèmes de trésorerie. Jun Morita considérait l'harmonie entre Sayuri et les jumelles comme suffisante pour poursuivre sur cette trinité. « Trois, expliqua le producteur à un journaliste, c'est la présence sans la redondance. Trois, c'est un motif qui se dessine. » Les Divine Disgrace elles-mêmes affirmaient l'impossibilité de remplacer Kana. Le phénix resterait la pièce maîtresse, la pièce manquante. Une entité spirituelle, devenue un idéal par essence inatteignable. Divine. Durant les performances en public du groupe, un trône de fer inoccupé surplomberait la scène. Le siège vide, figurant majesté et drame, se déclinerait sur l'ensemble des produits dérivés du groupe. Désormais Sayuri Kojima chanterait et la technologie permettrait à ses stridulations de sonner juste.

Lorsqu'elles seraient interrogées sur le départ d'Ameko, le trio évoquerait dans une association de mouvements désordonnés et de regards fuyants les envies d'ailleurs de l'absente. Quelques tweets de fans continueraient de mettre en cause une aura d'huître et une inutilité certaine. La bienveillance des salarymen se reporterait sur les jumelles Toda dont les tenues de scène, réduites à quelques centimètres carrés de latex, contrastaient plus que jamais avec la candeur de leurs regards délavés.

Chapitre 42

Samedi 9 janvier 2016

Google Maps a dirigé Momoko vers une maison de ville aux murs rongés par la moisissure, une bâtisse morose sans doute laissée à l'abandon à la mort de ses propriétaires. Un écriteau près de la porte lui confirme qu'il s'agit bien d'un restaurant, de ce genre d'institutions, modestes en apparence, dans lesquelles n'entrent que ceux qui montrent patte blanche. Lorsqu'ils dînent ensemble, Jun choisit la dernière table en vue parmi les futurs étoilés de la capitale. Ce soir pourtant, il lui a donné rendez-vous à cinq cents mètres de chez elle, dans une ruelle par laquelle Momoko se surprend de n'être jamais passée. Il était évident qu'un restaurant de son quartier serait moins guindé qu'une adresse tendance d'Azabu. Le damassé raide de sa robe fourreau crie à l'erreur de jugement. La voilà sobrement à côté de la plaque et comme pour sanctionner sa méprise, le froid s'engouffre dans ses manches trois-quarts. Ses avant-bras frissonnent. L'apparition de Jun au coin de la rue confirme à Momoko qu'elle n'a plus le temps de retourner se changer. Après l'avoir saluée, complimentée sur sa tenue – « j'adore quand tu brilles » –, et s'être excusé d'avoir pour sa part privilégié le confort – « flanelle de laine bio et équitable, on ne se refait pas » –, Jun émet un rire trop aigu et, conscient du malaise qui pointe son nez, sonne. Quelques secondes s'étirent durant lesquelles l'un et l'autre échangent monosyllabes et hochements de tête. La porte s'entrebâille enfin, laissant apparaître le buste d'un petit homme chauve admirablement inexpressif. Sans se perdre en civilités, le patron les mène à un salon privatif, une table et deux bancs qui semblent avoir été creusés à même le sol, puis referme la cloison coulissante derrière son échine courbée à trente degrés.

En se glissant à sa place dos au mur, Momoko note la redondance de fleurs en plastique dans un vase à motif floral, observe en silence la dizaine de photos de famille disposées près d'un imposant écran seize-neuvièmes. Ce pourrait être leur intérieur, s'ils vivaient ensemble, n'avaient que peu de moyens et des goûts discutables. Momoko sourit de l'absurdité de sa projection. Elle connaît trop le goût de Jun pour les objets qui, évitant le tape-à-l'œil, restent inaccessibles au commun des mortels. Chez lui, ni fleurs en plastique, ni porcelaines bon marché, ni rien qui soit susceptible de provenir d'un tout à cent yens. Dans sa maison d'architecte sur les hauteurs d'Iidabashi,

Jun a rassemblé matériaux nobles et pièces culte. Momoko liste mentalement, sans difficulté après l'avoir inlassablement accompagné dans les boutiques d'ameublement : fauteuil Charles & Ray Eames, sofa Antonio Citterio, luminaires Isamu Noguchi et, sur une table basse en frêne noir et verre également signée de l'artiste américano-japonais, quelques exemplaires d'*Interni*, la bible du design italien tout près d'un vide-poches Hermès dont la fonction semble être de recueillir non pas des fragments de vie, mais du vide. C'est l'un des traits que Momoko préfère chez Jun, sa constance dans l'ostentation subtile. Avec une prédilection pour le minimalisme Bauhaus, selon ses dires, Jun a fait sien le bon ton international. Quant à son obsession pour les masques vénitiens (rupture clinquante et presque rassurante dans cet épanchement de bon goût), il n'y peut rien, il la tient de sa mère. Jun affectionne le charme désuet de la vraie Europe, celle des champs de coquelicots et des villages patentés *déserts numériques*. Momoko secoue la tête tandis qu'un sourire amusé relève le coin de ses lèvres. Elle le connaît tellement bien.

« Je te sers ? »

Momoko se surprend à acquiescer. Elle boit rarement. L'élégance qu'elle prend soin de maintenir s'accorde mal avec le lâcher-prise. Cette première gorgée avalée, elle se retient de tousser, porte par réflexe la main à sa bouche, puis repose la tasse de saké, rassérénée par l'apaisement consécutif à la brûlure sur son palais. Elle est présente. Ici et maintenant. Ongles prune, lèvres corail, joues dragée.

Momoko la ressent, comme une aura : sa beauté irradie. La délicate quadragénaire relève sa chevelure pour dégager sa nuque, présente de trois quarts son visage nimbé d'orange. Lèvres corail et joues dragée. Le saké rend l'instant confortable. *La vulgarité renferme une douceur insoupçonnée*, songe-t-elle dans un rire de gorge qu'elle ne reconnaît pas. Pourquoi ne boit-elle pas plus souvent ? Et pourquoi, ce soir, rompre ses habitudes ?

Ces derniers mois ont été difficiles, elle ne va pas le nier. Ameko parle de moins en moins, sort de moins en moins. Elle s'isole. Une hikikomori, Jun a lâché le mot. Il s'inquiète pour elles deux. Les médias parlent d'une épidémie, mais lui ne veut pas fermer les yeux sur sa part de responsabilité.

« Ne crois pas que je cherche à me dédouaner.

— Comme s'il s'agissait d'une maladie », siffle Momoko.

Ce que Jun est sur le point de dire, le laïus à venir, elle pourrait le prononcer à sa place. Elle a lu les mêmes informations, écouté les mêmes interventions de psychologues renommés. Elle s'est, à vrai dire, noyée dans ses recherches ; ces chiffres, elle les connaît par cœur. Les estimations oscillent entre six mille et un million d'individus. Et parce qu'il impressionne, marque les esprits et, de fait, est facile à propager, le chiffre d'un million a été adopté par les institutions et les médias. Les hikikomori seraient donc un million, suffisamment pour constituer une problématique sociétale. Et les problématiques sociétales engendrent des industries qui se doivent d'assurer leur survivance. C'est un système qui se nourrit de lui-même, et ce système n'a rien à voir avec Ameko. Soudain Momoko l'affirme à haute voix, pour Jun, mais probablement aussi pour elle. *Ameko n'est pas malade.* Sa fille est victime d'une manipulation politico-médiatique, voilà tout. Dans le doute, Momoko a suivi les recommandations des psychologues présentés comme experts du phénomène par les médias qui les recevaient. Pas ceux justifiant l'augmentation des comportements d'évitement par l'omniprésence des distributeurs de boissons, ceux-là mêmes qui expliquent que si la jeunesse peut se dispenser d'échanger avec le caissier pour acheter son café, et qu'on lui retire ainsi jusqu'à la plus petite opportunité de se confronter à autrui, alors elle n'a nulle part où puiser la force d'affronter le monde. Non, Momoko s'est fiée aux plus modérés, ceux qui considèrent l'escapisme comme une étape nécessaire dans la construction d'un grand nombre de jeunes adultes, et à laquelle elle-même aurait aimé avoir droit. *Il n'y a aucun problème à ce que tu restes à la maison.* Momoko a répété la formule. Elle n'a exprimé aucun reproche. Aucun travailleur social ne viendra toquer à la porte de la chambre de sa fille pour la convaincre d'en sortir. Momoko ne laissera pas les pouvoirs publics décider de ce qui constitue ou non un problème pour sa famille. *Non vraiment, il n'y a aucun problème.* Ameko est libre et Momoko est garante de cette liberté.

Les choses pourraient-elles être différentes ? Très certainement. Jun porte-t-il une part de responsabilité ? Difficile de prétendre le contraire. Mais ce soir, elle en vient à interroger sa propre part de responsabilité. Lors de leurs dîners, Jun n'évoque jamais le travail. Il occupe la conversation en inventoriant ses dernières lubies cinématographiques et littéraires, œuvres d'obscurs Scandinaves pour la plupart, puis s'enquiert de l'opinion de Momoko sur le choix d'une veste, d'un tapis tissé à la main ou d'une machine à café (ces mécanismes sont si vite obsolètes). Alors quand il a dit vouloir lui parler d'un nouveau projet et de son intention d'y inclure Ameko, pourquoi n'a-t-elle pas réagi ? Elle aurait pu lui rire au nez, balayer l'idée du revers de la main. Ça aurait été facile, indolore, vraiment. Pourquoi a-t-elle laissé faire ? Sans doute parce qu'elle connaît trop bien ses propres tendances irrationnelles. Au quotidien, donner le change, maintenir l'apparence d'une personne équilibrée induit de faire taire sa petite voix, celle que l'on nomme intuition. Et cette fois encore, Momoko avait choisi de ne pas s'écouter, d'oublier que, contrairement à son père, Jun pouvait se montrer défaillant.

Sans qu'il soit besoin d'agiter la clochette, démontrant en cela une maîtrise parfaite de la durée de dégustation de chaque plat, la serveuse, la soixantaine sereine, interrompt le silence en apportant une rosace de sashimi de fugu. Des tranches si fines qu'apparaissent au travers les motifs de l'assiette. Du poisson-globe : la transparence de la cellophane et un goût frôlant l'inexistant.

La vie sentimentale de Jun est à l'image de sa carrière : discrètement douloureuse. À l'époque, Momoko blâma la barrière de la langue pour expliquer la déroute maritale de son ami. Le fait est qu'elle n'avait jamais beaucoup apprécié Sam, la chanteuse de country qui lui avait brisé le cœur quelque part à la fin du dernier millénaire. Mais, au fond, ce divorce, survenu après seulement dix-huit mois de mariage, il l'avait bien cherché. Le comble de l'absurde avait été atteint lorsqu'il avait obtenu, sans même la demander, la garde de Dolly Parton, le mame shiba épileptique de Sam. À l'exclusion de ce fiasco public, Momoko n'a eu vent que de quelques liaisons, et Jun en a probablement dissimulé quelques autres. S'il s'épanche volontiers sur ses coups de cœur mobiliers et artistiques, Jun reste discret sur ses amours. Momoko devine qu'il l'a, au fond, toujours aimée elle, et qu'il lui est impossible de s'investir dans une autre histoire que la leur, jamais advenue et toujours en suspens, à la manière des particules d'eau dans un ciel hivernal. Une projection, promesse de moins de compromis et de plus d'épanouissement. Tirée de ses considérations poétiques, Momoko réalise que, près du téléviseur, il ne s'agit pas de photos de famille, mais de clichés représentant les propriétaires du restaurant entourés de vedettes venues dîner, dans cette même salle probablement. Dans leurs cadres dorés, les protagonistes sourient et tiennent leurs doigts en V dans l'air. Les générations se mélangent sans se confondre. Ameko a les yeux à demi clos, l'image l'ayant figée en plein clignement des paupières. « Elle te ressemble de plus en plus », constate Jun qui, ayant suivi son regard, s'est emparé du portrait des membres de Divine Disgrace. Il repose le cadre pour observer son invitée.

« Tu sais que je tiens à vous. Ameko et toi, vous êtes ma famille. Ne ris pas, mais c'est un peu mon devoir de veiller sur vous. C'est ce que j'ai toujours voulu. »

Lénifiée par le sol chauffant, Momoko porte la main à son oreille rougie pour vérifier que sa dormeuse reste en place. Sa nuque se contracte, ses pupilles se dilatent. Tout son corps vient de se tendre. Jun l'a toujours aimée, pourquoi prétendre l'ignorer ? L'heure est venue pour elle de se reposer sur l'épaule d'un soupirant éternel. Makoto lui-même approuverait. Il comprendrait cette torsion du destin, poignante et tragique. L'alcool frappe ses tempes et palpite dans ses veines. En portant la tasse de saké vide à ses lèvres, Momoko s'efforce de ne rien laisser paraître de son émotion. Dans ses viscères, entre sa cage thoracique et son nombril, c'est là que son âme vient de se nicher.

« Que dire de plus ? C'était une erreur de l'intégrer à Divine Disgrace. Je pensais bien faire, mais parfois mes grandes idées ne mènent nulle part. Là encore, je ne t'apprends rien. Moi-même, je devrais l'avoir compris depuis longtemps. Ces quelques mois me hantent. Mais on ne reviendra pas en arrière et la seule chose que je puisse faire, c'est essayer de réparer. D'ailleurs, il n'est pas question d'essayer : je vais réparer. » Il s'essuie les coins de la bouche. « Inutile de tourner autour du pot. » Il repose sa serviette sur la table. « Je te demande la main de ta fille. Je veux épouser Ameko. »

Le regard de Momoko passe de cette main posée sur le bois couleur miel à la bouche de l'homme qui lui fait face. Jun sourit, d'un sourire large qui révèle ses dents jaunies. Le cerveau de Momoko s'est grippé. Ce sourire taché la dérange. Ça fait bien dix ans que Jun est passé aux gommes à la nicotine. Ça ne tache pas les gommes, si ? Et depuis le temps, pourquoi n'a-t-il pas investi dans des facettes ? Si Momoko gagnait le dixième de ce qu'il gagne, elle-même y aurait déjà eu recours – alors que son hygiène dentaire est irréprochable.

« Tu veux épouser Ameko », formule-t-elle enfin, comme pour confirmer qu'elle a correctement entendu.

« En devenant ma femme, ta fille ne sera plus un poids pour personne. Elle sera libre de travailler ou non. Je te promets de ne plus jamais la mêler aux affaires de l'agence, de près ou de loin. À moins que ce soit de sa propre initiative, mais je ne la forcerai à rien. Je veux lui laisser le temps de se reconstruire, à son rythme, et je veux te libérer d'un fardeau. Je vous le dois, à l'une et à l'autre. Et puis, au risque de te paraître vieux jeu, il me semble raisonnable qu'à moyen terme tu viennes vivre avec nous. La maison est trop grande, tu le sais. Tu pourrais arrêter de travailler. » En lui tapotant la main, Jun feint de remarquer :

« Je suis un patron usant. Tu dois être épuisée de me supporter au quotidien. Moi, je ne me supporterais pas. Je veillerai sur vous. C'est ce que mon père aurait souhaité.

— Elle est au courant ?

— Non. Non. D'ailleurs il n'y a rien entre nous, si tu veux savoir. Je n'ai rien tenté et il n'est pas dit qu'elle accepte. Mais tu sais combien, sous mes airs de révolutionnaire, je reste tradi. Il fallait que je t'en parle d'abord. Tu es sa mère et, pour une fois dans ma vie, je veux faire les choses dans l'ordre, mettre les formes pour que tout le monde soit à l'aise. J'y pense depuis quelque temps, et ces dernières semaines, l'idée s'est précisée. C'est ma façon de réparer.

— Je vois. »

Momoko hoche la tête, son regard se porte sur le vide. Puis, incapable de croiser le regard de Jun, elle tente une mise au point à la droite de l'oreille de son interlocuteur. Son buste s'affaisse imperceptiblement. Que s'est-il passé ? Le climatiseur au-dessus d'eux brasse l'air. Bruyamment, Momoko le réalise. Elle sourit, hoche la tête en silence, peine à la redresser, tente d'articuler une réponse, se contente de déglutir. Ce silence bourdonnant caresse ses nerfs. Une douleur aiguë réclame d'être apaisée.

« Alors ça se fête », conclut Jun en remplissant leurs tasses de saké.

Les pensées de Momoko saccadent contre les parois de son crâne. Elle s'empare de la clochette, la fait tinter avec énergie. Elle doit imprimer une fermeté suffisante à sa voix, jouer l'autorité sereine.

La serveuse qui se présente à eux doit avoir l'âge de sa fille. Elle est blonde, son regard subtilement exorbité évoque la bêtise modérée. *Si seulement cette génération apprenait à être un peu moins transparente*, se dit-elle. Sa main encore crispée sur la clochette, Momoko s'entend commander une bouteille de saké Goutte Pluie de Tortue, la plus chère du menu, et du foie de fugu.

« N'a-t-on pas quelque chose à fêter », articule-t-elle d'une voix blanche en réponse à l'interrogation muette de Jun. Visiblement amusé, il acquiesce. Momoko aimerait que les deux paires d'yeux posées sur elle se détachent, qu'elles reprennent leurs errements. Elle les sent, elles la gênent.

« Je suis vraiment désolée, mais nous ne servons pas les abats. La réglementation, vous savez… Enfin… Vous savez quoi, c'est interdit. Je vous prie de m'excuser, je vous apporte immédiatement le saké. Puis-je vous apporter autre chose ?

— On va réfléchir, merci », sourit Jun.

La serveuse fait coulisser la porte derrière elle. Momoko vide sa tasse d'une traite et, une fois le contenant lourdement reposé et son menton essuyé du dos de la main, lève théâtralement les yeux au ciel. Les pose sur Jun.

« Quoi ?

— Tu étais sérieuse ? »

Les yeux rougis de Jun parcourent le visage de Momoko. Il émet un rire alcoolisé, secoue la tête. Ses pores suintent, sa chevelure s'est rassemblée en pans de rideau graisseux sur son front. « Après toutes ces années, tu restes un mystère pour moi. Momoko… Mon sphinx ! » L'homme hausse les épaules. « Oh et puis merde, après tout, tu as raison : c'est un grand jour. » Jun s'excuse, se redresse et, manifestement empesé par l'alcool, quitte le salon privatif. Momoko lisse sur ses cuisses les fibres moirées de sa robe. Si elle survit à cette soirée, elle survivra à n'importe quoi. Alors, dans les heures qui viennent, elle va devoir composer avec cette pulsion d'abrutissement. Si les mots pouvaient sortir de sa bouche, sans doute le crierait-elle : elle n'avait jamais voulu être mère. Momoko avait donné la vie. Et puisque l'ordre des choses le réclamait, elle avait renoncé à l'insouciance et à sa carrière d'actrice. Mais la maternité ne l'avait pas révélée à elle-même. Ou plutôt si : en précipitant son flétrissement, elle l'avait contrainte à considérer la part d'épanouissement inhérente au processus ; elle n'y avait rien trouvé. Presque rien, disons. Avec Ameko étaient venues la déchirure et l'ambivalence. L'arrivée de sa fille, les conditions dans lesquelles elle était née, fermaient la porte d'un monde de possibles. Ces rivières asséchées zébrant son corps avaient marqué la fin de l'égocentrisme innocent. Sa gorge se serre encore, mais elle refuse de se donner en spectacle. Elle range sa chevelure derrière ses oreilles, la gauche puis la droite, active sans y penser l'écran de son téléphone, n'y trouve aucune notification à laquelle s'accrocher.

Jun réapparaît, folâtre, accompagné du petit homme taciturne croisé à leur arrivée. Déridé, le septuagénaire abandonne sans façon une petite assiette en céramique laquée grise sur laquelle repose un dé de foie de fugu coupé en tranches de deux ou trois millimètres, ainsi qu'une bouteille de saké. « Notre meilleur cru », confirme-t-il, soudain affable, à l'adresse de Momoko. Pour le fils de Makoto, artiste visionnaire et ami fidèle, le patron concède qu'il est prêt à fermer les yeux sur la réglementation. Évidemment, la chose ne doit pas s'ébruiter : c'est un coup à perdre sa licence, voire à se retrouver en taule. « Pas de têtes brûlées entre mes murs, mais vous m'avez l'air d'une jeune femme raisonnable, et j'ai ouï dire que c'était un grand jour. Profitez, mais gardez à l'esprit que la toxicité du fugu est impossible à évaluer a priori. Alors je compte sur votre discernement : une tranche ou deux, pas plus – j'insiste –, devraient satisfaire votre curiosité. Pensez caviar. Non, imaginez que c'est encore un peu plus précieux que du caviar, du caviar qui peut vous tuer. Pas banal, hein ? La tétrodotoxine provoque un état précieux qui exige d'être maîtrisé. Savourez chaque bouchée, mais au moindre signe d'engourdissement, il est impératif de cesser la dégustation. Jun, pas de bêtises, ton père te regarde ! » Le septuagénaire s'excuse et quitte le salon.

« Nous vous avons donné beaucoup de travail, je vous remercie de votre bienveillance », psalmodie Jun dans une large torsion du buste alors que le petit homme a déjà disparu. Puis faisant à nouveau face à Momoko, il ajoute : « Vos désirs sont des ordres, mère. » Se redressant de cette deuxième courbette, Jun tente un clin d'œil qui rencontre le regard baissé de Momoko. Pourrait-il être plus maladroit ? Elle toussote. « Il va me falloir un peu de temps, je crois. Il y a une heure à peine, tu étais plutôt un grand frère. » Le sourire de Momoko s'élargit puis se fige. Ses lèvres frémissent. Elle baisse le regard. L'assiette au centre de la table change la donne. Si jusqu'à cet instant les chances que tout se termine ce soir étaient infinitésimales, elles étaient passées, à vue de nez, au même niveau que si Momoko et Jun lançaient une partie de roulette russe. Une chance sur combien exactement ? Combien de chambres dans un barillet ? Ça doit dépendre de l'arme. Mais si la légende dit vrai et qu'un type est parvenu à se donner la mort avec un pistolet chargé à blanc, qu'est-ce qui fait encore sens ? Jun transpire, il semble heureux. Peut-être l'est-elle aussi ? De ses baguettes, elle se saisit d'une tranche de sashimi, l'absorbe sans y penser, tend sa tasse de saké à Jun pour qu'il la resserve.

Momoko soupire, stabilise son corps contre le banc. Elle n'a jamais percé en tant qu'actrice. Sa vie n'aura été qu'une succession d'échecs discrets. Alors à cet instant, tout son être se concentre sur le trouble. Elle sent le bout de ses doigts se détacher du reste de sa main. Elle rit, essuie une larme, s'excuse : l'émotion. Elle vient d'engloutir cette troisième tranche avec la même avidité que s'il s'agissait de poulpe au ponzu.

Jun porte un toast à l'avenir.

Sont-ce ses cheveux teints ? Ses injections de botox plus si discrètes ? La dernière décennie a épaissi les traits de Jun. Il est gras. Ses yeux sont vitreux, ses paupières et ses épaules tombent. Jamais il n'inspirera le respect qu'inspirait Makoto. Il peut essayer, ses costumes seront toujours trop grands pour lui. Momoko plisse les yeux, le voit vraiment. Le lui dit. « Tu sais, je te vois vraiment. » Le coin de ses lèvres s'est affaissé. Jun éclate à nouveau de rire. Il éponge la sueur sur son front avec la serviette humide mise à disposition à leur arrivée. « Tu es drôle, Momoko. Ces mille facettes de toi, c'est précieux, tu sais ? »

Elle hausse les épaules. Ses lèvres marquent plus nettement encore le mépris monté en elle. La bouteille de saké se vide. La nausée est proche.

Jun regarde ostensiblement sa montre, feint la contrariété, soupire. « Trop tôt ou trop tard, c'est selon… Et si nous terminions la soirée dans le quartier ? »

En d'autres circonstances, Momoko protesterait, évoquerait des obligations le lendemain, mais ce soir, aucune option ne s'offre à elle. Cette rage électrique et son incapacité à coordonner ses gestes lui confirment que pour le moment rentrer est inenvisageable.

« La nuit nous appartient », s'exclame Jun en refermant son portefeuille.

Entre chien et loup, à cette heure où un trouble moelleux flotte dans l'air, le couple quitte le restaurant bras dessus, bras dessous avant de trouver refuge dans un bar à une centaine de mètres de là. La tête lourde et le corps soigneusement calé dans la banquette, Momoko commande une ginger ale. Elle la boit lentement, observe le cataclysme qui monte en elle. Jun, qui fixe son verre avec gravité, rompt soudain le silence. « J'en ai marre de mes conneries, tu sais. » Momoko s'efforce de maintenir son sourire en place, ne parvient qu'à produire un rictus bleuté qui, s'il n'était pas lui-même à la frontière du coma éthylique, devrait alerter Jun. En elle, les haut-le-cœur s'intensifient. Des spasmes la submergent. Tentant de s'extraire de son siège, la quadragénaire renverse son verre, marmonne ce qui ressemble à des excuses. Jun éclate de rire. « J'aime te voir comme ça, l'abandon te va bien… Je vais pisser. » Derniers mots qui parviennent à la conscience de Momoko. La paralysie respiratoire et la panique qu'elle provoque finissent de lui faire perdre toute capacité de contrôle. Chaque seconde condense une éternité de douleur. Elle s'agrippe au velours de la banquette, y enfouit son visage pour étouffer ses râles tandis que les larmes cascadent sur ses joues. Les yeux révulsés et la peur imprimée sur le cristallin, Momoko s'effondre. Le bleu du petit jour perce et, revenu des toilettes, Jun cesse de rire.

Chapitre 43

Jeudi 5 mai 2016

Ameko devance Jun de quelques pas. Elle ne lui a jamais semblé aussi fragile. Dans un accès de psychédélisme – il n'a pas beaucoup dormi ces dernières semaines –, l'homme visualise trou noir et antimatière, le vide par l'intérieur. Ameko aurait-elle un vortex spatio-temporel au niveau du sternum ? Le monde poursuit sa course tandis qu'elle, comme embourbée dans une réalité parallèle où le sol serait mélasse, avance au ralenti. Est-ce le poids de son sac à dos ? Ses épaules sont voûtées, sa tête semble portée vers le sol. On dirait une vieille dame, du genre de celles que l'on a envie d'appeler grand-mère sans avoir interrogé leur statut reproducteur. Peu importe que Jun hésite sur l'image, la vision le dérange. Il pourrait la briser, ce serait facile. Il n'a plus l'âge pour les filles à problèmes. Enfin à sa hauteur, l'homme se tourne vers sa jeune épouse et lui tend le bras.

À peine Ameko cille-t-elle. Tout est trop blanc autour d'elle. La lumière artificielle du terminal l'agresse. Une masse douloureuse entre ses globes oculaires et ses sinus trouble sa vision, tandis qu'au fond de son oreille, un acouphène chuinte. Elle isole la note suraiguë sans parvenir à la faire taire.

« L'enregistrement ne commence que dans une heure. Allons prendre un café. »

Ameko acquiesce en s'emparant du chariot sur lequel reposent leurs valises. Sourcils baissés, sa cavité buccale scellée en un espace sous vide, ses lèvres se sont figées dans une moue sévère. Elle resserre sa prise sur la poignée du caddie et, dynamisée par l'énergie cinétique produite par le quatre roues, accélère le pas avant de s'effondrer sur le banc le plus proche. À tâtons, par quelques gestes nerveux, Ameko inventorie le contenu de son sac. « Mais qu'est-ce que tu fabriques ? » La lumière, ses sentiments, tout est un peu trop cru. Les ayant finalement extirpées, elle chausse ses lunettes de soleil. Et constatant que, tout à leurs derniers achats, les autres voyageurs ne font pas attention à elle, la jeune femme retrouve un semblant de calme. Comme eux, elle est ici sans être nulle part et l'exotisme acharné des boutiques souvenirs finit de la troubler. Le terminal 2 de l'aéroport de Narita est beaucoup trop lumineux et, Ameko mise à part, personne ne semble le réaliser.

« S'il te plaît, relève-toi, murmure Jun, on ne va pas se donner en spectacle. Il faut que tu manges quelque chose. »

Ameko se redresse, visiblement à contrecœur. Le couple s'installe à l'une des tables de la cafétéria toute proche.

Aux yeux de tous, la mort de sa mère restera accidentelle. L'asphyxie par paralysie respiratoire a eu raison de Momoko avant même que l'ambulance n'atteigne l'hôpital. Les soignants n'ont pu que constater le caractère foudroyant de l'infarctus. Le drame s'est positionné en une des médias nationaux, perçant jusqu'aux colonnes des faits divers de la presse internationale. Tandis que chez Momoko, les effets de la toxine ont été fulgurants, chez Jun, les premiers symptômes de l'empoisonnement ne se sont manifestés qu'après plusieurs heures de mise en observation. L'homme n'a jamais particulièrement apprécié les abats. Son organisme augmenté par deux décennies de festins alcoolisés constituait un champ de bataille trop vaste pour la quantité de tétrodotoxine absorbée.

Pour justifier de s'être jeté à corps perdu dans l'organisation des obsèques, Jun invoqua un devoir moral. Momoko n'était pas seulement l'une des plus anciennes employées de son agence et sa plus proche collaboratrice, elle était avant tout sa confidente, la sœur qu'il n'avait jamais eue. Ils avaient grandi ensemble. Elle le connaissait mieux que personne.

À l'égard d'Ameko, dans les jours qui suivirent le décès, Jun se montra à la limite de l'obséquiosité. Il évoqua, sans se soucier ni du ridicule ni de la maladresse, la tragédie qui les poursuivait. Il l'implora de se rappeler qu'il n'avait jamais voulu que le meilleur pour elles deux. Après avoir perdu Momoko, il ne supporterait pas de la perdre, elle. Leurs reconstructions étaient liées. Le temps et l'analyse leur permettraient de panser les blessures. Ils allaient avoir besoin l'un de l'autre; ils devaient pouvoir compter l'un sur l'autre. Une nouvelle fois, Jun lui proposa une vie meilleure. Une dernière fois, il demanda à Ameko de lui accorder sa confiance. La jeune femme conclut que très peu d'options viables s'offraient à elle. Qui se préoccupait encore des mauvais choix qu'elle pourrait faire? Celui par qui le malheur arrive restait la seule personne à se soucier d'elle. Il lui fallait quitter l'appartement d'Asakusa; Ameko n'avait de toute façon pas les moyens d'en payer le loyer. Aux yeux de n'importe quel employeur, ces six mois d'inactivité seraient restés injustifiables.

Le regard d'Ameko se noie dans les alvéoles suintantes de ses pancakes. Jun l'observe, repose sa fourchette. « Ah! » Il suspend sa phrase, déglutit sa victoire. « Je savais que tu avais faim. »

Elle n'a pas faim.

Épouser Jun tenait de l'évidence incestueuse. L'inceste fonde la plupart des mythes. Eve n'était-elle pas née de la côte d'Adam? Alors Ameko était devenue une héroïne tragique. Le déchirement silencieux a cédé au vide. Ameko ne ressent rien, et elle jurerait qu'elle ne ressentira jamais plus rien. N'en déplaise à Jun, elle ne poussera pas plus loin son analyse. À quoi bon s'appesantir sur les névroses de sa mère? Ces déséquilibres, Ameko ne les découvre pas, ils font partie d'elle. La manière dont Momoko et elle s'y sont adaptées, leurs techniques de dissimulation, ont façonné leur personnalité. Son assiette est ébréchée. Ameko le remarque, le coin de ses lèvres s'affaisse. Elle détourne le regard, s'enfonce dans la banquette en skaï brique, mastique le sucre spongieux, négligeant de fermer complètement la bouche. Elle voudrait être seule. La béance se clôt enfin. À la manière d'une enfant, Ameko repousse son assiette du plat de la main. « Je ne vais pas me goinfrer alors que nous allons passer dix heures assis. » La nausée est proche, tout est beaucoup trop vif. Le couple quitte le restaurant.

Estomac lesté et jambes dégourdies, sa jeune épouse visiblement apaisée, Jun est en proie à une révélation. Puisqu'ici débute leur nouvelle vie, il faut marquer le coup. Ils viennent de passer devant l'espace Issey Miyake, c'est un signe. Que dirait-elle d'un sac à main, pour remplacer ce sac à dos vieillissant ? L'heure est venue pour Ameko de se réinventer. Alors pourquoi ne lui offrirait-il pas quelque chose d'un peu féminin et élégant ? S'imagine-t-elle arpenter les rues de Los Angeles avec ce sac à dos quinze ans d'âge ? De quoi aurait-elle l'air ? De quoi auraient-*ils* l'air ? Ameko doit comprendre que, pour elle désormais, le minimalisme doit se conjuguer avec un certain hédonisme. Mais il ne veut rien lui imposer. D'ailleurs, si le modèle ne lui convient pas, elle pourra en changer sur place. Ça fait des décennies que Jun n'a pas mis les pieds à Rodeo Drive, les dollars lui brûlent déjà les doigts. Mais ce barda élimé… Comment dire ?

Il ne faut pas qu'elle le prenne mal, ce n'est pas une attaque personnelle, mais Jun n'a pas épousé une collégienne, voilà.

Ameko s'empare du sac le plus proche. Ses facettes miroitent. Elle le soupèse, l'observe avec cérémonie, comme s'il était sur le point de lui révéler un secret. Un cabas métallique aux découpes géométriques devenues construction accidentelle adoucirait-il l'instant ? Entrerait-il en résonance avec l'absurde de ce qu'elle vivait ? L'objet est probablement beau, mais il n'a pas à lui plaire. Elle aurait du mal à l'expliquer, mais à cet instant, il lui semble préférable qu'il ne lui plaise pas. Pour trouver entre eux un semblant d'équilibre, Jun doit payer – cher croit-elle –, et très littéralement, pour des choses dont Ameko n'a ni besoin ni envie. Plein de ses formes, ce sac ne fait aucun mystère de son impraticabilité. Il occupe les mains, entrave le mouvement et invite à se charger d'objets dispensables. Si Ameko revoit ses standards et qu'aucune des valeurs auxquelles elle a cru n'a plus cours, le premier pas dans ce monde de l'après, dystopie grotesque, pourrait consister à s'harnacher d'accessoires dont le prix unitaire équivaut à celui d'un loyer.

« Celui-ci, alors ? » Jun s'approche en laissant leur caddie dans l'allée. « Je vois. Il brille, comme toi. C'est un très bon choix. »

Ameko acquiesce. Percevant une brèche dans laquelle déverser les meilleurs sentiments du monde, Jun laisse échapper un soupir. Le regard qu'il lui adresse, ce regard profond qu'il assortit d'une inclinaison de tête, dit que tout va bien. Il va plus loin : il affirme que le pire est derrière eux et que désormais tout ira pour le mieux.

Épilogue américain

Santa Clara, Californie, vendredi 9 janvier 2026

Le studio se referme dans un bruit de métal. La silhouette opaline d'Ameko se découpe sur l'anthracite de la porte industrielle. La jeune femme retire ses lunettes de soleil, vérifie d'un frôlement de main la tenue de son chignon faussement décoiffé. Confort et élégance par trente-huit degrés, une robe nébuleuse, arc-en-ciel délavé lui assure le juste degré de sophistication. À presque trente ans, elle se dit *workaholic*. « *Workaholic* zen », précise-t-elle dans un sourire compassé assorti d'un geste de la main qui paraît dire « Voici mon empire ! » (ou qui chasserait un insecte volant). Elle avance. Sa perception de l'espace paraît intuitive. Ameko est dans son élément, aérienne sur douze centimètres de talon. Ses traits durcis l'ont rendue plus belle. Elle séduit. Certains jugeraient à tort que c'est sans effort. Il faudrait plutôt noter l'enchevêtrement de détails qui cisèle une aura étudiée.

Son parfum, en premier lieu, un halo également discret et intimidant, un assemblage compliqué : des essences animales – la peau et les os d'un bestiaire maléfique – sur une base d'encens, des notes de plastique, d'encre et d'urine. Un parfum industriel et organique, dérangeant si l'on n'est pas déjà sous le charme de la personne qui le porte, et qui ne fait qu'asseoir la discrète emprise qu'Ameko exerce sur son entourage. La jeune femme a appris à composer un sourire à la fois engagé et distant, à embrasser l'air d'un claquement de lèvres et, lorsque la situation s'y prête, à retenir et à employer le prénom de son interlocuteur. Et de cette image travaillée, émane une crispation sensuelle. Enivrante, aux dires de certains. Son aura fascine et, dans le même temps, tient le monde à distance.

La jeune femme se fige à quelques pas d'Ezekiel qu'elle trouve, seul, absorbé dans la contemplation d'une affichette au mur. Elle l'interpelle. « Te voilà ! » Elle sourit, a prononcé *Ezekieru*. L'accent japonais qu'Ameko est parvenue à gommer au prix d'une centaine d'heures de cours de diction refait parfois surface. Il suffit d'un instant de relâchement, qu'elle se sente un peu en sécurité, et sa grammaire redevient elle aussi flottante. Elle s'avance, baisse la voix.

« Il faut qu'on parle. C'est ma dernière intervention pour eux. Après ça, je suis libre, contractuellement libre. Pour de bon. Ezekiel, tu m'écoutes ? Je t'avais dit d'arrêter de prendre ces pilules. Je suis sérieuse, ça te bouffe le cerveau. »

Ezekiel acquiesce, le regard toujours dans le vide.

« Je ne suis même pas sûre que ce soit légal cette merde. Regarde-moi Ezekiel, je suis sérieuse. J'ai assez perdu de temps avec eux. Et toi aussi. Il est temps de retourner à l'état sauvage. »

Ezekiel ne dit rien. Il essuie ses paumes humides sur son short en lin et finit par acquiescer une nouvelle fois. Selon les tendances vestimentaires de l'été précédent, sa chemise de bûcheron est en lambeaux, élégamment ajourée. Il porte une casquette rouge qui s'exclame *Aide-toi et HR² t'aidera*. Sa carcasse se déplace. L'esprit qu'elle contient semble avoir été mis en veille.

Ameko poursuit. « Soyons honnêtes. Tout ça, ce cirque, tu n'y crois pas plus que moi. Je te connais, Ezekiel. Tu n'es pas à ta place, pas plus que je ne suis à la mienne. On s'est trompés, mais rien ne nous force à persister dans nos erreurs. Tu sais ce que c'est une erreur, Ezekiel ? Une *vraie* erreur ? C'est quand on referme une parenthèse de lucidité en préférant foncer dans le mur. Tu m'écoutes ? » Elle jette un coup d'œil à son poignet. « On en reparle plus tard. L'enregistrement ne devrait plus tarder. Voilà Chastity. »

Chastity Hefner arrive sur son hoverboard incrusté de cristaux Swarovski. Apercevant Ameko, elle lance un « darling » qui s'éternise sur la première syllabe et se termine quand son regard se pose sur Ezekiel. Poings sur les hanches, consciente d'être observée, elle le toise, puis s'avance pour lui prendre les mains. Les serre, fort. L'animatrice se recule, sobrement théâtrale.

« Laisse-moi te regarder… Un vrai rayon de soleil ! Et cette casquette… *Ohmy*, je veux la même ! Tu as bien dormi ? Tu es prêt ? Je compte sur toi, Ezekiel. Nous comptons sur toi. » Chastity sourit. « Tu es nerveux ? Moi aussi ! Mais ça va aller, tout va bien se passer, on est entre nous. Tout le monde va être aux petits soins avec toi, c'est promis !

— Un peu… peut-être… » hasarde avec un temps de retard le désormais quadragénaire. Son sourire désorienté dévoile une denture restaurée d'un blanc irréel. Le regard d'Ezekiel s'est posé sur la jointure des lèvres de Chastity pour, telle une mouche à l'agonie sur un coin de toile cirée, ne plus s'en décrocher.

« Respire et n'oublie pas : l'ego est illusion, la peur est illusion. Nous sommes les notes d'une même harmonie. » Chastity relâche son emprise tandis qu'Ezekiel ânonne en canon les dernières syllabes du mantra. « Je vous laisse avec Hayley, c'est ma femme, la jolie brune là, avec la tête enfoncée dans son porte-documents. Je ne sais plus si vous vous êtes déjà rencontrés. C'est elle qui va te briefer. On t'a proposé une infusion ? Une eau minérale ? Demande-leur ce que tu veux, on est l'un des derniers talk-shows à avoir un peu de budget, alors fais-toi plaisir. » Chastity a formulé la dernière injonction sur le ton de la confidence, une main posée sur l'avant-bras d'Ezekiel, l'autre désignant d'un geste vague le reste de l'équipe. « À tout de suite. »

Chastity salue l'assistance d'un « hey, tout le monde ». L'un de ces « hey, tout le monde » qui renoncent à dissimuler l'épuisement. La jeune femme accompagne ses paroles d'un mouvement de main circulaire avant de s'installer au bout d'une table en plexiglas.

Hayley, queue-de-cheval haute et t-shirt qui dit *George Bush, Out of My Uterus*, se présente.

« Ezekiel, c'est ça ? On ne se connaît pas encore, mais je suis sûre qu'on va très bien s'entendre. Ameko et Chastity m'ont énormément parlé de toi. En bien, je te rassure ! À vrai dire, moi je te connais. J'assiste régulièrement à tes cours. Dès que je peux, en fait. C'est comme… Comment dire ? Pas une faille, non, plutôt comme une ouverture en moi. Comme si je n'étais plus qu'un réceptacle, un intermédiaire, je me sens disparaître. C'est assez incroyable et ça semble absurde quand je le dis, mais c'est l'un des trucs les plus déroutants qui me soient arrivés ces dernières années. Enfin bref, tu as raison, on n'est pas là pour parler de moi. Tu as déjà fait de la télé ? Du vlogging ? Non ? Tu verras, rien de sorcier. Ameko, Chastity et toi allez juste papoter. Imagine que vous êtes en train de, disons, petit-déjeuner… Uniquement des nourritures de l'esprit ; c'est meilleur pour la ligne, paraît-il. Et que vous papotez. Voilà, vous papotez ! »

« Bonjour à tous, soyez les bienvenus sur le plateau du *Breakfast at Chastity's*, l'émission qui vous veut du bien. Aujourd'hui, nous nous plaçons sous le signe du hobby, du violon d'Ingres, de la marotte, bref, de toutes ces activités supposément insignifiantes qui, pourtant, nous rendent un peu plus vivants. Comment ces activités nous permettent-elles de nous connecter au monde? Peut-on partager le bénéfice que l'on en tire? En quoi nos passions peuvent-elles servir la communauté? Et par extension, comment nos centres d'intérêt deviennent-ils outils de réinsertion? Ce sont les questions que nous allons, de ce pas, poser à nos premiers invités. À ma droite, Ezekiel Byrd, résident du centre Human Resources Squared de Beverly Hills, qui d'ici quelques minutes va nous expliquer comment son amour de l'écriture a fait de lui un nouvel homme et un pilier pour sa communauté. Mais si vous le voulez bien, commençons par vous, Ameko. Ameko Morita, dois-je encore vous présenter? Nos spectateurs sont vos plus grands fans… Que dis-je? *Je* suis votre plus grande fan! On peut dire que votre carrière est atypique… Pop-star nipponne débarquée à Los Angeles il y a dix ans à peine, à l'époque incapable de vous exprimer dans notre langue, vous êtes devenue en l'espace de quelques années la prêtresse incontestée du renouvellement intérieur et extérieur. Mari Kondo parle de vous comme de son héritière, puisque, non contente d'avoir participé à rationaliser nos intérieurs, vous êtes parvenue à démêler les enchevêtrements de nos âmes. Depuis le lancement de la marque Kaibutsu, le monde entier s'arrache vos vêtements créés, selon vos termes, par et pour les monstres. Il s'agit de pièces extraordinaires, indescriptibles à vrai dire, de véritables cocons aux rondeurs sensuelles et, si je puis dire, origamiques. Alors, en quelques mots, racontez-nous, racontez…

vous ! Vous le savez : sur le plateau du *Breakfast at Chastity's*, nous aimons les belles histoires… »

Ameko se redresse en émettant un petit rire, un rire humble.

« Chastity… Vous aviez promis de ne pas me faire rougir ! » Ameko baisse les yeux, époussette les fibres de sa robe, avant de planter son regard dans celui de son hôte. « Eh bien, disons qu'Ezekiel et moi avons un point commun : nous sommes… d'ardents perdants. »

La jeune femme tente un regard complice en direction d'Ezekiel et, faute de capter son attention, se tourne à nouveau vers Chastity. Elle poursuit : sa mission, celle qui s'est imposée à elle après des années à réfléchir à ce qu'elle pouvait apporter aux autres malgré ses propres limitations, consiste à inspirer les perdants.

« Les perdants ? Vous voulez dire… les outsiders ? l'interroge Chastity, ses fins sourcils relevés.

— Non, non : les perdants, c'est bien à eux que je m'adresse. Parce qu'il arrive toujours un moment où l'on ouvre les yeux et l'on réalise que tout le monde ne peut pas gagner la course. C'est mathématique. Alors autant l'accepter avant d'avoir épuisé toutes ses forces. C'est reposant de lâcher prise, vous savez Chastity ? Mon secret repose sur le lâcher-prise. C'est une erreur que l'on fait trop souvent, de chercher à tout contrôler. Plus vite on accepte que l'on ne contrôle à peu près rien du tout, plus vite on est en mesure de revoir ses priorités, de réfléchir à ce qui nous convient vraiment, et de renoncer à la compétition. Et c'est à ce moment seulement que l'on devient capable de s'enrichir les uns les autres, et non plus les uns aux dépens des autres. Chacune de nos différences, l'ensemble de nos différences, peut faire la différence. Vous me suivez ? Le fait est que nous sommes tous les rouages d'une grande et belle mécanique. Nous sommes le cœur de la société. Son âme, multidimensionnelle et riche. »

D'ailleurs, sa réussite, Ameko la doit aux autres : elle la doit d'abord à Jun, son ex-époux, qui, alors qu'elle vivait recluse dans une chambre de sept mètres carrés, lui a proposé de le suivre en Californie où il était sur le point d'ouvrir Kapow Satori, la succursale américaine de son agence artistique. L'homme qui allait devenir son mari, cet homme qu'elle connaissait depuis une éternité, depuis toujours en vérité, lui a proposé une grande aventure : tout quitter pour, entre guillemets, renaître aux États-Unis. À l'époque, elle flottait dans un brouillard mental dont elle craignait de ne jamais sortir. Aucun happy ending en vue. Et, contre toute attente, ce départ a effectivement marqué sa renaissance. L'Amérique a rendu sa métamorphose possible.

« Le rêve américain ! Que Dieu bénisse l'Amérique, s'exclame Chastity.

— Et puis, inspirer les autres, c'est ma façon de transmettre ce que j'ai reçu.

— Et, arrêtez-moi si je me trompe, rien de tout ça n'aurait été possible si le destin n'avait pas placé sur votre route les équipes de Human Resources Squared. *Human Resources Squared, également désigné par le sigle HR²*, les patrons de la chaîne, feint de chuchoter en aparté la présentatrice face caméra.

— Oui oui, voilà… Parce que la réussite, quelle que soit la définition que l'on en donne, l'épanouissement, ces choses-là passent par un investissement personnel, bien sûr, mais également par le fait d'accepter la main tendue. C'est un fait. »

Ameko est heureuse de l'avoir saisie et d'être en mesure, désormais, de tendre la sienne. Elle poursuit d'ailleurs son investissement auprès d'un autre membre de la communauté. Deux heures par semaine, depuis six ans déjà, elle retrouve Ezekiel. Elle est devenue sa marraine, son coach de vie, et ensemble, ils font du bon travail. Ameko pose sa main sur celle d'Ezekiel. Il s'incline dans sa direction, dans l'attente d'instructions qui ne viendront pas, puis tourne à nouveau son visage en direction de la caméra 3. Pour elle, ça fait partie de la thérapie, mais c'est plus que ça.

« Si je comprends bien, et corrigez-moi si je me trompe Ameko, c'est un peu comme… C'est un gage de confiance de la part des équipes de Human Resources Squared.

— J'imagine que l'on peut dire ça comme ça », concède-t-elle tandis que sa jambe droite bat la mesure.

Dans le cadre de séquences vidéo courtes qu'elle enregistre dès qu'elle a un peu de temps, Ameko dispense ses astuces pour une vie plus sobre et plus riche. Rien que ça, quelques petites étincelles par-ci par-là, ça réchauffe le cœur. Et elle, son but, c'est de réchauffer les cœurs. Parce que malheureusement, même en Californie, par quarante degrés à l'ombre, on peut avoir froid au cœur.

Têtes penchées, Ameko et Chastity coordonnent un pépiement en arpège. Ezekiel ne rit pas. Il ne détourne pas les yeux de l'objectif de la caméra 3.

À son arrivée en Californie, Ameko avait envisagé d'orner son corps de tatouages, au moins un, au niveau du plexus solaire. Elle imaginait quelque chose comme l'association des idéogrammes 怪物 – kaibutsu –, avec en sous-titre leur traduction anglaise : *monster*. Elle avait renoncé, pas tant par crainte de la douleur que par révérence pour l'invisible. Un tatouage aurait sonné faux sur sa peau. Ameko ne voulait pas se déguiser, elle cherchait l'intégrité. La décennie écoulée lui a permis de déterminer quoi garder du confucianisme et quoi prendre de l'Occident. Investir dans l'invisible, là réside la véritable élégance. Son travail sur elle-même consiste à se changer de l'intérieur, au sens le plus organique du terme : une pochette fixée à la paroi interne de son estomac renferme trois diamants de 0,9 carat. *Diamonds On The Inside*, Jun et elle ont beaucoup écouté ce titre lorsqu'ils se sont installés dans la banlieue de Los Angeles. Ce fut une révélation. Non pas qu'elle apprécie outre mesure la folk moelleuse de Ben Harper, mais elle aimait l'idée de prendre la poésie au pied de la lettre. Et ce fut magique, plus efficace qu'un sortilège. Ces diamants ont absorbé la douleur, ils ont effacé les dernières traces de cynisme en elle. Pour ne rien gâcher, la poche de polymères gastro-résistants arrive en tête des coupe-faim les plus efficaces qui soient. L'opération, à risques, reste confidentielle, mais ce geste gratuit et néanmoins exorbitant a séduit les plus puissantes maîtresses de maison de la commune de Santa Monica, où Ameko a pris un petit duplex suite à son divorce. Après s'être essayés aux rôles de père et fille, amants, frère et sœur, Jun et elle se sont séparés. Sans drame. Aucun des deux n'avait l'énergie pour ça. Désormais, l'entourage d'Ameko se compose de brindilles fragiles parvenues à la conclusion qu'à défaut de leur avoir apporté sagesse et sérénité, le temps n'a fait qu'user leur organisme. Chacune conserve dans son portefeuille une échographie gastrique au format carte de visite, alternative transgressive au portrait de fœtus. Elles les agitent et les font circuler dans un tintement de breloques dispendieuses, prouvant qu'elles aussi peuvent mettre leurs tripes sur la table. Accrochée à son ballon de chardonnay biodynamique, l'une d'elles émet parfois un rire rauque, douloureux, qui résonne parmi les convives.

« Mais concrètement Ameko, que pouvons-nous apporter à la communauté ? Je parle des personnes qui, comme moi, ne se connaissent pas de talent particulier… Et j'exclus volontairement le fait de pouvoir toucher mon nez avec ma langue. Je veux dire, nous ne sommes pas tous des artistes dans l'âme… Alors quoi ? Que faire ? Quelle peut être ma contribution ?

— Eh bien, je crois que la règle vaut pour chacun d'entre nous, Chastity : il faut aller de l'avant, et par là, je veux dire qu'il faut arrêter d'hésiter pour, enfin, expérimenter. Nous avançons les uns et les autres avec nos atouts et nos fragilités. Je crois fermement que les limitations, de tous ordres, sont les plus efficaces des aiguillons. Ce sont les choses qui nous ébranlent qui nous incitent à l'action. Et je crois surtout que c'est dans nos fragilités qu'il faut chercher la vraie force. Il ne faut pas hésiter à sortir des sentiers battus et à tester ses propres limites. Par exemple, comme vous le savez, les stylistes de Kaibutsu et moi-même, nous dessinons, chaque saison, trois tenues que je porte en alternance et que nous laissons évoluer le plus librement possible. Je change d'avis sur la couleur, ses nuances, sur la composition du tissu ou sur son tombé. Tout rentre en compte, sauf le sens pratique. Et c'est le résultat de cette maturation, de ces circonvolutions vraiment, que vous trouverez en magasin l'année suivante. Seulement trois tenues, mais trois tenues vécues, volontairement hors normes. En tant qu'artiste, mon goût pour l'harmonie ne tempère pas ma passion pour le chaos. Et dans la mesure où la cohérence ne m'intéresse plus (mais m'a-t-elle jamais intéressée, au fond ?), je ne me limite plus. Vous savez : il faut porter en soi un chaos pour pouvoir mettre au monde une étoile qui danse… Ce n'est pas de moi, mais c'est très vrai. Avec Kaibutsu, on se situe dans une logique d'antiperformance qui n'a jamais effrayé notre clientèle. Au contraire, la personne qui porte nos vêtements se retrouve dans notre projet. Nous croyons à l'inattendu. Et pour revenir à votre question, Chastity, peut-être êtes-vous une puissante sorcière qui s'ignore. Ayez foi en l'inattendu !

— Vous savez que vous me donnez une idée, là ? Alors, pas forcément pour la sorcellerie, parce que je déteste le look gothique, mais vu l'argent que j'ai investi dans la mienne, j'ai toutes mes chances avec la cuisine. Je peux peut-être cuisiner pour la communauté. Vous autres, vous aimez les quesadillas ?

— Et, si vous me permettez de terminer Chastity, on parle d'un écosystème à vrai dire, d'un écosystème riche de ses parasites. Le monde a aussi besoin d'improductifs, d'individus qui ne produisent pas de richesses immédiates. Les artistes, les étudiants, les scientifiques, et les marginaux de toute sorte. Sans eux, ne germeraient que des choses immédiatement profitables. Et je ne crois pas que ce soit ce dont notre monde a besoin.

— Très certainement, oui. Alors revenons à vous, Ezekiel. Parlez-nous un peu de vous, de votre parcours… Ezekiel ? Hmm, je vous sens perdu. Peut-être le chaos qui règne sur le plateau ? Ces caméras, ces éclairages, et ces techniciens qui s'agitent… Gardez-le pour vous, mais, moi non plus, je ne m'y fais pas !

— …

— Ezekiel ?

— …

— Tiens, le réseau est brouillé on dirait ! Les aléas du direct, comme on dit… Le comble pour une émission enregistrée. Nous retenterons la connexion un peu plus tard. En attendant que vous nous parliez de vos activités, nous avons des images ! »

L'écran de contrôle montre désormais une bâtisse blanche, châteauesque dans le pur style hollywoodien. Nous sommes au centre Human Resources Squared de Beverly Hills. La caméra s'introduit dans le bâtiment. Passage accéléré le long de couloirs traversés d'une lumière blanche pénétrante, propre. L'image repasse en vitesse réelle tandis que l'index du caméraman toque à une porte ouverte. La voix basse d'Ezekiel l'invite à entrer. La caméra parcourt un amphithéâtre aux larges baies vitrées et aux visages souriants. Plan sur Ezekiel sur le point de prendre la parole. Sa voix est posée, rassurante.

« Aujourd'hui, je vous invite à écrire pendant deux fois dix minutes, avec comme seule direction… cette porte. » Il désigne le caméraman toujours posté dans le chambranle. Le visage d'Ezekiel se tourne à nouveau vers l'amphithéâtre. « Vous le savez, je n'attends rien de vous. Je ne vous juge pas, et je ne suis pas là pour évaluer la qualité de votre production. Je vous invite par ailleurs à faire preuve de la même bienveillance les uns envers les autres. Ne tentez pas de nous impressionner avec de jolis mots ou des tournures sophistiquées. Ne vous forcez pas non plus à philosopher. On parle d'une porte en mélaminé après tout. » Il émet un petit rire auquel répondent en écho d'autres rires, plus francs, hors-cadre. « La deuxième partie de l'exercice consistera, après une séance de méditation augmentée, à laisser s'exprimer les muses à travers vous. Je vous demanderai donc de reprendre votre stylo et de déconnecter votre cortex. Pour celles et ceux qui ne sont pas encore familiers de la technique, nous ferons un point méthodologique en amont. »

Changement de plan. Face caméra, Ezekiel se tient désormais en appui précaire, une jambe sur le bureau. La pose est faussement décontractée et visiblement inconfortable. Ses bras sont croisés.

« Je ne suis pas vraiment un auteur. Je suis la main qui tient le stylo, ou si vous voulez, deux mains qui tapent sur un clavier. J'expérimente, j'apprends, je partage et je transmets. Nous sommes tous des amateurs ici. J'aime écrire et j'aime inciter les autres à tenter l'expérience et à y prendre du plaisir…

— Tout de même, votre livre *Kaibutsu : Réveiller le monstre en vous* s'est maintenu en tête du classement des best-sellers du *New York Times* tout au long de l'année dernière ; c'est une petite consécration, non ?

— Tout le mérite en revient à ma co-auteure, Ameko Morita. C'est elle l'âme du livre. Moi, je vous le disais, je suis la main… »

La voix off commente : les sessions d'écriture automatique d'Ezekiel Byrd représentent l'un des temps forts de la semaine au centre Human Resources Squared de Beverly Hills. Ce qui a commencé dans une petite salle de réunion, « la plus petite de tout le bâtiment », se souvient une inconditionnelle de la première heure, a désormais lieu dans un amphithéâtre. « Le plus lumineux du centre », précise-t-elle.

« Le nombre de participants ne cesse d'augmenter, c'est incroyable ! Mais le type est incroyable. On envisage de lui laisser la salle des festivités, sourit une administratrice. Ezekiel est un aimant, il fascine, il apaise. C'est le type le plus humble et le plus discret que je connaisse, mais les gens viennent à lui. Vous lui avez parlé, vous voyez ce que je veux dire… C'est son silence, une économie de mots méditative je crois… Oui, c'est au-delà des mots. »

De retour dans l'amphithéâtre, les membres de la communauté Human Resources Squared et quelques curieux écoutent le texte que vient de rédiger l'un d'entre eux. Il y est question de céphalées ainsi que de mélancolie du lombric. Certains ont les yeux fermés. Leurs bustes se balancent doucement. La lecture terminée, ils applaudissent, émus.

Ezekiel continue son explication. « Nous proposons à nos participants d'écrire, d'écrire simplement, sur le fond, sur la forme et dans la technique : au crayon, sur du papier. Sans artifices. Il faut éviter l'esbroufe. La simplicité, c'est le prérequis pour se connecter à son cosmos intérieur. La richesse de ce monde, il faut d'abord la rechercher en soi, dans sa propre vérité, au creux de ses incohérences, sans chercher à enjoliver. »

Nouveau changement de plan, retour à l'extérieur du bâtiment. Deux femmes, Debra et Keziah Harris. Elles sourient à la caméra, comme dans l'attente d'un clic d'obturateur. La mère, qui vient de retirer ses lunettes de vue, prend la parole. « C'est magique hein, vous avez vu ! Nous, nous sommes toutes les deux résidentes du centre Human Resources Squared de Watts. Moi, je débute mon cursus, mais ma fille est déjà plus avancée. C'est elle qui m'a parlé des ateliers d'Ezekiel. J'ai toujours voulu écrire. Là, je découvre que je peux. Et que ça me rapproche de Dieu. »

Sa fille hoche la tête, lui sourit, poursuit. « Ça rapproche des autres et ça fait venir la lumière en nous, oui. Quelque part, oui, c'est spirituel, mais ce n'est pas non plus une religion, il ne faut pas faire d'amalgame. Ezekiel ne parle pas beaucoup, mais il a ce pouvoir-là, il fait tomber la lumière sur nous. »

L'image revient en plateau. Chastity se redresse.

« Ezekiel... Les mots me manquent. Sans mentir, j'en ai la chair de poule ! Rappelez-nous les horaires de vos cours. Non, laissez tomber : nous allons mettre toutes les informations en ligne sur le site de l'émission ! Sans plus attendre, accueillons notre prochain invité, Chad Lavey, président de la société Human Resources Squared. Bienvenue, Chad, installez-vous, faites comme chez vous ! Nous sommes ravis de vous recevoir sur le plateau du *Breakfast at Chastity's*. Ce n'est pas tous les jours que votre patron vient déjeuner à la maison, n'est-ce pas ? Alors, Ezekiel, Ameko, Chad, on peut dire que vous formez une famille, n'est-ce pas ? Une famille moderne... Racontez-nous, c'est comment la vie Human Resources Squared ? »

Ayant pris place à la droite d'Ezekiel, le président de la communauté gratifie son voisin d'une tape virile dans le dos. Ses trapèzes saillent. La communication, Chad Lavey maîtrise. Les caméras, la chaleur des projecteurs et son image reproduite, il aime. Sa mère, cette maîtresse, femme à la vie dure et au cœur fragile, lui a bien assez répété : son sourire déplacerait des montagnes. La métaphore s'est enracinée dans son esprit. La tectonique des plaques, c'est lui ; la dérive des continents, c'est lui aussi.

Il remercie Chastity de son invitation, confie sa joie et sa fierté d'être invité à parler des projets de Human Resources Squared. Il n'aime pas se mettre en avant, mais il faut parfois mouiller la chemise, n'est-ce pas ? Il est d'abord là pour rappeler l'aptitude du groupe à transformer les êtres fragiles et désocialisés en individus stables, pleinement impliqués dans la vie de la collectivité.

« Pour répondre à votre question, une vie Human Resources Squared, c'est une vie normale. Une vie normale *augmentée*, puisque nous développons entre nos membres une interdépendance gagnant-gagnant, parfois qualifiée d'interdépendance *fructueuse*. Et l'idée tombe sous le sens ! Elle parlera, j'en suis certain, à chacune et à chacun de vos spectateurs. Êtes-vous prête pour l'évidence, Chastity ? » Il se penche vers elle, martèle du poing son genou droit. « Eh bien oui : il faut donner pour recevoir. Est-ce Shakespeare ou Picasso qui a dit "Le sens de la vie est de trouver son don. Le but de la vie est de le partager" ? Les bénéfices de la communauté sont extraordinaires : quelle autre richesse fructifie lorsqu'on la partage ? » Dans l'attente d'applaudissements qui ne viendront pas, Lavey sourit à la cantonade avant de reprendre son exposé. « Dans nos sociétés ultra-civilisées et ultra-connectées, l'exclusion est le dernier archaïsme, vraiment. La dignité est un droit fondamental qui passe par la reconnaissance de l'utilité de chacun. Chastity, saviez-vous que la sécurité et la prospérité ne suffisent plus à assurer la survie de l'homme ? Surprenant, n'est-ce pas ? Pourtant les chiffres parlent d'eux-mêmes, et de nombreuses études démontrent que les individus qui font du service à la société leur raison d'être ont cinq fois plus de chances de se déclarer heureux que les autres. Vous m'avez bien entendu : cinq fois plus ! A contrario, se sentir inutile représente un risque réel pour la santé. En d'autres termes, ce qui rend heureux, ce n'est pas la richesse matérielle, c'est de savoir que quelqu'un quelque part a besoin de nous. » Il se frotte les mains sur son pantalon, boit une gorgée d'eau. « Je ne me savais pas si bavard, s'excuse-t-il. Le problème est que, comme vous l'avez souligné Chastity, certains peinent à percevoir en quoi ils peuvent être utiles aux autres, et c'est là que nos équipes interviennent. Selon nos études, 96,7 % de la population est en mesure d'être utile à son prochain, d'une façon ou d'une autre. Alors certains choisiront de s'appesantir sur les 3 % restants… Mais nous, chez Human Resources Squared, nous choisissons d'agir et de montrer la voie. Par exemple, Ezekiel, si discret sur votre plateau, est une véritable star au centre de Beverly Hills ! Ses ateliers d'écriture font salle comble. Il faut pousser les murs pour accueillir tout le monde, c'est de la folie. Ce type est une rock star !

— Extraordinaire, constate Chastity. Ez, je crois savoir que vos amis vous appellent Ez, je peux vous appeler Ez ? » Aparté face caméra, index papillonnant de lui à elle : « Ça partait plutôt mal entre nous, mais je sens qu'il se passe quelque chose. Vous me gardez une place pour la semaine prochaine ? Mardi, c'est ça ? Eh bien, c'est noté, comptez sur moi ! » Chastity se tourne vers Hayley : « Hayley, chou, tu notes dans mon agenda ? Merci ! » Plan taille sur la jeune femme jusque-là hors-champ, index et pouce droits formant un cercle silencieux près de son visage : OK. Ameko et Chad applaudissent, Ezekiel applaudit. L'attention de ce dernier se porte sur le hoverboard de Chastity reposant près du tabouret de l'animatrice, tel un élégant, quoique léthargique, lévrier afghan.

« Pourtant, quelques années en arrière, reprend Chad, Ezekiel vivait dans le désert de Sonora, à Slab City, parmi les ruines et les drogués. Lorsque le camp a fermé et que les squatteurs se sont vus condamnés pour insubordination, nous étions là, nous avons initié le dialogue. Et lorsqu'Ezekiel est sorti de prison, nous étions toujours là, la main tendue. Tout le monde a droit à une deuxième chance, et les individus qui, comme Ezekiel, choisissent à un moment donné la désocialisation doivent pouvoir se réinsérer. Human Resources Squared est là pour eux. L'homme est un être social, et lorsqu'un individu refuse la main tendue, c'est le problème de tous. »

Se couper de la civilisation avait fait d'Ezekiel un déviant. Personne ne le jugeait, mais qui était-il pour choisir de s'exclure ? Ayant purgé sa peine,

Ezekiel a rejoint le groupe des Lasius Niger. Le cursus prend gracieusement en charge les individus âgés de seize à soixante-quinze ans démontrant des aptitudes sociales. L'offre repose sur des séances d'électroconvulsivothérapie douce. Une alternative médicamenteuse combinant anxiolytiques et neuroleptiques est proposée aux plus de soixante-cinq ans ainsi qu'aux individus souffrant de défaillance cardiaque. De son côté, contre une contribution mensuelle de huit mille cinq cents dollars, Ameko a intégré le cursus Syncerus. Dix-huit mois durant, la jeune femme a travaillé sur l'harmonie de son corps spirituel par la pratique conjuguée de l'hypnose, du yoga et de la méditation.

« Donc, reprend Lavey, nos programmes reposent sur une interdépendance gagnant-gagnant. Il faut garder en tête qu'une activité utile à la communauté n'est que rarement lucrative. En fait, cette notion de bénévolat nous paraît essentielle. C'est la clef. En fonction du programme choisi, nous aiguillons nos membres vers différentes Missions en résonance avec leurs aptitudes et aspirations. Dans les grandes lignes, et sans que rien ne soit gravé dans le marbre, nos membres Syncerus s'orientent vers des Missions de guidance, participent au Grand Conseil, développent des projets qui leur tiennent à cœur ; bref, ce sont les locomotives de notre communauté. Nos membres Sturnus Vulgaris se voient confier diverses Missions d'administration et de promotion de nos actions ; enfin, nos Lasius Niger s'engagent dans des Missions d'embellissement de nos espaces de vie. Mais, j'insiste, rien n'est gravé dans le marbre. Pendant son temps libre, chacun est invité à laisser s'épanouir ses talents, quels qu'ils soient… D'ailleurs, Chastity, j'ai ouï dire que vous aviez une passion pour la cuisine mexicaine… Ne croyez pas que ce soit tombé dans l'oreille d'un sourd, mais nous en parlerons une prochaine fois ! Aujourd'hui, si je suis parmi vous, c'est pour évoquer le lancement du Cercle Vertueux au centre Human Resources Squared de Santa Monica. Il s'agit d'une expérimentation, soutenue par le gouvernement de Californie, qui devrait être étendue à l'ensemble de l'État d'ici 2028. »

Chastity laisse s'envoler un « vraiment ? » d'un aigu vibrant.

« Nos téléspectateurs veulent en savoir plus ! Quel est le principe ? À qui s'adresse ce nouveau programme ? Dites-nous tout, Chad !

— Eh bien Chastity, c'est très simple : nous croyons dans le *plus, plus, plus*. La reconnaissance de la qualité d'un membre par ses pairs induit l'octroi d'un bonus ad virtus. La valeur produit de la valeur. *Plus, plus, plus* égale plus, c'est aussi simple que ça ! Bénéfice collatéral : quand la personne prend conscience de sa préciosité, son estime de soi et sa qualité de vie augmentent. Notre communauté se solidarise et se sécurise. Nous créons un petit paradis sur terre, accessible à tous, puisque chacun y trouve sa place.

— Chacun à sa place ! » ponctue l'animatrice enthousiaste.

Un bruit de bris de verre résonne dans le studio ; Chad Lavey s'assombrit, littéralement.

« Le projo, putain ! éructe un technicien. Je passe mon temps à vous le répéter : un projecteur, ça se fixe.

— Personne n'est blessé ? s'enquiert Hayley.

— C'est un projecteur, chou, pas une mine antipersonnel, observe placidement Chastity. Petite pause ? » Sans attendre de réponse, l'animatrice se lève et, les mains encore posées sur la table en plexiglas, claironne : « Faut vraiment que j'arrête ces smoothies à l'asperge. »

Lavey glousse, adressant autour de lui un sourire d'enfant battu. Il hésite à proposer son aide, s'abstient. Il n'a jamais été manuel. L'homme s'enfonce dans son siège à la recherche d'un bon mot.

Il l'a sur le bout de la langue, s'apprête à faire mouche, se sait sur le point de passer pour un pauvre type, se lance malgré tout : « Je n'ai pas l'habitude qu'on me fasse de l'ombre. »

Leurs regards se croisent enfin. Ameko et Ezekiel se sourient. « *Total Eclipse Of The Sun* », murmure Ezekiel, comme tiré d'une rêverie. Sans doute, une nouvelle ère débute. Les diamants intragastriques dansent. La prémolaire en céramique brille.

Remerciements

Merci à Marion Mazauric pour sa confiance et merci à Raphaël Boudin pour ses doutes (et vice versa).
Merci à Maëva Debieu Rosas pour sa pertinence.
Merci au Diable et à ses collaborateurs.
Merci à mes relecteurs et amis précieux (Charline, Christelle, David, Dorothée, Émeline, Jihane, Julien, Laure et Rachel).
Merci à ma famille.
Merci à Tokyo.

Au diable vauvert
Littérature française
Extrait du catalogue

MOHAMED ABDALLAH
Le vent a dit son nom, roman
SÉBASTIEN AYREAULT
Loin du monde, roman
Sous les toits, roman
Ce n'est pas de la pluie, poésie
Pourquoi ça fait si mal, poésie
JULIEN BLANC-GRAS
Gringoland, roman
Comment devenir un dieu vivant, roman
Touriste, roman
Paradis (avant liquidation), roman
In utero, roman
Dans le désert, roman
PIERRE BORDAGE
Mort d'un clone, roman
Le Jour où la guerre s'arrêta, roman
Tout sur le zéro, roman
CHRISTOPHER BOUIX
Alfie, roman
Tout est sous contrôle, roman
FABRICE CAPIZZANO
La Fille du chasse-neige, roman
Le Ventre de la péniche, roman

CHRISTOPHE CARPENTIER

Cela aussi sera réinventé, roman

L'Homme-canon, roman

Carnum, roman

Shelter, roman

D' DE KABAL

Ma honte, témoignage

WENDY DELORME

Insurrections ! En territoire sexuel, récit

La Mère, la Sainte et la Putain, roman

Le corps est une chimère, roman

JEAN-PAUL DIDIERLAURENT

Le Liseur du 6h27, roman

Macadam, nouvelles

Le Reste de leur vie, roman

La Fissure, roman

Malamute, roman

Bec et ongles, nouvelles

YOUSSOUF AMINE ELALAMY

Les Clandestins, roman

C'est beau, la guerre, roman

CATHERINE FRADIER

Cristal Défense, roman

La Face cachée des miroirs, roman

Le Stratagème de la lamproie, roman

Dossier Kastor, roman

Et nous aurons l'éternité, roman

ADRIEN GIRARD

Paternoster, roman

THOMAS GUNZIG

Mort d'un parfait bilingue, roman
Le Plus Petit Zoo du monde, nouvelles
Kuru, roman
10 000 litres d'horreur pure, roman
Assortiment pour une vie meilleure, nouvelles
Manuel de survie à l'usage des incapables, roman
Et avec sa queue, il frappe ! théâtre
Borgia, comédie contemporaine, théâtre
La Stratégie du hors-jeu, théâtre
La Vie sauvage, roman
Encore une histoire d'amour, théâtre
Feel good, roman
Le Sang des bêtes, roman
Rocky, dernier rivage, roman

GRÉGOIRE HERVIER

Scream Test, roman
Zen City, roman
Vintage, roman
Dark Was the Night, novella

ANTOINE JAQUIER

Simili-love, roman
Tous les arbres au-dessous, roman

AÏSSA LACHEB

Plaidoyer pour les justes, roman
L'Éclatement, roman
Le Roman du souterrain, roman
Dans la vie, roman
Scènes de la vie carcérale, récit
Dieu en soit garde, roman

Émilie, roman
Érostrate for ever, roman

TITIOU LECOQ
Les Morues, roman
La Théorie de la tartine, roman

ANTOINE MARTIN
La Cape de Mandrake, nouvelles
Le Chauffe-eau, épopée
Juin de culasse, odyssée
Conquistadores, sitcom
Produits carnés, nouvelles
Hercules 1959, péplum

NICOLAS MARTIN
Fragile/s, roman

MELCHIOR
Les Chutes, poésie
Les Fleurs d'Orage, poésie

ROMAIN MONNERY
Libre, seul et assoupi, roman
Le Saut du requin, roman
Un jeune homme superflu, roman
Ce n'est qu'un au revoir, lettres de démission

XAVIER DE MOULINS
Un coup à prendre, roman
Ce parfait ciel bleu, roman

JUSTINE NIOGRET
Quand on eut mangé le dernier chien, roman

NICOLAS REY
Treize minutes, roman
Mémoire courte, roman

Un début prometteur, roman
Courir à trente ans, roman
Un léger passage à vide, roman
L'amour est déclaré, roman
La Beauté du geste, chroniques
La Femme de Rio, scénario
Les enfants qui mentent n'iront pas au paradis, roman
Dos au mur, roman
Lettres à Joséphine, roman
La Marge d'erreur, roman
Crédit illimité, roman
Médecine douce, roman

THOMTÉ RYAM
Next level, roman
Drug City, roman

RÉGIS DE SÁ MOREIRA
Pas de temps à perdre, roman
Zéro tués, roman
Le Libraire, roman
Mari et femme, roman
La vie, roman
Comme dans un film, roman

ZOÉ SAGAN
Kétamine $C_{13}H_{16}ClNO$, roman

LOUBNA SERRAJ
Pourvu qu'il soit de bonne humeur, roman
Effacer, roman

ISABELLE WÉRY
Rouge western, roman

Composition :
L'atelier des glyphes

Nous imprimons nos ouvrages sur du papier issu
de forêts gérées durablement et avec des encres végétales.

Achevé d'imprimer en novembre 2024 par Corlet Imprimeur - 14110 Condé-en-Normandie
Dépôt légal : novembre 2024 - N° d'imprimeur : 24110238 - Imprimé en France